渠敬东 著

现代社会中的人性及教育

以涂尔干社会理论为视角

XIANDAI SHEHUI ZHONG DE RENXING JI JIAOYU

YI TUERGAN SHEHUI LILUN WEI SHIJIAO

QU JINGDONG ZHU

上海三联书店

目录

上篇

现代教育的人性基础

一、教育中的古与今

康德在《论教育》①中曾经说过这样两句话：1."人只有通过教育才能成为人。"2."人只有通过人，通过同样是受过教育的人，才能被教育。"(§7)假若单从字面去理解，我们大体上可以读出这样的意思：1. 教育乃是人之所以成为人，并区别于其他的根本要素——教育即是人性，是人的自然(human nature)；或者按照康德在同一段话中的说法，"除了教育从人身上所造就出的一切外，人什么也不是"(§7)，所以，教育从根本上说是人的规定性。2. 任何教育都是人的教育，都由人来执行，教育是依靠"人"来塑造"人"的过程；因此，教育的秘密，在于"已完成的人"与"将完成的人"之间所发生的联系，这意味着，教育不仅是在"教"与"学"之间所结成的一种人际纽带(inter-personal ties)，而且，教育必是当前发生的(the present)，属于实践的范畴。总之，康德的这个说法，提出了关于教育的两个基本问题：人的自然(nature)和人的社会构成(social construction)。

于是我们可以设想，对上述两个问题所持有的看法不同，就会形

---

① 《论教育》(*Über Pädagogik*)一书是康德的学生林克(F. T. Rink)根据康德一生中最后几年所开设的教育学讲座整理而成的。英译文参见 Kant，*The Educational Theory of Immanuel Kant*，trans. and intro. by Edward Franklin Buchner，Philadelphia：Lippincott Company，1904/1971. 下文中的引文均以节号(§)注明。

成不同的教育观念。而人们今天对教育的通常理解,其实多少都带有些社会理论家的眼光,认为人成为人,乃是一个社会习得的过程,是一个人的社会化过程;也就是说,在社会学家或者今天已经被"社会化"的教育学家的眼里,教育实际上是一种单纯的社会构成的过程,所谓人的自然,最多只是一块白板,"它"能够成为一个人并具有的一切特性,都是不同的他人、不同的社会环境、不同的事件在这块白板上描画而成的,在这个意义上,我们甚至可以说,本来并没有什么所谓人的概念,人是通过社会生成的,有什么样的社会,才会有什么样的"人";人之所以彼此不同,是因为选择了用来构成他的不同的社会要件。社会理论中还有一个比喻也非常形象:人得以确立自身的"我",并不是一个先在的设定,而是通过社会这面镜子反射构成的,因而所谓"我"(self),实际上是社会中各种图像所组成的集合(collection of images),甚至连身体上的"我",也是依照类似的途径被构造出来的。简言之,所谓教育,就是采用上述办法来塑造一个人的过程:人的社会化(socialization of man),就是社会化作人(socialized as man)。所以,在今天人们通常理解的教育中,其实暗藏着社会理论的最大秘密:人的自然从来都不是先在的,只是一种藉由社会构造出来的存在样态(nature constructed socially);从来也不存在笛卡儿所谓的"我"(ego)的概念,任何自我皆由他者构成(constructed by others),任何教育所塑造的人,都是经过社会这面镜子的反射而凝聚成的人(man-in-the-mirror)。[②]

不过,问题并非这样简单。人的社会化,虽然指的是用社会来构造人的过程,但并不能说成是让社会完全替代人的过程;也就是说,虽然每个人的自我都是靠社会来构成的,但这并不意味着每个人的自我都等同于每个人的社会。相反,虽说社会构成了自我,但自我依然作为一个独立的范畴,有其自身的规定性;只不过这种规定性不再像以前那样被理解成纯粹自然的规定性而已:我们不再通过人的自然状态

---

② 这里借用了库利的镜中我(self-in-the-mirror)的概念,参见 Cooley, *Human Nature and Social Order*. New York: Schocken Books, 1964。

(state of nature)来理解人,而只通过人的社会状态来理解人;即便我们时常会提到人的自然,那也是被社会化了的社会自然(social nature)。那么,社会理论是怎样理解上述意义上的自我规定性呢? 个人(individual)的概念才是关键。依照涂尔干的说法,在现代社会里,社会决定论与个人主义从来就不是对立的两极,而是整个社会过程中相辅相成的两面;而由社会决定论向道德个人主义转换的根本环节,就是教育。那么,这是一种什么样的教育呢? 我们还可以借用涂尔干一句非常简短的话来说明:所谓教育,即是为孩子们提供"对待生活的各种可能的终极态度"。③ 这里的关键在于,教育并不是原原本本地为孩子们复制社会生活,并不是把原本的社会世界作为模版,加印在每个孩子的身上,相反,教育的最终目的,是为孩子们提供面对这个世界的"各种可能"的"终极态度"。一方面,这个世界是敞开的,此亦意味着作为自我的个体也是敞开的、无限可能的(open possibilities);另一方面,对这个世界的秩序及其界限的理性认识,也构成了个体的有限性(finiteness)。所谓"终极态度"的这两个特性,正是个人成就道德自由的基本前提;也就是说,通过教育成为的那个"人",只有成为"个人",才能成为"人"。这个"个人"的规定性,并非仅仅等同于上述社会化的过程,他通过理性认识和道德实践所开展出来的自由,才是其自身有别于社会必然的那个最根本的规定性。如果从这个角度来看,我们会发现,在标准的社会理论中,"教育"基本上没有给以往哲学所关注的"自然"概念留出位置,或者说,社会理论所说的自然,已然成为一种被社会化了的或全由社会规定的"第二自然"(the second nature),这样,那些靠社会理论的脉络搭建而成的教育理论,其核心议题,便是如何通过社会构成的方式(很大程度上是通过知识社会学④这条途径)

---

③ 分别参见 Durkheim, *Education and Sociology*. Trans. Sherwood D. Fox, New York: Free Press, 1956; *Moral Education*. Trans. Everett K. Wilson & Herman Schnurer, Glencoe, Illinois: Free Press, 1961.

④ 今天的教育社会学或教育学,基本上都是按照知识社会学的模子塑出来的,参见 Mannheim, *An Introduction to the Sociology of Education*. London: Routledge & K. Paul, 1962.

建构出一种个人通往自由的可能性。⑤

不过，上述讨论充其量也只能说是泛泛而谈。在这中间，我们看到的依然只是用社会材料塑造人格的过程，而不是受教育者本人怎样用这些社会材料来塑造自身人格的过程。关键问题是，既然人通过教育而成为人的过程，仅仅被当成是一个社会构成的过程，那么，我们怎样去理解所谓社会决定要素转化成道德主体的根本环节呢？这其中，被教育者能够登上理性反思和道德自觉的阶梯，究竟是靠社会系统的中介搭建起来的，还是靠他自身本来就孕育着的潜能（potent faculties），他自身本来就有的属性（qualities）？倘若我们一时还解决不了这样的问题，那么我们至少就不应回避关于人的自然（human nature）的讨论，而且，这一讨论既必须是有关人的自然的同一性（即 human，或 human race）的讨论，也必须再"降低"一层，使自然的差异性（difference of nature）成为我们问题化过程中的一个环节。换言之，对于教育来说，对于那些真正能够形成知性主体或德性主体的教育过程来说，我们既不能忽视一般意义上的人（人类）的自然属性，也不能忽视每个人之间的自然差异的属性。从这个角度来看，社会理论在有关教育的讨论中，恰恰把人的自然的实质意涵抽离掉了，把人的自然的差异性抽离掉了，只剩下了一些没有具体内容的形式规定。

其实，这里对社会理论提出的批评，也只是刚刚提出问题而已。如果我们回到本文开头所引用的康德的那两句话，方才明白，康德为何最先强调人的自然是教育（或人自然是教育），然后才把教育说成是一个社会构成的问题。换句话说，如果我们只知道"通过同样是受过教育的人"去完成所谓"人的教育"，而不知道人的自然为何，那么这种所谓"使人成为人"的教育是无论如何也完成不了的。因此，我们考察"什么是教育"的问题，还必须以人的自然为起点，而非

---

⑤ 大体说来，以福柯为代表的晚近社会理论家们所走的，基本上都是这样一个路子，只是各自的理论表述不同，比如福柯就很不喜欢用"人"这个概念，但"自我"的概念，他是怎样也摆脱不了的。

本末倒置。教育虽然是一个"教"、一个"学"的社会过程，但教育的最大秘密，仍然深藏于人性之中，以及培养具有什么样的人性的人之中。

这样，我们的问题就换成了：基于对人的自然的不同认识，才有了不同的教育，以及教育的不同目的。古代和现代之所以在教育理念和教育制度上殊有不同，也是因为出于对人的自然的不同理解。亚里士多德说，人是政治（polis）的动物，古代世界的教育理念恰恰就是由此维度展开的。美国学者 Kimball 大约十年前写过一本书，名曰"演说家与哲学家"，⑥试图用这两个概念来勾勒古今自由教育（liberal education）的传统。Kimball 指出，希腊人对自然的理解，是沿着两个不同的路向展开的；也就是说，*logos* 在希腊人那里具有两个语义系统：一是指言语或语词（speech or word，*oratio*），二是指理智（reason，*ratio*）；这是他们用来定义"自然"本身或"人的自然"的两条重要线索。⑦ 在前一种教育传统，也就是以"言语"为本，其目的是为了造就城邦的演说家这一传统中，教育的焦点集中于文法和修辞术的培养，在演说和作文中如何遣词造句、布局谋篇。这些技艺，都是城邦政治，特别是民主制或共和制的城邦政治所必需的，因为只有拥有了这样的技艺，才能在公民大会中赢得更多的选票，在实际的立法和行政运作中发挥更大的作用。当时像高尔吉亚（Gorgias）、普罗泰哥拉（Protagoras）这样的"智者"（wise man），所传授的都是一些带有政治色彩的智慧（sophia），或者说是一种说服的技艺（persuasive techniques）。⑧

这样的教育在柏拉图的眼里，充其量也只能说是类似于《理想国》中所谓的城邦护卫者（guadians）的培育，根据《理想国》的说法，这只能说是一种次高的教育，而最高的教育，则是哲学家的教育；因为只有在

---

⑥ Kimball, *Orators & Philosophers*：*A History of the Idea of Liberal Education*. New York：College Entrance Examination Board，1995.

⑦ 参见 Kimball, "Preface", in *Orators & Philosophers*，pp. xi-xiv.

⑧ 参见 Plato, *Gorgias*, 502－522；Kimball, *Orators & Philosophers*，p. 17.

哲学家那里,在通往 *logos* 的道路上,理智是高于言说和语词的,哲学家所追求的是知识以及求知过程中所运用的明确、合理的方法,因此数学、逻辑和辩证法才是教育的核心所在。这也就是上文所说的另一条以"理智"为本的教育传统,即以追求真理为己任的哲学家的传统。柏拉图最重要的工作,就是将 *sophia* 与 *philosophia* 区分开来:苏格拉底指向作为整全(*cosmos*)的自然的意义,就在于他规定了教育的最高目标是人的理智德性,哲学家对最高知识的追求虽然没有穷尽,却能使人的心灵透过洞穴的阴暗,触摸到一丝光亮。[9] 同样,亚里士多德也坚持"知识乃是通往德性之途"的主张,在《尼各马可伦理学》中,他也指出,人若获得最高的幸福,必在其对"理论知识"的求索之中,"……理智是我们所能拥有的最高品性"。[10]

不过,按照 Marrou 的说法,柏拉图在教育领域里所执行的哲学路线,并没有在希腊人的教育观念中占据上风,相反,在上述两条路线的斗争中,最终获胜的并不是哲学王,而是诗的路线。Marrou 说:希腊教育中的"领风气先者(carry the day)不是柏拉图,而是伊索克拉底;因为从古典教育中兴起的文化(culture),是审美、艺术和文学,而非科学"。[11] 有趣的是,伊索克拉底虽然站在与柏拉图相对的一边,却并不赞同智者派上述对以言语为基础的教育理念的粗浅理解,认为他们实际上是"藉真理之口,授欺诈之术"[12]。在《反智者篇》中,伊索克拉底批评智者们只强调文法修辞上的奇技淫巧,而忽视了言语世界中 *logos* 最根本的意涵,忽视了城邦的政治世界中的最高德性。在这个意义上,伊索克拉底所守持的教育理想,是塑造传统意义上的高贵德性的准绳,为荷马的时代赋予最高的价值,即史诗中的英雄们所具有的

---

⑨ Plato, *Republic*, 492b - 493c; *Phaedus*, 278d. 亦可参见 Bloom, "Interpretive Essay", in *The Republic of Plato*, pp. 397 - 01.

⑩ Aristotle, *Nicomachean Ethics*, 1177a - 1179a.

⑪ Marrou, "Classical Humanism", from *Education in Antiquity*. New York: Sheed and Ward, 1956, p. 23.

⑫ Isocrates, *Against the Sophists*, p. 291.

aretē(excellence or virtue)。[13] 与此同时,伊索克拉底颇为怀疑苏格拉底—柏拉图意义上的哲学被视为教育的终极目的,一是因为知识的追求似乎是一条没有穷尽的道路,我们最终难以将教育的基础全部奠定于真理之上;更重要的,是因为即使我们在一定程度上达到了关于自然的认识,这种认识也必须得再次进入到人世之中,再次航行。而哲学,或者说认识的后一段航行,归根结底,依然是在语词的世界中的航行,因此,教育的根本问题,就会从自然的认识(*logos*)再次转换为言说的实践(*praxis*),或者依照伊索克拉底本来的表达更准确:oratorical eloquence 的真正涵义是"想得正,说得妙"(to speak well and think right)。[14] 这样看来,伊索克拉底在教育理念上所坚持的 *oratio* 原则,就不像 Marrou 那样简单地理解成颇带有现代色彩的所谓"审美、艺术和文学"这种纯粹意义上的美学原则,相反,这种教育所贯彻的主导思想,倒非常类似于亚里士多德意义上的诗学(poetics)。由此,我们可以说,倘若我们把高尔吉亚、普罗泰哥拉这样的修辞看作是政治操作的修辞"术"的话,那么,伊索克拉底倒为修辞提出了新的概念,我们可称之为有关政治实践的修辞"学",而这里所说的实践,却有着基于意见(opinion, *doxa*)、高于意见、再返回意见的深刻含义。[15] 所以,假如柏拉图在《理想国》里驱逐的那些诗人都是些"伶牙俐齿"的智者的话,伊索克拉底(们)倒有可能会拍手称快,但是连像荷马这样的诗人也一并驱逐的话,在他看来便是教育的最大悲哀了。显然,伊索克拉底所理解的 speech,一带有自然秩序之意(*logos*),二带有政治实践之意(*praxis*),同样,在他的眼里,教育的起点虽然始于民众的意见,但教育的最终目的,却并不是仅仅归于哲学,而是要归于更高的意见的,而后者的题中之义,恰恰就在于言语中的 *logos*,言语中的诗学。

有关古代教育的讨论,只能到此为止,不然本书就要换个题目了。

---

[13] Isocrates, *Against the Sophists*, 291-293.

[14] Isocrates, *Against the Sophists*, 292.

[15] 分别参见 Jaeger, *Paideia: The Ideals of Greek Culture* (vol. III): *The Conflict of Cultural Ideals in the Age of Plato*, pp. 49ff., 58, 149.

我们回到古典时代,去讨论教育理念上诗学传统与哲学传统(Orators & Philosophers)的争执,目的就是要把论述的焦点集中于人的自然。⑯ 至于两种传统谁是谁非,谁短谁长,对后世都产生了怎样的影响,当然后人众说纷纭,各有评判了。这里我们看到,古典教育对人的自然的理解,始终是围绕着城邦的政治生活而形成的,但诸位先哲思考人的政治属性的路径,却大有不同。伊索克拉底(们)显然是在一种行动的生活中看待人的自然及其在城邦中的生活方式的,认为教育的目的是通过对词的秩序的理解,对说的技巧的运用而达到的行动德性,而这种意义上的最高荣耀和智慧,当然只能由英雄来享有了。相比而言,苏格拉底(们)则做了两项重要的努力,一是让哲学思考开始面对人的世界,二是将行动生活与沉思生活明确区分开来,把理智德性置于人的政治生活的最高位置。就人性中的政治属性来说,希腊的思想家们大多都会同意教育应从意见(doxa)起步,但在怎样处理意见的看法上,柏拉图则引出苏格拉底的形象,坚持认为教育必须将意见提升起来,将人拉升起来,进入到一种沉思的生活中,从而在人世的政治世界中成就一种通过理智(ratio)到达的德性。这才是希腊教育思想中的一个重要环节,换句话说,只有完成从意见到哲学的飞跃,实现针对自然的思考,伊索克拉底对柏拉图的批评才能是有意义的,即哲学上的沉思并不是教育的终极目的,教育必须通过从哲学返回意见的第二次旅程,才真正算作是教育的彻底实现,即最终以诗学而非哲学的方式投入人的世界,投入意见的王国之中。反过来说,倘若我们未经从意见上升到哲学的第一段行程,就企图重新返回到意见之中,那么这里的"重新返回"只能是想象出来的,实际上,我们依然只是在意

---

⑯ 显然,所谓希腊教育观中诗学与哲学这两大传统,并不能代表古典时期教育理念的全部,一般而言,诗学与哲学之间的争执,只发生在雅典;相比而言,斯巴达所实行的则完全是公民教育体制(state-education),当然,这里所说的公民教育与现代意义上的公民教育不同,是指所有人的所有属性,都是由城邦国家(city-state)来规定的,人的自然,完全等同于彻底被城邦化了的公民的政治属性,下文有关卢梭的讨论,还会涉及这一点。关于斯巴达公民教育体制的详细研究,可进一步参见 Jaeger, *Paideia:The Ideals of Greek Culture* (vol. II): *In Search of the Divine Centre*, pp. 77 - 99。

见的王国里爬行,根本没有再次扬帆起航的机会和可能。⑰ 因此,我们思考希腊教育思想的关键环节,依然应该在"哲学教育"这一最重要的层面上,换句话说,这也许是希腊人为后世准备的最丰厚的思想给养。

所以,我们必须还得把问题拉回到苏格拉底的身上来。前文说过,Marrou 曾经在他那篇"古典人文主义"的文章中指出,就教育上的实际影响来说,柏拉图的教育思想在希腊和希腊化时代里,是败在伊索克拉底手下的,这种情况甚至一直延续到了罗马时代。⑱ 如果从文献上看,这一现象并不奇怪,虽然苏格拉底被公认为最伟大的教师,但从教育效果上看,这位最伟大的老师也往往是最伟大的失败者,而最容易产生最伟大的失败的,就要数哲学教育了。⑲ 倘若哲学教育在哲学上是不可能的,在教育上是不可行的话,那么我们是否能够通过"教"与"学"的关系来达到关于人的自然的知识,就会成为最大的疑问,而如若达不到这样的知识,进而不能够实现理智意义上的德性的话,那么在意见看来,所谓沉思生活的另一种可能性就会被看成是骗人的把戏,于是,那些"罗织"在苏格拉底身上的罪名,我们便可以想见了。因此,苏格拉底的罪与死,不仅勾勒了西方哲学的最大难题,也可谓是西方教育的最大谜团。正是苏格拉底式的哲学教育的失败,才构成了千百年来人们不断去追问"什么是教育"这一实质问题的起点。

---

⑰ 参见 Jaeger 在意见(doxa)的问题上对伊索克拉底的《反智者篇》与柏拉图的《高尔吉亚篇》所做的对比,以及两者之间在思想渊源上的关系,Jaeger, *Paideia: The Ideals of Greek Culture* (vol. III), p. 303ff. (n. 44)。

⑱ 同上书,pp. 46 - 47。

⑲ 李猛对奥古斯丁《论教师》的解读,确实给了我很大的启发,这篇文章似乎在最核心的问题上指出了苏格拉底的教育必然失败的命运,并提出了"哲学教育是否可能"的哲学问题。文章中说:"阿尔希比亚德的经历证明了即使对于最伟大的哲学家来说,哲学的教育也不仅潜在是危险的,而且在效果上也往往是失败的(参见普鲁塔克《名人传》中的"阿尔希比亚德")。甚至在柏拉图的对话那里,我们似乎也不过一次次见证了苏格拉底式的教育的失败,苏格拉底不仅未能说服对他充满敌意的城邦,未能赢得智者的帮助,甚至在那些崇敬他热爱他并力图捍卫他的事业的学生身上,我们也没有看到苏格拉底成功地实现了教学'传递'。我们甚至可以说,柏拉图对话之所以构成了西方思想史不断折返的'起点',就在于对话中直接或间接的'苏格拉底'的教育在根本上是失败的;那些私淑苏格拉底的学生从来没有'成功'地'复制'苏格拉底的教诲,我们的'学'从来不能与苏格拉底的'教'一致"。参见李猛,"指向事情本身的教育:奥古斯丁的《论教师》"。

从柏拉图的各篇对话中，我们发觉，苏格拉底有关自然的思考，似乎属于一个纯粹的冥想世界，一旦他偏要把这样的思考投入到意见之中，并通过"教学"的方式实现向他人的思想传递，麻烦就大了。《美诺篇》中借美诺之口对苏格拉底的教育效果的描述，就清楚地刻画了这种教育在实际发生的那一刻的窘境。美诺说，苏格拉底是个让自己和他人都经常产生困惑的人，他跟你讲话（即"教"）的时候，仿佛像施放了什么魔法，让你浑身麻痹，脑子和舌头都变得僵硬、呆滞，根本说不出什么话来。[20] 美诺的感受说明：苏格拉底的思想催生术，似乎并没有给他的听者带来对知识的热爱，也没有带来可以使他走出洞穴的理智之光，反倒使他们完全陷入到一种张口结舌、哑口无言的困惑之中，使大脑停滞了。[21] 一方面，苏格拉底"教"（teaching）得不好，他的思想，最终并没有"种"进"学生们"的头脑里，他的教诲，根本没有实现思考上的传递；另一方面，"学生们"也根本没有"学"到什么东西，甚至连教育中那种"学"的感受也都没有体会到。在这样的哲学教育中，"教"与"学"之间是分离的，教育似乎根本实现不了生育意义上的那种接生过程。其实，决定这一教育最终失败的原因，并不是苏格拉底的教学风格和他的教学法，而是"教""学"本身，也就是说，"教"与"学"之间的割裂关系，并不是一个技术问题，而是一个具有实质意涵的哲学难题；换言之，倘若我们像本书开篇那样继续借用康德对教育所下的两个定义，那么，苏格拉底式的教育中"教"与"学"之间之所以无法统一，并不属于第二个层次的问题，并不归于教师与学生之间的互动关系本身，而是属于第一个层次的问题，即在人的自然中，我们完全可以回过头来再去追问这样一个问题：倘若在人的自然的层面上，苏格拉底式的教育所试图"接种"的思想，本是"学"不会、"学"不到的。可是，倘若事情真的这样，一个更为致命的问题又来了：如果对人的自然的规定性来说，"教"与"学"是分离的，进而说教育在根本上是一种不可能的活

---

[20] Plato, *Meno*, 79e-80a, 参见李猛, "指向事情本身的教育：奥古斯丁的《论教师》"。

[21] 伊索克拉底也认为苏格拉底和柏拉图过高估计了教育的力量，参见 Isocrates, *Antidosis*, 274, 296.

动的话,教育又是怎样能够成为人的自然的规定性的呢？这难道不是自相矛盾吗？所以,我们才说,从苏格拉底那里牵连出来的教育困境,是思想史中人们每一次试图去追问"什么是教育"的问题时,都必须返回的一个原始的起点。

奥古斯丁的《论教师》所返回的,也是这样一个原始的起点,而且也正是通过返回到这样的起点,才造就了一个新的起点。《论教师》同奥古斯丁早些时候写成的《驳学园派》一起,是他集中讨论教育问题的姊妹篇,《驳学园派》的矛头直接对准的是罗马晚期以西塞罗为代表的教育观,力图维护教育中知识的可能性；而《论教师》则直接承续了柏拉图《美诺篇》的主题,即通过回忆说(theory of recollection)或光照说(theory of illumination)来解释知识是怎样获得的问题。[22] 在奥古斯丁看来,基督教与罗马时期的教育所呈现的修辞传统不同,相反,基督教在对知识的追求上与柏拉图主义的哲学道入同途。不过,《论教师》在教育上所面临的疑难与《美诺篇》也完全相同。

奥古斯丁指出,单从字面的意思来看,所谓教育,就是知识在两个人之间的转换过程,或者通俗地说,即教师教给学生某些东西。但若我们仔细揣摩这一过程,会发现为什么在同样的环境下,教师教的是同样的东西,而学生学到的却往往不是同样的东西。这说明,教师通过"教"而要传达给学生的教诲,在不同的学生那里会有不同的回响,教诲是一样的,而"学"却总会与"教"产生程度不同的偏差,而对教育来说,一旦形成了这样的偏差,就不能算是成功的；归根结底,教育的失败,完全是因为"学"不能达到与"教"的一致。[23] 奥古斯丁接着说道,其实,人就自然来说,是会说话的动物,但人能够用语言说话,就教育这件事情来说,却为人自然地带来了非常复杂的处境。为什么呢？因为广义上讲,任何人说话,或者人说的任何话,甚至在提问的时候,其实都是在教给他人东西,而不是在"学"东西。因此,人在向他人说话

㉒　参见 King, "Introduction", in Augustine, *Against the Academicians and The Teacher*, p. vi.

㉓　同上,p. xiv.

的时候自然上就已经具有了一种"教"的形式。但更有意思的是,正因为人是说话的动物,所以他必须借用符号来表达他所教的东西,所有教育中的教诲都不过是符号变换的游戏,而非教诲所指向的"事情本身"。这样一来,人的自然的悖谬就产生了,人正因为会使用语言才可以"教",但"教"的行为却只能借由语言(符号)来呈现,而无法直接指向"教"所指向的事情;换句话说,在我们所能设想的教育活动中,虽然人能够用符号来表现或传达事情,但恰恰是因为有了这样的符号,人却无法直接面向事情本身。㉔ 因此,假若我们把教育理解成一种通过"教"与"学"来把教师的教诲接种在学生的头脑中的过程,就会面临这一不可避免也不可克服的困难。

那怎么办呢? 奥古斯丁说,有一种"教"是通过"提醒"(reminding)来实现的。提醒,与我们通常所理解的灌输意义上的"教"不同,不是教师单纯把知识传输给学生的过程,相反,这是一种教师通过语言的运用或符号游戏而将学生内在的知识激发出来的过程,是一种照亮,是开启学生的心智的过程,这既可以说是一种敞开(disclosing),也可以说是一种发现(discovery)。提醒作为教育,所强调的不是教师的输送,而是通过"照"的手段而实现的学生发现自身内心知识的过程。这就好比解一道数学题,在学生没有理解其中的真理(truth)之前,所有的解析步骤都是被强行灌输的,但一旦他刹那间理解了,他认识到真理了,他此前此后的两种心智状况的对比,就像人们常说的视觉上的比喻一样:内心一下子"亮"了起来(flash of insight),或者是被照亮了(enlightenment)。在这个意义上,我们说 the flash of insight,表面上指的是我们所见到的光亮,但 insight 的含义,恰恰是我们的看(seeing,即认识)本身来自于我们自身。㉕

不过,倘若这样的提醒或唤醒可以纯粹作为一种自我的指涉(self-reference),或者说是一种自身的提醒或唤醒的话,教育就没有存

㉔ Augustine, *Against the Academicians and The Teacher*, [2.4]55 -[4.7]10.

㉕ 这也非常类似于海德格尔所讲的 Dasein"在世界中"的内在性概念(inner, innerlich)。参见 Heidegger, *Being and Time*, pp. 60 - 62, 136ff.

在的必要的,仿佛每个人只需要苦思冥想,就可以通过纯粹反思性的认识达到真理似的。但奥古斯丁告诉我们,这是行不通的,为什么呢?还是因为人是语言和符号的动物。《论教师》中说:"声音触及我们的耳朵从而能够感知,而它被付诸记忆从而能够被知道。"㉖这说明,感知所表明的与事物之间的联系,只是听得到的联系,是一种对于"我"来说被动的联系;而"知道"则是通过记忆与事物本身建立的联系。但人们怎么才能"知道"呢? 必须还得通过符号,通过名字(name)。听到与记忆最大的不同,是听的过程中,语词只是作为声音而被感知,而作为一种"心灵的回忆"的"名字",却是指向事情本身的。除非我们知道符号所指涉的东西,否则我们并不知道符号就是符号;也就是说,我们单从符号那里无法学到任何东西,只有符号首先成为一种对事物的指涉,我们才能拥有其指涉的事物的知识。㉗ 不过,符号毕竟是符号,是替代不了事情本身的,这恰恰是人的软弱之处,人的悲哀之处,人的尴尬之处。但反过来说,正因为人必须借助符号才能去面对事情本身,他才会有有关事物的记忆,并用"名字"提醒这样的记忆,将其转化为有关事物的知识,从而为通往"幸福的生活"做准备。在这个意义上,作为提醒或唤醒的教育,永远不会成为来自事情本身的光,但它却是人的心灵能够被照亮的所必经的途径。教育,就是通过一种符号的刺激,去提醒心灵回忆起或返回到事情本身的过程。而这一切的基础,都基于人的自然所具有的一种内在的属性:上帝(整全)的真理在每个人的内心之中,但需要教育去唤醒;人的内心通过教育而实现的敞开,不仅是对自我的发现(即发现有关自我的事情本身),更是真理的照亮。

可是,仅仅作为一种提醒的教育,并不意味着教育的完全实现。因为对学生来说,即便是被充分提醒了,他还必须有一个通过获得事

㉖ Augustine, *Against the Academicians and The Teacher*, [5. 12]48 - 9.

㉗ 即"A sign is a thing that of itself causes something else to enter into thought beyond the appearance it presents to the senses."参见 *On Christian Doctrine* 2. 1. 1(Appendix 10), in Augustine, *Against the Academicians and The Teacher*, pp. 164ff.

情本身的知识而"学"有所得的过程。这样,教育的核心议题再次从"教"转向了"学"。在教育中,"教"是提醒的艺术,即如何在纯粹词语的知识和事情本身的知识之间建造一条通路;不过,"教"毕竟是一种符号活动,不同的"教"的区别,究竟是依然指向符号,还是最终指向事情本身的区别。但对于"学"来说,就更有关于人的本性的基础了,奥古斯丁说,对指向事情本身的符号的"理解",即有关"事情本身的知识",最终来自"内在于我们心智自身中主导性的真理"⑳,而这个真理,即"真正的教师",就是"基督"。这意味着,真正的教师只有一个,内在于每个人的心灵之中,因此,最终的整全的教育,意味着我们"在内在的意义上是真理的学生"。在这样的教育里,教师是我们内在地信仰的唯一的上帝,教室是我们内在地建造的"心智的圣庙",而真正的学习,则成了我们心灵内在的"独白"。㉔

由此,我们发现,与古典教育相比,奥古斯丁意义上有关"内在人"(homo interior)的教育虽然继承了前者以真理为指向的哲学传统,然而在如何回到有关事情本身的知识的问题上,却发生了思想史上具有重大意义的转变。自奥古斯丁以后,最根本的教育不再发生在城邦之中,不再是有关城邦意见的多声部的谈话或对话,相反,这种教育建造了一个新的场所,即在人的灵魂深处,回响起人"亲临"他自身上的真理的复调式的"坦白"和"忏悔"。于是,人们"教"与"学"过程中的"自我知识,不再通过对城邦中的意见的'知识'来间接地实现,而是通过对'内在人'的反省,通过对'内在人'与'外在人'的冲突的知识来实现。尽管这个过程实际上肇始于新柏拉图主义,但却是在奥古斯丁这里第一次获得了最充分,也是决定性的表达。在这个意义上,奥古斯丁将苏格拉底的'次航'(the second sailing)变成了人的内心的旅程"。

奥古斯丁在教育上的这次转换,从根本上构成了现代教育的哲学

---

⑳　Augustine, *Against the Academicians and The Teacher*,［11. 38］45.

㉔　李猛,"指向事情本身的教育:奥古斯丁的《论教师》"。

基础和起点。㉚ 自此以后，人的灵魂中那个最"隐秘"的部分，便成了教育所要探讨的永久的主题；或者说，自我作为教育的一个新维度，使有关反思性或反身性（reflexivity）的讨论，开始成为探索人心的奥秘的途径。

㉚　坦率地说，Kimball 借用演说家和哲学家的形象为古典教育梳理的两条理论线索是非常清晰的，在学理上也有很大的启发性，但当他将同样的两条分析线索一直贯穿到经由基督教到现代世界的教育观念的时候，就未免有些牵强了。即便我们可以把古典教育说成是 liberal education，这里的"liberal"一词与现代语境中的"liberal"显然在涵义上有极大的差别，虽然 Kimball 明确意识到了这一点，并认为现代教育中出现了一种新的价值自由的理念（Liberal-Free Ideal，参见 Kimball, *Orators & Philosophers*, pp. 119 - 122, 183 - 184），但他并没有认识到"内在人"的观念的产生，已经显现出其与古典世界的差异了。相反，就 liberal 这个概念的古典意义来说，它更富有政治的特点，即通过对城邦中的意见的关照而逐步上升到有关意见的知识。

二、现代早期教育的思想发展及其社会建制

1. 导言:什么是自由教育?

斯特劳斯在《什么是自由教育》[31]中说:"自由教育是在文化之中或朝向文化的教育。它的成品是一个文化的人(a cultured human being)。"这里的"文化"(cultura),或喻为耕作(cultivation)意义上的文化,首先意味着对土壤和作物这两种自然的培育,而且,对土壤的照料,也意味着对土壤品质的提升。在这个比附的意义上,斯特劳斯首先肯定:心灵是需要耕作的,心灵自然的成长过程并不等于心灵"自然地"成长过程,因此,心灵是可培育的,教育在普遍的意义上是可能的。

教育的一个最简单的前提,就是要用高的心灵去培育一般的未长成的心灵,而不是心灵之间"自然地"形成的"社会过程",所以,教育的一个衍生的前提是:通过教师这个中介将"最伟大的心灵"以"适当的态度"传递给心灵的过程。

---

[31] 见刘小枫、陈少明主编:《经典与解释 5:古典传统与自由教育》,北京:华夏出版社,2004 年。

　　不过，这种根本意义上的教育决不能忽视民情，教育依然是环境，特别是政治环境的产物。而今天的环境（特指西方），是民主制度的环境，这要求：1.其中绝大多数成年人都禀有德性的政体；2.其中绝大多数成年人富于德性和智慧的政体；进而，3.其中绝大多数成年人拥有高水平理性的社会，即理性社会（rational society）。因此，这样一种政治环境中的教育所应该实现的核心目的是德性、智慧和理性。

　　但进一步考察，我们会发现，构成这样一种政治环境的是一个很复杂的局面。首先，民主政体并不意味着大众统治（mass rule），民主制的运行倒更像是一种普遍贵族制，即需要具有较高德性、智慧和理性的精英来实施统治；因此，"作为对完美的贵族气质和对人的优异的教育，自由教育由唤醒一个人自身的优异与卓越构成……而我们也听说过柏拉图关于最高意义上的教育是哲学的提法。哲学是对智慧或对关于最重要的、最高的或最整全的事物的知识的追求；按他的说法，这种知识即是德性和幸福"。但另一方面，纯粹的精英文化并不符合民主制的基本路向，民主"虽不是大众统治，却是大众文化"。于是，自由教育便处于这样一种夹缝之中：一方面，"自由教育是大众文化的解毒剂"，是实现最高德性的途径；另一方面，这种德性的教育还必须建立在 commonsense 的基础之上，必须基于对民情的理解。用斯特劳斯的话说："我们最好从这些最伟大的心灵中选取一位作为我们的榜样，他因其 commonsense 而成为我们和这些最伟大的心灵之间的那个中介。"

　　这里的要害在于，虽然"自由教育由倾听最伟大的心灵之间的交谈而构成"，甚至倾听到的只是"最伟大的心灵在独白"，但教育本身却必须为这种交谈或独白搭建一个 commonsense 的阶梯。换言之，自由教育不仅要作为与最伟大心灵们的不断交流，在"一种 modesty 的最高形式中"对最伟大心灵们的理解的试验，同时，还应该把这样的交流和理解转化为一种比平均化意见更高级的意见，所以，通过这种教育来培育的德性并不仅仅是归于自我的修养，这种对"美好事物"的经历，也是政治的历程。

不过,斯特劳斯的这篇短文却也留下一些未解的,甚至令人疑惑的一些问题:

1. 自由教育是否仅仅意味着精英教育(elite education)？换句话说,既然他在某种意义上把今天的民主制理解为普遍贵族制的贵族制,是否自由教育的对象只是那些事实上实施统治的那部分"贵族"。答案也许并不这样简单。因为他开篇就说过这样的话:"民主制是一种与德性相辅相成的政体:它是一种在其中所有或绝大多数成年人都禀有德性的政体,并且,既然德性要求智慧,它也是一种在其中所有或绝大多数成年人富于德性和智慧的政体。"既然民主制对"所有或绝大多数的成年人"有广泛的德性和智慧要求,简言之,民主制必须成为普遍意义上的"理性社会",那么,自由教育就不能仅仅成为针对"护卫者"的教育,它必须要在意见的层面上达到大众的效果。自由教育必须奠定更高的 commonsense 的基础。

2. 那么,自由教育的对象是否直接针对的就是大众;也就是说,自由教育是否直接可以等同于现代意义上的公民教育(civil education)？显然,问题也不这样简单。谁都可以看出来,斯特劳斯在教育问题上有一个掩藏着的前提,即自由教育的基础并不完全是现代公共意义上的针对权利的教育,以及与其密切相关联的对追求自由(search for freedom)的教育,更重要的是,自由教育首先是追求德性的教育,在这里甚至可以说,德性是高于自由的,即便是所谓的"公共精神的贫乏",其根源也不仅仅在于广大公民对私人权利和公共权利的理解,而在于我们在多大程度上回到"什么是善"的问题上去。在这个意义上,"自由教育是从庸俗中的解放"。

3. 既然说自由教育具有政治的意涵,其目的也是要去实现政治的效果,其最高要求是构建理性的国家政体,那么,自由教育是否可以理解为拉夏洛泰(de la Chalotals)和费希特(J. Fichte)意义上的国民教育(national education)呢？这个问题很复杂。但我们至少知道,教育的国家化运动只是在 18 世纪末、19 世纪初才兴起和逐渐完成的运动,而自由教育的历史则可以千年纪了。我们也知道,自由教育的组织形式曾经在很长时间内与国家体制无关,这至少从一个角度说明,它的政治意义并不完全是通过国家形式来实现的。倘若换一种说法,即是说,讨论自由教育的政治意涵,我们必须首先对政治或者政体有一个有别于政治学的新的理解。在这个意义上,自由教育所要获得的政治效果,就不是单纯去培养优异的国民,相反,我们必须从个人、社会和国家的复杂关系中去理解这样一种教育形式。

4. 除此之外,斯特劳斯还说,"自由教育是某种文学的(literate)教育:某种在书写(letter)之中或通过书写进行的教育"。很显然,这里的文学并不是职业(professional)或学科意义上的文学(literature),其目的在于"作为对完美的贵族气质和对人的优异的教育,自由教育由唤醒一个人自身的优异与卓越构成"。但是,如何通过文学的教育来达到"对最重要的、最高的或最整全的事物的知识的追求",却是一个极其复杂的问题,就这一点来说他未能明言。从教育史的角度来说,古人和今人都曾经做过各种尝试,而且这些尝试大多也都是试图通过"文学的教育"来实现"对整全的追求"。只是不同的尝试对所谓文学的理解不同,或从文法或从修辞或从逻辑或从辩证法等等去理解,而今天我们究竟通过什么样"适当的形式"找到"适当的态度"去研读这些"伟大的书"呢? 我们必须回答这一问题。

5. 结合第三和第四点,我们会看到,自由教育从来就不是由一种简单的形式和简单的内容来构成的,甚至作为自由教育对象的那些质料,我们也必须从 commonsense 的角度去理解,而且,构成这种 commonsense 的,也不仅是我们平常所说的民情或政治文化,此外,我们还必须进入到教育形态学的分析之中,去看看构成自由教育的理念、方式、社会建制以及与政体的具体关系等各个方面。很显然,自由教育的构成并非如斯特劳斯所说的借阅读"伟大的书""去倾听最伟大心灵之间的交谈"那样简单,通过怎样的形式去阅读、阅读什么也许是更重要的问题,如果这种阅读不是个人的阅读,而是教育意义上的阅读,那么通过怎样的方式组织阅读、教育所期待的怎样的阅读效果(甚至是政治效果)也都是值得我们进一步追问的问题。即便是这样的阅读所渗透的思想史的考察,也必须去追问构成某个时代之基本问题或命题的各种习惯(habits)和建制(constitutions)。所有这些,都是构成我们阅读效果及其连带的政治效果的重要因素。

当然,还有一些问题尚需要我们加以讨论和解决:

6. 自由教育是否就是今天美国大学中的通识教育(general education)? 首先,自由教育是否应该在大学阶段完成,自由教育与西方教育史中所说的中等教育之间有什么样的关系? 如果说自由教育是通识教育,我们怎样在哲学的层次上来理解 general 的涵义?

7. 自从 19 世纪洪堡(Friederich Humboldt)在德国率先提出研究性大学起,自由教育便与科学(包括精神科学和自然科学)甚至是科学教育产生了非常复杂的牵连,我们怎样理解这样一种带有哲学性质(而不单纯是学科或专业性质)的科学(即 Weber 意义上的学术)与自由教育之间的关系? 所有这些问题,我们都不可以回避。

当年涂尔干在考察(广义上的)中等教育史的时候,曾发现了一种很有意思的现象:"尽管一切都已经有所改变,尽管政治、经济和伦理体制都已经发生了巨大的变革,但是直到相当晚近的时期,却依然有样东西始终处于明显的不变状态中:这就是人们所说的古典教育中的种种教育前提与步骤。"也许,正是在这个意义上,自由教育的坚持与实践,才构成了一个独特文明的传统。换言之,一种传统的传承或接续,是"教"出来的。所以说,自由教育的历史,是一部文明的心智史,如果从具体的政治角度来说,也可以说是一部知识分子的历史,如果从民情的角度来说,则是一部风尚的历史。因此,自由教育的真正效果,决不仅限于"对自己的认识",它既构成了所谓一个时代精英们的精神气质,也在更深远的意义上建设了一个时代的民德(mores)。

本节尝试从自由教育这一中心问题出发,检讨现代教育所经历的三个阶段。这一考察基本上从两个面向入手:一是从社会史的角度梳理三个不同时段中教育的基本建制及其社会组织形式,为现代教育在社会意义上或政制意义上的特征提供一些形态学上的解释。无疑,这一研究建立在一个基本的判断上,自由教育上的古今之别在形态学上表现为基督教体制所生成的一种带有普遍主义特征的教育社会系统（social system），反过来说，这种社会的维度也构成了直接贯穿于自由教育的核心问题，即如何通过社会的形式和理性的形式来解决信仰的问题以及公共性（civility）的问题。本节的另一条线索，是试图回到这些教育形式的背后去考察构成上述三个不同阶段的基本教育概念，进一步说，这一考察在很大程度上是一种哲学的考察，即通过现代教育中不同时段的思想家对自然问题，特别是人的自然，即人性（human nature）（当然也包括物质自然）的看法，去发现构成心智的自由教育的基本问题及其政治影响。当然，作为哲学上的考察，就会在很多方面超出单纯以自由教育为主题的讨论，但也许这是必要的工作。

2. 现代教育的兴起：以自由教育为起点

在谈到教育上的古今之别的时候，很多教育史家都公认有一个有趣的现象，即教育上的古今的差别，并不明显存在于教育内容的差别，而是形式上的差别，而且这种形式指的也不是与内容密切关联的教的形式，而是纯粹的外部形式。涂尔干说："在古代，学生从不同的老师那里接受指导，而这些老师彼此之间毫无联系。学生会到一位文法教师或文学教师那里去学文法，到齐特琴师那里去学音乐，到修辞学家那里去学修辞，到别的教师那里去学其他科目。这些各自不同的教学形式在他脑中汇集，但从外面看来却是相互隔离的。它只是多种教学类型杂凑在一起，只有形式上的关联。"②

然而，即便是最初的基督教学校，在教育的外部形式上其情况则与此恰恰相反。首先，所有教学都集中在同一个场所，即最初意义上

---

② 涂尔干，《教育思想的演进》，第 32 页。

的学校这个相对独立的集体空间;其次,在道德方向上,也受制于同一种影响,即用基督教教义来塑造人的灵魂。因此,与古代的分散式教学相比,教育从基督教时期起,便获得了一种一体性。在最早的一种寄宿学校形式中,即所谓的会所(convicts)中,学生和教师之间开始形成了一种持续的联系。而且,这种教育还不仅具有空间上的含义,它在道德上也诉诸于一种普遍的价值,即基于信仰的一种普遍义务概念。这种义务有两个意涵:一、对上帝的义务构成了人们抑制和超越自身的本性或自然的基本法则;二、对上帝的义务在现实生活层面上即是对教会的义务。

因而,在基本的道德原则上,古今之间就存在着相当大的差别。教育史家威廉·博伊德(W. Boyd)指出,从希腊的角度来说,道德的基本问题是"什么是善"的问题,即什么构成了我们最值得追求的能够带来"好"的事物。[③] 因此,这里的最高德性并非来自对他者(Other)的义务,对"一"(One)的义务,而是与自然的一致性。在这个意义上,善与人的自然并不冲突,"德"与"福"(happiness)的概念是不可分割的。在这样一种德福伦理中,古代的理想是一种遵循自然和效法自然的准则;一句话,人世的法则应该到自然中去寻求。

相反,在基督教伦理中,"福"的概念退场了,让位给了义务或责任(duty)的概念。用涂尔干的话说,现代意义上的圣俗分类图式是通过基督教确立起来的,而基督教的理想生活方式的首要准则,就是神与人或人与人之间的义务纽带:"基督教的理想生活方式,就是履行你的义务,因为那是你的义务;就是遵循那些规则,因为那是规则。"[④]也正是在这样的一个环境中,神或人的原则,或者说位格或人格(person)的原则,逐渐取代了自然法则:人是需要文明化的,而文明化的一个基本前提,即是塑造,甚至改造人的自然;或者说,将人的本性或自然提升到"上帝之城"之中。所以,我们也切不可忘记,只有从基督教时代起,人的问题才成为整个教育的核心,也由此,才有了真正意义上的围

---

③　博伊德、金,《西方教育史》,第 21—42 页。
④　参见涂尔干,《教育思想的演进》,第 43 页。

绕着人的问题的自由教育。而且，这个意义上的"liberty"，已经不再具有由对人的自然的哲学思考而引发出来的古典政治的意涵，而是用信仰去抑制或提升人的自然，其终点便是彼岸的神圣世界。

自由教育的最初努力是以信仰来塑造灵魂，而教育的形式则采用了超越"国"和"母语"的以普遍主义伦理原则为基础的教会、进而是社会的形式。

1）自由教育的雏形：自由技艺（liberal arts）

（1）罗马的影响

在讨论自由教育最初形成的过程中，我们决不能忽视这种教育形式与罗马之间在文化和文化制度上的复杂联系。

保尔生（F. Paulsen）在《学术教育史》指出，中世纪的整个文明都在其发展原则中包含着一种内在矛盾，但这种矛盾却充满了活力，充满了对立的活力。根据他的说法，这种文明的内容与容器、实质与形式互为矛盾，互不相容。这里所说的内容，是日耳曼各民族以他们那桀骜难驯的激情，以他们对生活和快乐的饥渴热望，所谱写的实际生活。而容器，则是基督教伦理，是一种牺牲、克己的观念，以及难以抗拒充满约束和纪律的生活的倾向。[⑤] 这一切都归于中世纪文明的以下特征：首先，罗马文明与蛮族的文化接洽，使文明的奢靡与未开化民族的淳朴之风构成了一种奇特的张力关系；其次，恰恰是那种跨越所有政治限制的教会组织，可以作为具有不同自然的民族之间的文明中介而确立其最根本的信仰价值；而就实际的知识和社会生活来说，恰恰是早期教会教育，构成了上述作为文明中介的基本手段；就普遍教育的基础，即语言而言，拉丁语也恰恰可作为基督教的"世界"概念的语言根基；最后，会所（convicts）为早期教会教育提供了社会建制的平

---

⑤　参见涂尔干，《教育思想的演进》，第 25 页。参见 Friedrich Paulsen, *Introduction to Philosophy*, trans. by Thily (New York, 1895).

台,即学校可作为教会的事工。凡此种种前提,使中世纪的整个文明在日耳曼各民风与基督教伦理的激烈碰撞中依然可维持其知识的基础。

(2)基督教教会教育中的内在(inner)观念

a. 深层意识与普遍意识(灵魂的概念)

就基督教而言,自由教育中"liberality"的核心意涵,就是一种"自觉意识"的培育:对人的自然的克制和精神上的上行的超拔,其基础是不断挖掘更为深层的灵魂的属性,由此将由这一深层属性所规定的其他属性统一为一个整体。这个整体既是"一"的概念,也是"全"的概念。一指的是"一体性",而"全"则是可以普遍化为纯粹"属"的概念的"整全"(complete)。因此,在基督教那里,"要塑造一个人,关键不在于用某些特定的观念装备他的心智,也不在于让他养成某些特别的习惯,而在于在他身上创造出一种具有一般倾向的心智与意志,让他用一种特定的眼光来普遍地看待一切"。㊱ 灵魂在普遍意义上的内在化,是自由教育的根本目标。

b. 皈依的概念

皈依意味着,不仅要让灵魂不断逼近自己的深层意识,并由此实现自觉,同时灵魂还必须发生转向。在这个意义上,自由教育不仅要培育一种内在意识,同时也必须让原来的整个灵魂发生根本的转向,转向成为对世界的整体观照。灵魂的转向意味着对本来的自然加以自觉的改造,以一种最普遍的模式塑造灵魂。不仅如此,就具体的教育来说,这样一种塑造也需要在同一的道德环境中来进行,只有让孩子们长久地生活在单一的道德环境中,沐浴这样的道德的洗礼,才能最终实现这种深层的转向。因而,这种教育的一个基本的客观要求,就是"集中",将孩子们集中在学校(堂区学校、主座教堂学校)这样的一个同一的道德环境之中。总之,"讲道就是讲学",这就是所谓的总

㊱ 参见涂尔干,《教育思想的演进》,第54页以后。

体教育(general education)。㊲

c．"世界"的概念

在基督教的世界里,僧侣不属于任何一个具体的国家,不属于任何一个具体的社会组织,而属于基督教世界这个庞大的整体。是这个整体社会,使僧侣具有了高度的流动性,在各个国家之间行游,像一个真正的游牧者,从欧洲的各个角落游走,而不必顾及其政治、民族和语言的界限。在这个意义上,这样的游走是超国家的,他走到哪里,哪里就成了他的祖国。恰恰也正是在这个意义上,僧侣的知识不属于任何凡世的领域,而属于整个世界,他可以成为整个欧洲的老师。既然欧洲的教育是跨国的。因此,就其实质的意义来说,这是一种欧洲世界主义,是一种知识的绝对普遍主义。

基督教进一步缔造了不属于任何一个国家的拉丁语文明,这样的文明构成了超越于其他各种母语的更高的文明和价值,即"基督教世界"的概念,这是查理大帝所做的最早的欧洲一体化的努力,㊳也构成了现代意义上的普遍主义的政治文化的基础。另外,"世界"的观念也加重了欧洲文明的集中化趋势,使中央学校、宫廷学校以及后来的大学等的创建奠定了文化和政治基础。

(3) 由古典教育与实科教育构成的教育体系

以整全知识为基础的整全教育,即自由七艺(liberal arts),是古典教育的核心。在自由七艺中:

a．知识门类划分为"三科"与"四艺"。

"三科"指的是文法、修辞和辩证法,即常规知识,它构成了基础教育的三分体系。三科的宗旨就是心智的教导,即人们在进行思考和表达时所遵从的形式法则。因此,三科所涉及的完全是推理的一般形式,是从文本(具体说是经文或古典文献)而非具体事物那里而习得的

㊲　Davidson，*A History of Education*，pp. 151 - 158.

㊳　参见朱利安-班达,《关于欧洲民族的讲话》关于查理大帝之最早欧洲一体化的精辟分析。

抽象准则，因此，它更切近语言的形式，而非思想本身的内容。

在常规知识的课程体系中，文法的讲授占据了压倒性的优势，被视为至高技艺。所有学问最终都得依赖于对经文的形式化的阅读和理解。修辞则在很大程度上遵循了古典的理解。按照阿尔昆的说法，所谓修辞只是在政治的意义上才有实用价值，所以是为那些以处理此类事务为天职的人准备的。由此看到，中世纪的自由教育依然保留有构成世俗部分的重要内容，而且这部分内容以及与其有关的公共话题也成为了自由教育的核心课程之一。㊴

相反，"四艺"（几何、算术、天文、音乐）所构成的实科教育，所包括的都是与事物有关的知识门类。这类教育的宗旨，针对的是对外在事物的法则的理解，如数字的法则，空间的法则，星宿的法则，声音的法则。

b. 划分两种教育的哲学意义

打个比方，我们单从柏拉图《理想国》有关"乐教"和《巴门尼德篇》有关"数"的讨论中，就可以对比看出，中世纪将几何、算术、天文、音乐划入实科的四艺之中，已经意味着把几乎一切与自然有关的知识排除在常规知识之外，虽然这也构成了自由技艺的一部分，但显然已经成为了附属部分，而非像三科那样作为自由教育的主体或最高部分。反过来，如果我们注意到文法的讲授在自由教育中举足轻重的地位，就会发现，这种表面上看来明显具有纯粹形式主义特征的课程，实际上却与教育的核心宗旨，即灵魂问题和信仰问题有着最实质的关联。事实上，中世纪的思想从一开始就关注文法问题。经院哲学有关上帝存在的证明及其相关的一切有关人的基本问题的论述（arguments），都是通过文法术语来进行的，如"表达抽象和一般观念的那些词语意味着什么？实词，如其名称所指，是否始终对应于实体？抽象的、一般的

㊴　昆体良说："任何生活方式都不能使演说家和市民生活的责任相脱离，不能与演说家所关注的一切事物相脱离。……我应当要求演说家，也就是我力图培养的人，是罗马的智者，他不是通过私下的辩论，而是通过自己在公众生活中的经历和成就，证明自己是一位名副其实的政治家。"（参见昆体良，《雄辩术原理》，载于《昆体良教育论著选》）

实词也对应着抽象的、一般的实体。种类也有某种实际的存在"。纯粹从文法上来思考分类,纯粹从文法上来思考归属关系,自然会导出关于本体论的一系列问题。而本体论的普遍法则,恰恰是有关神和人的存在的一切依据。也恰恰是这种文法形式主义,断绝了人的问题和自然问题的直接联系,换言之,从这样的角度理解的自然,也仅仅会成为实在论意义上的自然。

2) 大学的产生:自由教育作为最基本的课程体系和教育制度

在中世纪的中晚期里,欧洲的社会结构开始发生重大的变化。首先,基督教世界对异教发动了一场大众化的政治战争和文化战争(十字军东征),民众的身份认同进一步跨越了民族的边界,社会流动的程度和范围也空前扩大,基督教世界的教民和欧洲世界的公民这一概念成为了查理大帝时代的基本特征。与此同时,欧洲社会的公共生活也逐渐发育起来,城市及其自治权的兴起,推动了新的带有世俗性质的市民运动的发展,其最重要的表现,就是出现了各种各样具有行业性质或职业性质的社会组织形态。基督教世界的一体化和社会公共生活的发育,在教育上表现为几个特点:首先,不仅受教育者在绝对数量上大大增加,而且,教育也突破了教区甚至国界的限制,人们可以成群结队地游历到任何地方,去寻找他们所需要的教育机会;其次,学术研究逐渐复兴,规模较大的学者群体也开始形成。欧洲的统一和人的流动,最重要的是,以职业为纽带而组成社会团体的机会的增加,也带来了教育的集中化趋势,而大学则是在此基础上形成的。

意大利的波隆那大学非常典型,它在学术等级体系中的地位不再像其他学校那样仰仗在校教书的教师的个人素质;以它为中心的集中更可以确保持久性,因此也可以产生出更多的实质效应,这是原有那些聚散不定的组合形式所无法比拟的。在原初的教育中,人们只是看哪里有一位知名教师,这个教师在哪里占据一个有名气的"教席",便从四周汇集在他的周围,以此为中心而形成所谓的"学校"。然而,在波隆那大学的设置中,教育体系开始有可能以一种新的方式组织起来,成为稳定的、常规的、不以个人的风格为核心的教育形式,而且,也只有这样的教育形式才能是可持续发展的模式。这样的模式,造就了一种此前人们闻所未闻的崭新的学术生活和心智风格。在这个意义上,巴黎大学的产生则更具有代表性的意义,这不仅意味着巴黎大学是世界上最早成立的大学之一,而且也因为它在自由教育的社会体制和课程安排上,都可成为分析这一时期教育之基本问题的样板和范例。

(1) 教师法团的行规:"执教权"和"就职礼"

涂尔干指出,"神职、帝国和学术",构成了这一时期整个基督教世界的三角关系,而教育和学术则是围绕着一种特殊的社会形态,即教师法团(corporation)来实施的。[40]

教师法团基本上是按照职业性法团的惯例来制订行规的,即任何想要谋求授课这份职业的人,都必须先跟从其他教师上课,并达到5—7年的期限,或者说,在这学生获得业士学位后,必须通过特殊的答辩获得法团中数位教师的确认,才能被教师法团所接纳,从而享有授课资格。在这个法团体系中,最重要的核心就是"执教权"和"就职礼"两种基本设置。

"执教权":原来是主教负责指定教师,后来主教开始把学校管理工作委托给一个专门的教士(也是教师),即掌校教士,这就是后来所谓"学者"一词的来历。掌校教士拥有授予合格者教学的权利,具有挑选和任命教师的职责,这也就是教育史上常说的"执教权"。不过,这一过程也不是人为随意的过程,必须遵循系统的学位和考试体系来

40　参见涂尔干,《教育思想的演进》,第118—119页。涂尔干的这一论断非常重要,这个三角关系既是整个基督教世界的三角关系,也是构成现代性之核心基础的三角关系,三者从社会、政治和观念(即自我意识的涵义)上都确立了现代世界主义的基本前提。而这其中,"神职的基地在罗马;世俗权力(帝国)在皇帝手上;而学术则以巴黎为中心"。

执行。

"就职礼"：当某学生依照行规获得执教权后，必须通过教师法团专门的考核仪式，证明其有资格成为法团的成员，即必须得到现有教师法团的某些教师的首肯，才能为教师法团所接纳。无论"执教权"还是"就职礼"，是一个立志从教者在成为真正合格的教师之前，所必须通过的两级学位。

由上可以看出，无论是"执教权"还是"就职礼"，都沿用了中世纪行会或法团的基本规则，非常类似于学徒与师傅的关系，通过这样的培训过程和仪式，学徒才可以成为师傅，并享有在行会或法团中的一切公共权利；这样的行会或法团必须制订出一套严格的共同的行规，而且，这种共同行规具有礼仪的神圣性质，以此确立其最核心的职业团结感。[41] 因此，最早以教师法团的形式成立的大学，并不是国家体制或行政体制的部门，而是彻彻底底的社会性组织，而其所具有的特殊的公共权利的原则，是这种组织的首要原则。而且，组建教师法团的最初的动力，在很大程度上也往往来自教会而非国家。所以，博伊德指出，按照"大学"的原意，只不过是为了互助和保护的目的，仿照手艺人行会的方式组成的教师或学生的团体或协会。

（2）"同乡会"、"教授会"与文学院

上文指出，在学者们的行会里，像在其他的行会中一样，学生必须作为公认的教师的门徒，通过持续 5—7 年不等的学习年限，取得硕士学位的资格，学习期满，由老师正式介绍到教师团里，通过 inception 的仪式加入其行列。这样的情况，对我们如何理解大学体制的性质极其重要。

虽说后来人经常把"universitas"这个词可以指知识的整全，指人类学问的总体。但涂尔干却如是说：所有将"universitas"视作一种集体性学术建制的观念，我们必须一概放弃；同样，我们也得注意，不要

---

[41]　参见 *Durkheim*, *Professional Ethics and Civil Morals*, Ch. 1-3。

认为这个词意味着彼此联合的这些教师所讲授的东西必然是百科全书式的,涵括了人类学问的所有分支领域。事实上,这个词取自法律用语,意思不过是一个具有某种一体性的团体,其实就是一种法团。它和"societas"、"consortium"这两个词同义,这些不同的表述经常可以互换使用。而"collegium"这个词最初也是这样,尽管它日后逐渐被用来更专门地指一种特定的机构,隶属于我们行将探讨其形成的大学。同时,"universitas"这个词之所以指称法团,并不只是指教师法团。我们发现它也在同样的程度上指各种行业法团,甚至包括任何拥有一定程度一致性和道德一体性的集合,比如由所有基督徒组成的那个整体。就其本身而言,这个词没有丝毫的学术和教育方面的关联。在很长一段时间里,如果要传达这个特定的意涵,就必须使用其他的表述来具体指明。因此,人们会说"universitas magistrorum"(教师法团),甚至"universitas studii"(学术法团)。"学术"这个词最常用的意思,实际上是指在法团的怀抱里培养出来的教育生活。⑫

在这个意义上,大学既不完全是教会的,也不完全具有世俗的性质,而是将圣俗两者结合起来,通过中世纪行会的形式将两者结合起来。因此,这种法团首先是一批具有教师资格的人的集合,是一批必须通过教师资格认定的人的集合。涂尔干指出:巴黎大学创建伊始,就是一群人的集合,而不是一组讲授科目的集合。巴黎大学起初所表现出来的教师之间的连带关系,要远远高于他们所教授的科目之间的连带关系,后来的课程体系是最终从教师的连带关系中派生出来的。是人与人之间的一种联合,导致了研究与研究之间的联合。"巴黎大学既不是一个完全世俗性的团体,也不是一个完全教会性的团体。它同时具有两方面的特点,既包括依然在一定程度上保持有神职人员面目的教外俗人,也包括已经世俗化了的神职人员。"因此,人的聚合,教师的聚合,是大学形成的首要事实。⑬

从这个角度出发,大学的基本建制由两个基本主体构成。"教授

---

⑫ 参见涂尔干,《教育思想的演进》,第125—126页。

⑬ 同上书,第127—128页。

会"：分为四个学院，神学院、法学院、医学院、文学院。"同乡会"（nations）：以来自不同地区或民族为纽带而组成的学生会，进行日常生活的自我管理。（这两类组织并不完全是相互重叠的。第一种以院系划分，覆盖了整个大学；第二种以同乡会划分，只在文学院里采用，在神学、法学和医学各系中都没有这样的组织。另外，同样值得注意的是，巴黎大学实行的"全膳宿制体系"。这种强加给学生的整齐划一的单一体制，是现代教育中的纪律教育的起点。也正是有了全膳宿制体系，才有了更全面、完整、独立的学校生活空间。

就教师法团来说，文学院是整个学术生活的中心。正是有了文学院，自由教育开始成为现代教育的核心部分，成为西方整个教育体系的基石。这是因为：a. 由文学院开设自由教育课程，即以心智教育为基础教育，只有通过文学院的教育课程，才能步入更高一级的职业或专业课程，进入其他的三个学院。b. 文学院在人数上占绝对优势（1348 年，有 514 位艺学教师，而此时的神学教师才 32 位，法学教师 18 位，医学教师 46 位）。而且，文学院的课程内容被认为是档次最高的教学。人们将文学院的课程认作是所有学问的基础、根本原则和源泉。c. 文学院享有专门的特权，大学主事全部由文学院的教师担任，有人事任免权、学位授予权、课程审定权。教育史家甚至说："由于有实际上的文科教师的负责人，就有了一个紧密联合和代表全体教员权利的自治机关。"总之，文学院从各个方面构成了大学体制的核心，也意味着自由教育在观念和制度上成为了现代教育的核心。

（3）学位与课程体系

学位是获得执教权的阶梯。最高一级的学位是 maîtrise，某些院系亦称为博士学位（doctorat）。但在执教权制度中，业士学位（baccalaureat）是所有其他学位的基础，是学术生活的第一阶段。若以教师的资格或师傅的身份加入法团，只需要介于业士学位和博士学位之间即可。博士学位候选人要通过教学来展示自己，同样，已经完成自己第一阶段学习的年轻学生也要参加一场公开的辩论，以此证明自己适合开始学术生涯的第二阶段。按照涂尔干的说法,这一辩论称作辩定(déterminance),有"限定"(determinare)的意思,即设定一项命题,围绕此展开辩论。想获得学士学位的考生,首先得通过用逻辑教师和文法教师的辩论来证明自己的能力,然后由同乡会委任的主考人委员会来判定,答辩长达数天。

14 世纪,课程分为三个部分:a. 学士学位的课程:文法、逻辑学和哲学;b. 特许证的课程:自然哲学;c. 硕士学位的课程:伦理哲学和修完自然哲学的课程。

自由教育的教学法,大体来说有三种:"诵读""讲解"(或"评注")和"究问"(或"论辩")。"诵读"就是阅读或朗读,修一门课程意味着"读一部书"或"听一部书",完全以文本为准绳。"讲解"(或"评注")则是对经文或经典的阐释,它不是对作者的思想的转述,而是进行深入的辩证法分析,即在逻辑的意义上把整部著作的 arguments 进行拆解,然后进行三段论推论,将整部作品当作对系列命题的系列证明。"究问"(或"论辩"),即是将一个命题的正反理由罗列出来各自陈述自己的立场,并对对方的立场加以驳斥。这一过程依然严格遵循逻辑学的原则进行。

(4) 信仰的理性主义原则

尽管上文对自由教育的具体形式进行了介绍,但就这种教育的实质而言,其最突出的一个特色,即是一种在信仰和理性之间确立关系的最大限度的努力。中世纪经院哲学的最特别之处,就是在同一套观念体系中,让哲学和宗教、理性和信仰之间构建逻辑上的联系,使理性和信仰相互渗透和融合。这两条线索的交织已经不再像早期教会教育那样单纯把讲学和讲道等同起来,把学术和教育仅仅作为教会的事工,而是试图用独立的理性来检验信仰。说"理性来检验信仰",当然并不像某些教育史家那样仅仅将其归结为逻辑形式主义或辩证法形式主义那样简单。即使这种学术并没有像异教那样对宗教真理产生置疑,但就信仰本身而言,用理性的方式去检视或论证这样的真理,而不仅仅把信仰单纯诉诸激情(passion)，就足以形成一种具有实质意义的创新。"如果把理性、批判和反思精神引入一套此前一直显得不可置疑的观念，那么这一刻也就是终结的开始了。"

例如，著名的阿伯拉尔辩难就表现出了上述特征：

其实，在这场著名的论争当中，还牵涉到其他许多问题，直接触及当时道德意识和宗教意识所能提出的一些最关键问题的核心。我们姑且承认，除了个别实体之外不存在任何实体，而一个属也只是包括构成它的那些个别事物，属也就是一个词，用来指称这些个别事物的集合，或者是它们的各项共同特征的集合。如果是这样的话，教会最关键的那些教义就无法解释了。比方说，我们如何理解圣三位一体？如果说个体凭借他的总体性和统一性，可以让自己成为一个实体，如果说组成他的各种要素并无任何实体性的现实存在，那么三位一体中三个神圣的位格，就该是三个无法化约的独立实体。这样的话，我们就等于接受了一种彻底的多神论，而这对基督徒的心智来说，是完全不能接受的。要么，我们就得主张三个位格其实只是一个，是同一个实体的不同方面，并无自身独特的个别性。这样的话，我们又陷入了上帝一位论，而这种论调与教会教义之间的抵触丝毫不比前一种少。同样，带着这个问题，我们应该如何解释圣餐中所谓上帝确实在场的教义？如果每块面包都是一个单独的、不可分割的实体，而这一实体又能通过某种方式消失，被另一种相当不同的实体取代，后一种实体却能保留第一个实体的所有外在表现，对此我们又做何说明呢？再有，如果个体相互之间有着不可化约的差异，如果他们之间没有任何实体性的纽带，如果所有人都用不同的方式来表达"人"这个类，而且后者也没有独立的存在，那么，我们如何说明第一个人的原罪就不是纯粹个人的呢？它如何能够把它的后果传递给其他并未犯有此罪的人？这样，原罪学说就成了自相矛盾的了。

这样一来，认为属有其现实存在的唯实论能够被天主教正统学说所采纳，似乎也就很合乎逻辑了。实际上，唯实论本身就带有某种正统学说的特征。比如说，根据唯实论的说法，万物皆由两种成分组成：一方面，是属的本原，在属于该属的所有个体身上，这一本原的表现都是相同的，它是这些个体的灵魂，看不见，摸不着，纯粹是神性的；再有一种是有形的形式，通过这种形式，属的本原得以个体化，从而说明它为何会以不同的形式呈现于不同的地方。由此，我们可以看出，在圣事中，面包中属的本原与神的本原是如何消失的，并且在不改变其有形形式的前提下，是怎样被另一项要素所取代的。正因如此，神的本原能够化身为一块块面包。但是，即使唯实论的优势在于能够以更容易理解的方式表述某些信条，可同时又产生出何其多的问题！如果属确实是一种自在的实在，那么，属就是一种真实的实在，而对于我们自身来说所有个别的东西，都无非是些可感的表象、有形的形式、纯粹的偶然。所谓实在的东西并不是我们独立占有的东西，而是我们与自己所属的那个属的全体成员所共有的东西；个别的东西就此消失在属的东西中，这样的话，信奉泛神论的宇宙观也就很合逻辑了。④

将理性引入信仰的领域，或说用理性来检验信仰，并试图在两者之间实现可论证的关系，这本身就构成了理性与信仰之间的张力。从这一刻起，在自由教育开始引导人们凭理性去理解宗教的同时，也释放了人们对自由探究的向往。尽管表面上看，经院哲学将对于一切自然的形式考察都归于对上帝存在的本体论证明，但一旦思想的自由介入到信仰的必然原则之中，自由教育便不得不开始踩在怀疑和信仰的两端。既然在学术的意义上命题可以拆解，那么构成信仰的教条也可以被拆解；既然一种信仰的真命题可以论证，那么它的反命题（假命题）也是可以论证的，"从那个时候起，出现了一种思想上的焦虑，一种对知识和知性的渴求"。此后，要么继续坚持原来的路线，直到对普遍信仰的证明（唯名论）最终得到虚无主义的结果；要么把目光逐渐转移

---

④　引自涂尔干，《教育思想的演进》，第 98—101 页。

到所谓的凡俗学问那里，即从神—人的哲学转移到有关事物和社会的哲学那里。

事实上，最早的大学的课程体系与其说是贯彻一种宗教教导（即有关宗教教义和仪轨）的概念，不如说更为贴近学术的本义。其中，我们似乎根本找不到讲道意义上的课程。相反，这里的自由教育则是以辩证法的训练为最高目标，这意味着，自由教育的重心已经从纯粹语言或文法上的形式训练过渡到思维本身的形式训练。进一步说，后一种形式训练，已经不再是纯粹形式的了，即是说，原来那种以灵魂概念和皈依概念为基础的内在（inner）意识，已经通过新的自由教育的途径开始向"自由意识"转变。于是，人的自然首先以对知识的欲望为起点复兴了。虽然早期大学的自由教育并未实现这一点，却为后来的一切现代教育确立了基础。

反过来说，构成这一教育的新起点的，不仅是逻辑本身的形式，更重要的，是自由教育本身所提供的寻找逻辑的形式，在这个意义上，自由教育为什么会从文法形式主义过渡到辩证法的形式主义，更有其实际的含义。从教学法的角度来说，对于严格意义上的确切知识或原则，对于那些已有确证的命题，只需要"讲解"就够了。但为什么在这一时期中，"论辩"占有非常重要的甚至垄断性的地位（亦甚至作为授予学位不可或缺的形式），就在于绝大多数的命题都是无法严格证明的，或者说"属于或然性、似真性的领域看起来要远远大于由严格论证主导的领域"。我们可以想见，这样的一种效果必定可归为理性在自由教育中越来越重要的位置。理性以其自身的形式在逐渐破解其自身所做的形式上的论证，这就是经院哲学最诡谲的地方。

理性和信仰的接洽带来了理性和信仰的分离。

3. 作为人文教育的自由教育

即使我们说中世纪教会学校乃至大学所实施的自由教育体系在

各个方面有别于古代教育的模式,但这并不意味着古今文化在教育上有一种截然的断裂。事实上,中世纪学者几乎熟悉古典文明的所有方面,从自由教育设计的课程体系可以看出,除了基督教的经文外,自由教育几乎所有的读本都是古典文献。这里的差别,似乎并不在于读解的对象,而在于读解的形式以及由此形成的内在问题的转化。这一点,即便对今天的自由教育来说,也是如此。

从文法,到修辞,再到辩证法,中世纪自由教育的主导形式事实上遵循了"三科"所确立的从低到高的上行路线,大学到了 14 世纪,自由教育的舞台几乎被辩证法或论辩的教学所垄断。按教育史家的说法,当时辩证法的教学几乎达到了登峰造极的地步,"严格词义上的辩论被认为是众学之王,是我们手中一种独一无二、普遍适用的工具,用来将万事万物交付理智的审察"。因而在古代文献的取舍方面,也必然会突出逻辑学或辩证法的方面。就这一点而言,亚里士多德可谓是占据了逻辑教学的整个舞台,中世纪大学里充斥的所有论辩,都几乎遵循着三段论的逻辑模式。

然而,在论辩的技艺成为最高技艺的时候,也是其名誉扫地的时候。[45] 16—17 世纪,欧洲普遍出现了一种古典文明的复兴浪潮。其

---

[45] 勒高夫(Le Goff)有诗为证:

> 猜想力、评价力,
> 人们靠它们作出预测;
> 摹仿力、构形力,
> 在有些人想问题之前,
> 先造成了他们的梦游症。
> 啊,我曾经是个大笨蛋,
> 花费好几个夜晚,
> 攻读亚里士多德的废话。

拉伯雷是这样取笑辩证法的:

> 他刻画了一位第五要素夫人,这位夫人是亚里士多德的教女,是隐德莱希王国的女王。她就是辩证法的人身体现。这位一千八百岁的老妇人,由一群已经获得执教权的空想家簇拥着,吃饭时不吃别的,光吃一点范畴、第二意向、反题、转生灵魂和先验概念。侍臣们忙着解决最抽象、最纠缠的问题。有些在为公羊挤奶,有些在采摘葡萄上的刺和蓟上的无花果,有些在"从无中创造出大事,又让大事复归无",有些"在一个大屋子里细心测量跳蚤跳跃的距离……

实,就自由教育而言,对古典文明的诵读和评注从来就没有中断过,严格地说,这次复兴实际上是希腊罗马的文学艺术的复兴,而非广义上的文明的复兴。从经院哲学的 logicism 到文学复兴所引发的 humanism,不只是一种知识倾向的改变,在更大程度上与社会条件的变化有关:a. 市镇或城市的兴起,贸易的扩张和商人阶层的扩大促使公共财富和福利不断得到增长;b. 市民社会或绅士社会的形成和发育,使城市拥有越来越多的自主权,市民身份得以确立;c. 文明化进程的加深以及对精致生活的需求,使礼貌社会逐步形成,奢侈之风渐盛;d. 知识社会的形成,使书写文化和书信文化逐步得到发育,教育得到扩展,识字率随之提高;e. 民族国家的形成,使各民族的母语成为确立自身认同的基础。

1) 扩大了的(enlarged)人的自然

(1) 作为 all-around education 的 liberal education

意大利教育学家维格里奥(Vergerio)提出的所谓通才教育(all-around education)的概念,可准确地概括这一时期自由教育的基本取向。在这个概念中,自由教育是唤起、训练和发展使人趋于高贵的身心的最高才能的教育,除了历史、伦理学和论辩术外,自然知识,天地万物的法则和性质,以及它们的起因、变化和结果,都是构成自由教育的重要学科。而这一以"全人"(hommes complets)或"整全的人"(hommens universals)为宗旨的教育理念,最具代表性的应属百科全书学派。

自由教育从逻辑形式主义解放出来,转向文学的复兴,意味着教育思想的几个重要的转向:a. 从关注思维的一般逻辑形式转向生活中的一切具体事物,当然,这种对事物的关注并不是后来科学意义上的关注,而是所谓文学能够触及的一切生活领域,包括古典文学作品中的一切生活领域,所有这些都与社会生活的多样化和人的多样化有关。b. 从思维的形式束缚（即逻辑纪律）转向对人的生活的质料解放，即将人的生活中的所有材料、物件和形式都化为人们体内无限的能量，将自然的无限空间转换为自身的自由实现。c. 知识的形式规定性让位于人对知识的自然欲望、需求和激情（desire, need and passion），即毫无保留、毫无节制、毫无约束地全面把握人类的知识，来满足人性上的自然的根本需求，因此，这种知识不再是门类化的知识，而是整体知识。总之，教育必须回到人的自然，甚至将一切自然等同于人的自然。

这就是拉伯雷百科全书学派自由教育观念的主要特征，因此，这一学派也被称为博学派。在具体的教育实践中，甚至特来美修道院修士们的整个生活起居"不是根据法规、章程或条例，而是按照自己的意愿和自由的主张"，教育需要一种无所限制的空间，人们可在其中自由而全面地发展自己的个性。⑯

自然的总体作为人性的自由的总体。百科全书学派认为：

a. 人的自然是一切"好"（而非古代意义上的"善"）的基础，这一基础打破了所有有关自然与人世、神与人之间的限制，将自然总体等同于人的自然（人性）本身。因此，人的自然是扩大了的自然，不再仅仅归于某个个体的身心。

b. 正因为人的自然是自然的一切，所以人"对无限性的需求"是正当的，需要有一块无所限制的空间，人们在那里可以自由而全面地（all-aroundly）发展自己的本性。人们完全可以通过学识而最充分地实现自己的自然本性。

c. 人的自然要求人作为"完人"或"全人"，所谓完人，就是一个全面和整全的人，他有强健的身体，灵巧的双手，艺术的造诣，不仅要穷尽各种理论知识，还要穷尽各种实践知识（手艺）；正因为人的自然的一切，所以必须穷尽一切自然。

---

⑯ 拉伯雷在《巨人传》第二部第八章中详细地讨论了所谓博学派的教育观，这种观念是通过庞大固埃在巴黎接到父亲高康大的信中表达出来的，参见拉伯雷，《巨人传》节选，载于《中世纪教育文选》，第398—402页。

d. 能够在人的自然与总体自然之间建立联系的,只有靠自由教育中知识(包括技能)的传授,学问有两种:一是关于事物、宇宙与自然的直接知识;一是关于人(尤其是古代人)的知识,关于人的意见、伦理、信念、习俗和原则的所能找到的一切知识。

e. 自由教育只有全面把握人类的知识,才能满足人的自然的根本需要,因此,自由教育的首要原则,不是规定知识门类,而是确立以知识总体为核心的教育体系。

(2) 作为 literature education 的 liberal education

在拉伯雷那里,即便我们说"全知"(all-around)教育是由文学的复兴引发的,那里所谓的文学也只是一种名义。而其根本前提乃是由人的自然的无限性所要求的知识和教育的无限性。然而对伊拉斯谟来说,自由教育则应该始终围绕着文学教育来展开。他在《论青年早期的自由教育》中就认为:教育的首要任务,就是要在青年的头脑里播下虔诚的种子;其次,使年轻人能够热爱和透彻地学习文科;第三,使他们为生活的义务做准备;第四,使他们很早习惯基本的礼仪。而这一切,都关乎文明社会的"文"与"礼"之间的关系,礼貌社会中品位的形成,完全需要通过"言辞的教育"来实现,即说的技艺和写的技艺。

同拉伯雷一样,伊拉斯谟也认为自由教育的目的就是把握人类知识的总体,即全面探究人类学说的整个领域,即便是自由教育这样的基础教育,也应该在所有方面都有所知。不过,伊拉斯谟与拉伯雷的不同,在于他并不认为知识与善能够直接相等同,相反,知识应该由善来引导。从这个角度出发,显然这里所谓的知识的总体就不像拉伯雷那样作为人的自然的全面铺展。根据伊拉斯谟的看法,知识总体在各个方面的伸展,并不是水平的或平行的,而必须有一种以至善为终点的纵向体系。在这样的体系中,文学对于人的自然的培育,是第一位的。

伊拉斯谟将这样的自由教育称为"言辞的教育"。自由教育的首要宗旨,是培育自我表达的技艺,即文学的才能,其本质并不仅仅在于人的自然的开展，而是人的自然得以表达的能力。在这个意义上，即便教育的目标是追求全面的知识或知识总体，后者也只是教学的准备和附属的东西。因此，在经院哲学面前，伊拉斯谟并没有采取拉伯雷那种痛斥的态度，而是采取了接续的态度，只是要在教育目的、方式和效果上加以通盘的改造，即受教育者需要练习和培养的是自我表达的技艺，是文学的才能，因为在所有教育要素中，文学最具有教育上的功能，文学在"文"和"礼"方面，在思维和实践方面都是塑造文明人的最好的工具。

因此，伊拉斯谟提出的教育口号是：

a. "演讲才能第一。"这是一种说的技艺或者写的技艺。而且意味着知识可采取两种形式，一种是观念的形式，一种是语词的形式；也就是说，光有观念和才能是不够的，自由技艺首先指的是能够用恰当的话语正确表达观念的技艺，更重要的是，还有让这样的表达像古典文学那样"信、达、雅"。当然，这种技艺也与上一阶段自由教育所着重培养的逻辑和分析的技艺不矛盾。⑰

b. 拉丁文作为表达的载体。在伊拉斯谟看来，拉丁文作为最标准的文学语言，必须成为自由教育通用的唯一教育载体，只有靠拉丁文，文学教育才能达到表达的最高境界，而且在道德上达到至善的境界。

c. 作为文学教育的自由教育，其根本不仅意味着道德教育，也意味着审美教育，而能够实现这两者的，恰恰必须从文学出发，这种教育的目的，不仅需要带领学生构建思维和逻辑的发展，更要讲清楚作品在表达上的独特风格。因此，文学是自由教育课程体系的所有门类中最具有教育作用的一种。

d. 所有这一切，都在于要去除人的心智和自然中的粗野之处，使

---

⑰ 在"论词语的丰富"一文中，伊拉斯谟讨论了"演讲训练究竟有什么用处"的问题，他说："首先，这种训练是为了使演讲者在各种演讲中通过不同的方式，保持良好的风度"，还有一个重要的方面，就是让人的心智像特别喜欢变化的自然那样，在形形色色的事物也有自身的变化技巧，从而实现人的整全性（参见，伊拉斯谟，"论词语的丰富"，载于《中世纪教育文选》，第103—104页）。

其变得优雅而精致,而古典时代的文明,恰恰是唯一能够满足这一教育理想的典范,也是教育形式主义的根本要义。

伊拉斯谟的教育设计,也许在字面上更符合"人文教育"的涵义。而由此显现出来的人的自然,也更具有形式的特征。

从上述两种人文教育的思潮中,我们可以看到,教育上无论是整全还是优雅的要求,都试图要回到人的自然本身,其目的也是要不断扩充(enlarge)人的自然的范围或品质,两者之间的差别也只是对自然的理解有微妙的不同而已。不过,自由教育以"整全"或"优雅"的方式回到人,或者说,如果自由教育将"完人"或"绅士"作为人的理想角色,而撤除一切人之外的神或自然的考察(因为他们把自然权且仅当人的自然来理解),如果自由教育将人的自然欲望(特别是知识的欲望)释放出来而不予以约束,知识的欲望在教育以及其他社会生活中就会即刻转化为荣誉的渴求。事实上,这一时期的学校生活到处充满着这样一种求知的动机,教育成为激发性的(provoking),而不再是 calling。这种教育规定的训练,与经院时期学校的训练形成了鲜明的对照,教育者在教学上的激励,只是为激起孩子的自尊,他的荣誉感,以及对于得到赞扬的喜好。这个时期,学校中也洋溢着激烈的竞争精神,学生的内心中,已经距离教会教育中的那种深层和内在的灵魂观念越来越遥远,而声名与荣耀(gloire)则构成了针对扩大了的人的自然的自由教育的主旋律。

2) 对上述教育的反动

上述文艺复兴时期的人文教育,似乎更加倾力于对经院哲学的反抗,而不是着力挖掘在人身上潜藏着的德性和价值的源泉。这种自由教育所针对的人的自然,即使被无穷尽地(或用拉伯雷的说法,是无限地)扩大了,但这样的自然反映在学生的身上,或者说在具体的教学过程中,似乎更倾向于把学生的自然当作文学或艺术本身来雕琢,具有装饰性的效果。无论是广博还是优雅,似乎都在修饰人的自然的形式或风格(style),而谈不上对人的自然的哲学思考和塑造。依据涂尔干的说法,"自由、安适、偏好构成了(这一时期)教育的核心特征"。[48] 即便如伊拉斯谟所说,自由教育的目的应该集中于"信仰、学术、生活和礼仪",其效果也似乎显得过于表面化:广博的知识和温文的举止,得体的意见和高尚的观念,都似乎与此前此后的教育不可比拟。古典教育以政治为怀,经院哲学信仰和理性并重,后来的教育则始终在为公共生活和职业生活做准备;而这一时期的自由教育,似乎与当下生活距离遥远,它除了成为文明化进程的一个侧面,并没有走到思想生活的最前列。

于是,人文教育的发展没经过多少时间,即引起了内部和外部的反动。

(1) 内部的反动

最先的反动声音,来自人文教育阵营的内部。蒙田说:"知识与智慧无关。"

> 我们经常询问,某人懂希腊语或拉丁语吗? 他会作诗、写散文吗? 真正重要的,是他成长得更好,还是更聪明,而这却被忽略了。我们致力于记忆,却使理解和良心空着。像鸟儿一样,它们不时飞出去寻找谷粒,把谷粒衔在嘴里带回来喂给雏鸟,而没有品尝它;我们的学究们从书本中搜集知识,而在吐出这些知识之前,从未进一步吸收它。更糟糕的是,这些学究们的徒子和徒孙,并不比他们自己在这类知识上得到更好的滋养。这种知识从一个人传到另一个人,只是为了装潢门面或者为了提供娱乐而已。[49]

蒙田所有教育论述所围绕的一个核心思想,就是知识与智慧的区别。他认为,学习的用处,不是使儿童成长成为有学识的人,而是使他

---

[48] 参见涂尔干,《教育思想的演进》,第17—18讲。

[49] Montaigne, "Of Pedantry", "Of the Education of Children", *The Essays of Montaigne*, Vol. I, pp. 177 - 192, 193 - 238.

们在处理社会生活事物的时候,变得更加聪明些。

　　a. 没有完全适合于一切学生的教学方法。学生的自然和品性各有不同,且易变,所以不能从孩子的倾向中作出过多的性格预言。

　　b. 对于欲望和倾向,唯一的办法就是诱导。因此,教育中我们只能选择那些适合其自然的知识,而非其他知识。

　　c. 心知并非知识,教育中最重要的,不是知识的灌输,而是判断力的训练,而这往往要靠孩子的自然发展。[50]

　　蒙田甚至认为,知识不大可能会改善人的处境,缓解人的处境中固有的苦难。知识本身并不能产生正确判断;同样,没有知识,也有可能达成正确的判断:"我们可以无须拥有判断即拥有知识和真理,反之亦然。"我们宁愿要"一个造得很好的头脑,而不要一个塞得很饱的头脑"[51]。

　　不过,这样一种反动的结果,倒很有可能导向一种教育上的虚无主义。因为在蒙田看来,构成人的自然的最根本的部分,知识或知识的教育是无能为力的。一切文明及其具有的一切形式,都无法触及我们心灵的实质,都不过是我们的自然的外在装扮罢了。换言之,教育只能尽可能地去服从自然,却培育或改变不了自然。"自然能够做成一切,自然也确实做成了一切。"很显然,蒙田在否认人文教育的可能性的同时,也将自由教育一并否认掉了。没有自由教育的教育,也恰恰像蒙田所说的那样:"唯一可能的教育就是一种完全实用型的教育。"

（2）外部的反动

　　在教育史上,耶稣会对人文教育的反动,只是出于一个原因:人文主义本质上对信仰构成了极端威胁。[52] 如果从观念史的角度来看,对

----

[50]　另参见蒙田,"论儿童的教育",载于《中世纪教育文选》,第 411—454 页。

[51]　他也引用但丁的话说"我爱知识,也爱怀疑"。

[52]　涂尔干对这一时期的教育作了这样的评论:"显然,对于异教的难以约束的偏好,注定将导致人们的心智沉溺于一个没有半点基督徒意味的道德环境中。如果说要从根子上攻击这种邪恶,那么必须要做的不是听任人文主义思潮随自身的设计发展,而是控制它、引导它。"参见《教育思想的演进》,第 325 页。

于耶稣会教育理念的分析没有太大的意义。然而在具体的教育制度安排上,耶稣会的一些建制却为后来的教育体系确立了重要的基础,主要表现在三个方面:

a. 膳宿体系:由一个单独的机构独立出来,在物质方面负责运作和管理生活组织,并指导课程教学之外的所有学校工作,这样,专门的教务工作机构就出现了。此外,膳宿体系还具有另一个重要的作用,就是将所有学生集中在校园中统一管理,而且相当严格。

b. 纪律结构:学生与教师之间必须保持个人化的持续接触,学生的一切课堂活动和生活活动都受到管理者的监管,学生的所有课堂练习和书面作业,也都遵循一种标准的格式。

c. 在这种情况下,即使耶稣会继续在课程体系中采用了古希腊罗马的文献,其目的也不是希望学生们为这种古典时代的精神所浸染,而是将这些文献中具体的人物和事件抽离出来,将其中的历史感抽离出来,塑造一种古板的一般教化类型,以此来例示基督教道德和教义的训诫。

因此,耶稣会士的人文主义具有极端形式主义的特点,教育中的古代,根本不再是古典时期人们理解世界的基本观念,而只是古典语言纯粹形式上的文法和范例。这种教育的目的,恰恰是要使每个受教育的孩子都能够始终保持为一个道德上的陌生人:知识只是作为以颂扬受难为目的来教化心智的最佳工具。

3) 夸美纽斯

如果说现代教育史中的前两个阶段(即经院哲学时期和人文主义时期)在17世纪有关自由教育的问题上构成了极其紧张的态势的话,从某种意义上讲,夸美纽斯倒像是这场争论的一个局外人。这并不是说,夸美纽斯在当时的教育思想上没有构成影响,相反,他作为一位大教育学家,倒是构成了在教育思想史中承上启下的第三种势力。换句话说,在夸美纽斯的教育理论中,我们既可以看到经院哲学理性与信仰的主题，也可以发现他特有的人文主义关怀，更值得注意的是，他在《大教学论》中所阐发的感觉论，以及对各种教学法的检讨，在很大程度上推动了西方整个自由教育思想朝向第三个阶段的发展。

（1）自由教育的三大主题：学术、德性和信仰

《大教学论》在开篇就借用神谕和圣经的口吻提出了一个颇具人文主义色彩的命题："人是造物中最崇高、最完善、最美好的。"[53]虽说人的终极目标是在今生之外的彼岸世界，但今生却是永生的预备。永生的预备由三个阶段构成：认识自己（亦包括对万物的认识），节制自己，使自己皈依上帝。而与之对应的三个核心问题是学术、德性和信仰。"博学包括一切事物、艺术和语文的知识；而德性不仅包括外表的礼仪，而且还是我们内外行动的整个倾向；至于宗教，我们把它理解为一种内心的崇拜，使人的心灵藉此可以皈依最高的上帝。"[54]很显然，夸美纽斯有关前两者的说法，直接针对着人文教育的基本问题，特别是他有关德性的讨论，强调了德性的内在性质及其与信仰的关系。总之，教育的核心概念就是："今生只是永生的预备。"

不过，夸美纽斯对这三个问题的确认，显然没有完全承接经院哲学的思路，反而将三者看作是人的自然规定性。他指出，这里所说的自然，并不是指亚当作恶以后全人类所过的堕落生活，而是指我们最初的或原始的自然状态。当然，即使是这样的自然，也是普遍的神的预见，人作为造物的自然存在，必然蕴涵着神的目的。就人的自然而言，人先天就有智慧之根，这意味着，获得有关万物的知识，就是人的自然本身。就此而言，人是上帝的形象，因而人自然也成为了一个宇宙，宇宙在自然的每个方面和人类的每项活动中，其基础是同一的；确切的教学顺序应该模仿自然，既然自然在其作用方面是相同的，所有的科学、艺术和语言都应该采用同样的方法。而且，人除了有一个理性的灵魂外，还有感觉的自然，只有通过从感觉出发达到的认识，人才

---

[53]　夸美纽斯，《大教学论》，第15页。

[54]　同上书，第24～37页。

会造出通往信仰的天路和阶梯。由此可看出,夸美纽斯通过这样一种自然概念的转换,不仅搭建了学术、德性和信仰的心智教育的序列,同时也在哲学上拯救了感觉,即承认了感觉的自然规定性和认识自然的可能性。

于是,教育的主题便牵出来了。夸美纽斯指出,若要形成一个有永生预备的人,就必须通过教育来完成。教育不仅要以对自然(包括人的自然)的认识为宗旨,更要根据自然本身的秩序来安排心灵的秩序,以和谐为原则来培育德性,甚至学校和教学本身都必须遵循自然万物的严谨秩序来设计。而这种设计最突出地表现为他以感觉论为基础的教学系统中。

夸美纽斯上述观点的哲学意义,就在于转换了现代教育自形成以来的整个视角。这种看法既不同于经院哲学用圣俗两城的安排所规定的自由教育在理性和信仰上的基本路径,也不同于人文主义者将人单纯理解为没有自然层次和秩序的自然总体的概念。显而易见,在夸美纽斯那里,虽然人的自然意味着人作为造物,但这并不妨碍我们根据心灵的自然秩序来确定教育的秩序。而对心灵的自然发展阶段,亦即教育的自然发展阶段的讨论,突破了人文主义者对自然或人的平面化的理解,塑造了另一种更具有现代色彩的自然观,而这恰恰是后来的带有康德主义倾向的教育观念的起点。

(2) 由感觉论规定的教学系统

夸美纽斯说:"教师是自然的仆人,不是主人。"这话大有深意。意思是说,所谓教育,其根本意义并不是依据对自然(包括人的自然)的认识而形成的对自然的塑造和改造,而是依据自然的次序或秩序而实现的教学上的引导。因此,正确的教学程序必须遵循自然的秩序,而这种自然的秩序首先必须是人的自然的秩序。

夸美纽斯的感觉论认为,心灵的自然顺序依次分为四个阶段:首先是感觉,其次是记忆,第三是理解,最后是判断。"因为知识从感觉开始,通过想象成为记忆,然后再通过归纳个别达到理解一般,最后在理解的事实上进行判断,最终使知识得到确立。"与之相应,人的自然便会经历四个成长阶段:婴儿期,儿童期,少年期,青年期。这四个阶段在教学系统上反映为:母育学校:培养外部感觉;国语学校:培养外部感觉、想象力、记忆力;文科中学(拉丁语学校或高等学校):培养理解力和判断力;大学:培养协调的意志力。这些教学系统在社会建制上则分为四类学校:母育学校(每个家庭);国语学校(每个村);文科中学(每个城市);大学(每个省)。这些教学系统在课程上分布如下:母育学校:观察和辨别周围事物;国语学校:阅读、书写、绘画、唱歌、计数;文科中学:文法、修辞、辩证法(三科);大学:神学、哲学、医学、法学(传统的四分科)。

很显然,这样的教学逐级分类系统,是以心灵的自然发展为哲学基础的。

(3) 为实科做准备:自由教育作为中等教育

按照夸美纽斯的设计,作为大学的实科教学的基础教学,自由教育基本上需要在拉丁语学校中完成。这也是后来中等教育的雏形。

在这种学校中,课程体系中除了传统的自由七艺外,还必须添加上物理学、地理学、年代学、历史学、伦理学和神学的内容。将这些部分综合在一起,把六年的课程从低到高分为六个班级:文法班、自然哲学班、数学班、伦理学班、辩证法班、修辞班。对于这样的次序,我们在夸美纽斯那里不仅发现了出于实际的理由,也可以找到哲学上的理由,很显然,这也是以心灵的自然发展为基础的。此外,像历史学这样的学科,夸美纽斯也有独特的理解,在他看来历史学并不构成心灵自然发展的哲学阶段,因此可以纵向地安插进六个班中:文法班为《圣经史》摘要,自然哲学班为自然史,数学班为艺术和发明史,伦理学班为道德史,辩证法班为风俗史(讨论各国的习俗),修辞班为世界通史与各主要国家的通史(特别是祖国的通史)。在这样的安排中,我们可从人们所理解的整个自然秩序中发现不同科目之间的虽细微却具有实质性的联系。自由教育的这种课程分类和组合体系,自然也反映了人们所能理解的秩序原则。

由此，夸美纽斯提出了现代教育最重要的核心理念。他说："有人说得好，他说学校是造就人的工场，因为人之所以真正成为人，无疑是由于学校的媒介，所谓真正的人就是：(1)一个理性的生物；(2)一个为一切生物之主并为自己之主的生物；(3)一个为造物主所爱的生物。假如学校能够培养心性聪明、行为审慎、精神虔敬的人，事情便会是这样的。"[55]

4. 自由教育作为自由的实践

虽然人文主义教育在名义上试图复兴古典时期的一切文明，并以此来对抗经院时代的教育的形式主义手段。但从根本上说，人文主义教育的核心理念既不是古典意义上的，就连其对形式主义本身的挑战也仅仅流于形式。甚至可以这样说，这样一种教育与早期的自由教育并无实质上的差别。基督教作为一种观念论的宗教，将教育的中心放在人本身，放在人的灵魂本身。人文主义者关注的焦点依然是人，只是用平面化的人的自然取代了灵魂的说法，就其本身来说，形式主义的特征依然非常明显。不过，人文教育在两个方面作出了重要的努力：首先，它开始用"完整的人"的说法打破圣俗两界的划分，力图将自由教育回归到人本的概念；其次，它开始将教育的目光投向外部的事物，并试图在其与人的自然之间建立各种各样的联系——无论是思维上的联系，还是技艺上的联系。

如果从整个社会的变迁来考察，这可是很了不起的转向，我们完全可以结合社会和政治层面上的"马基雅维利的革命"来理解这种变化的意义。一方面，我们看到，蒙田所得出的教育虚无主义的结论似

---

[55] 夸美纽斯，《大教学论》，第55—56页。

乎是以往自由教育发展的必然；另一方面，在基督教圣俗之分的图式中将人或人的自然解放出来，也必然会引发对何谓"完整的人"的多个维度的考察。正是有了这一过渡阶段，世俗意义上的社会功能连同人的概念被一同解放出来，开始成为教育不可回避的问题。在此意义上，这意味着新型的教育至少必须在四个向度上展开：

a. 从知识的角度来看，自由教育不能只单纯从形式方面塑造思维和心灵，甚至不能仅仅围绕书本来进行，它必须教给孩子有关事物的知识，而且也必须让公共良知看到，具体事物中潜藏着一种长久以来人们从未赋予过的价值。

b. 从社会的角度来看，自由教育既不能单纯培养虔诚教徒，也不能单纯培养优雅绅士，它必须为学生充填实际的社会内容，即为学生将来履行社会职能做准备，成为它必须履行的社会功能。

c. 从政治的角度来看，人的概念必须包含公民的政治意涵。人的概念不仅具有私人的含义，更具有公共性的含义。自由教育要想塑造合格的公民，必须从两个角度着眼：一是对作为公民的基本规定性的理解；二是为未来成为能够履行社会职能的职业学习做基本的准备。

d. 从语言的角度来看，以前自由教育采用文本中心模式的基础，是跨民族国家和社会区域的通行语言（甚至是文字语言或死语言），即文法严谨的拉丁语。如今，自由教育的最高目标已经不再是关于语言的知识。母语教学和现代语言开始大范围成为教育的载体，一是有利于日常交往，二是符合国家政治准则。

同样，我们也可以从社会建制的角度来看看教育体制实际发生的变化。在意识形态政治的作用下，自由教育逐渐脱离的原有的法团色彩，开始被纳入到国家治理的框架之中；换言之，法团意义上的公共性开始逐渐被国家政治的公共性所取代。于是，在教育的根本宗旨上，又浓重地添上了一笔：确保国家和社会的有效运行。拉夏洛泰在一篇论国民教育的文章中说："由于教育的宗旨在于让公民为国家做好准备，因此，显然必须由国家的宪法和法律来规定教育。如果教育与国家站到了对立面上，那就是大大有害的。"巴黎市议会议长罗兰在1783

年拟订的"教育规划"中指出：目前时机已经成熟，"赋予学校这样一种形式，让公共教育打上国民教育的烙印，国民教育是那么重要，却在那么长的时间里遭受忽视"。孔多塞也曾说过这样的话："公共教育是一项社会义务，因为它是让每一个人都找到自己合适位置的唯一途径。"㊱

教育的国家化运动，使传统的自由教育体制发生了彻底的改变。欧洲各国相继设立公共教育委员会，负责统筹国民教育的各种事宜。如果我们回过头看，会发现文艺复兴时期的教育依然保留了中世纪的学院、学院的组织方式、班级体系等，同经院时期结束时已创立的教育形式一样。然而，新型教育在各个方面完全相反。涂尔干是这样描述的："一切都是全新的：学术的搭配组合，教授的基本素材，采用的教学方法，教员的风格特点，所有这些都是从零开始创造出来的。"

就课程体系来说，传统的自由教育也遭到了彻底的颠覆。其中最重要的一个变化，就是将过去划分给不同班级的授课内容划分到不同的课程中去（我们可以比照一下夸美纽斯以前的自由教育设计方案）。就具体的授课内容来说，传统的以人为中心的教育内容（无论是经院教育还是人文教育）大大缩减了，代之以面向外部事物的课程；我们几乎很难看到这样的景象了：自由七艺作为自由教育的核心。举例说来，法国将自由教育分为三个阶段：在第一阶段，除了语文外，绘画和博物学都旨在将学生的注意力引向自然界的事物。第二阶段的课程为数学、实验物理学和实验化学。只有在第三阶段的最后两年，才以社会科学和道德科学为主体课程。不过，下文我们将会分析到，即便是这两门称为人的科学的社会科学和道德科学，在基本的哲学取向上也发生了根本的扭转。之所以如此，是因为在这个时代的自由教育中，有关人的自然的看法，甚至是对自然本身的看法，都与从前大相径庭。

因此，考察这一时期的自由教育，我们必须从那个时代，甚至那个时代以前的有关教育的哲学论述中去寻找答案。也许，这里根本就没

㊱　转引自涂尔干，《教育思想的演进》，第403—404页。

有答案，因为这个时期的教育思想本身就处于张力之中。

1）洛克与卢梭

依照塔科夫的讲法，洛克专门谈论教育的并此后产生过广泛影响的《教育漫话》一书，有一个奇特的性质："它为了全面的教育革新向公众呼吁，而据洛克的政治教诲来看，确切地说，教育是关乎私人的事。"[57]而且，按照他的判断，这部作品应出自私人议事形式，是一部原为私人阅读和为处理私人事务而作的著作。其实，倘若我们仔细辨别本书的体裁和写法，会发现它与《政府论》这样的正论文字有大的区别，它通过家常的方式提出一些常识性的教育建议，给人带来这样的感觉：从自由教育的前提和效果两方面看，教育都可以说是私人的事情。

《教育漫话》中的一些文字多多少少地表明了洛克对以往自由教育形式所持的一种批评态度，而这种批评集中的焦点是：单纯的礼貌和仪容并不能代替德性，单纯进行人文教育的学校甚至可能会牺牲掉德性。从人的自然的角度看，严格说来教育应该是私人范围的事，不过，教育对公众事务也非常重要，关键是我们以什么样的态度和形式看待面向公众事务的教育，因为后一种教育的意义在于，人的自然的义务只有在政治社会中才能表达清楚，而投入给社会及其成员的关注，即爱国心，不仅是对公众承担的责任，也是一种私人友谊的基础，这与人的幸福有关。

即便如此，我们也不该忘了洛克所谓的最好的教育乃是家庭教育的基本命题。这一看法的基础，当然来自他对自然状态及其天赋自由的设定。在洛克的眼里，这是能够真正返回人的自然，而非诉诸扩大了的人的自然的正确途径。换句话说，人的自然是一种先天的规定和自由，并不依赖于总体教育的后天塑造。从这个角度看，只有家庭是最切近自然的，这不仅意味着家庭结成的自然关系，也意味着这样一

---

[57]　塔科夫，《为了自由：洛克的教育思想》，第151页。

种环境最适合协调人的自然,维护人的自由。因此,洛克在自由教育上所诉求的对象不是政府而是家庭。而且,这样的家庭也必须"格外地有勇气,关于孩子的教育问题,敢于追问自己的理智的意见,而不去一味服从古老的习俗"。很显然,这样的教育不能被看作是普通的公民教育,而是用绅士教育的角度来看待自由教育的。⑤⑧

不过,洛克这种对绅士教育的理解与人文主义者不同,他尽可能地抛掉了人文教育中那些形式主义的东西,而把幸福和德性提升到最高的位置。《教育漫话》中有句名言:"健康之精神寓于健康之身体,这是对于人世幸福的一种简短而充分的描绘。"不过,他又补充道:"人的痛苦或幸福,大部分是自己造成的。"初看起来,似乎人的身体和心智的自然状态的自然发展否定教育的合理性,但若我们仔细辨析,会发现这样说法并不是对教育本身的否定,而是对当下的教育方式的否定。也就是说,真正的自由教育并不是为了营造或改造、扩充或补充人的自然,而是循人的自然因势利导,引领人进入更高的状态,即德性、智慧、教养和学问。在这里,更为重要的是,洛克所说的教育虽然在家庭内发生,但教育中核心思想却与其政治理念是一脉相承的,即如何通过家庭教育来解决现代个人的治理问题。从这个意义上说,洛克不仅抽离了原来人文教育的形式,也抽离了这种教育的文本内容,而直接回到习惯中去,即通过教育使受教育者获得具有自由的自然意涵的"白版"。

在《人类理解论》中,洛克认为知识有两个来源:一、通过感觉被动接受的外界物质,二、心灵自身的活动,心灵通过对物质进行加工,而产生反省活动。而心灵则取决于感官所得,在很大程度上取决于他所受的教育。基于这两种知识的方式,教育在言说上就要很有讲究。⑤⑨首先是一种通俗的用辞方式,而非精确的文法,这是在社会中进行日常交往的方式,也是以感觉为基础的方式,面向可感事物本身的方式;

---

⑤⑧ Locke, *Some Thoughts Concerning Education and Of the Conduct of the Understanding* , pp. 134 - 216.

⑤⑨ 参见洛克,《人类理解论》,第三卷。

其次是一种哲学上的用辞方式，用来传达事物的精确概念，用普通的命题来表示确切和分明的真理。洛克认为这两种方式都旨在确立"自然的标准"，与用来表达意见的含糊暧昧的道德的用辞方式有所不同。无论从知识方式还是从用辞方式的角度看，洛克有关自然的理解有两层含义：一是本来的自然状态，二是通过运用理性而获得的自然规定性的形式。这样，有关自由教育的前提和结果就很清楚了。

可是，我们尚不清楚的是，在洛克的教育思想中，家庭教育与学校教育、私人教育与公民教育（即私与公）之间为何会形成这样大的张力，倘若单纯从其教育论著出发来寻找线索，恐怕不会有什么结果。这其中，根本的环节就在于"自由"的问题。若单从教育的角度看，正因为人的自然状态即为人的自由的先天规定，所以洛克讨论的教育方法不同于先前的一切方法，而是依照人的自然培养人的德性，使人保持对幸福的追求，必须以自由为前提；"教育的诉求对象不是政府而是父母"从根本上揭示了其自由政治的理念。教育与政治的分离，到更像是一种与所有此前社会阶段相比显得更为开明的治理术，因为卢梭式的教育所培养的人，既是有能力照看自己的独立的自由人，也是在德性和教养上能够兼顾到公共事务的人，所以塔科夫说："教育或者说社会希望塑造出何等样子的人的过程，并非政治学说的直接目标，而是它的间接需求。"正因为在洛克的政治设计中，以 commonsense 作为政治义务的根源，所以，"自由本身可以是政府最有力的工具；与为人赋予义务相比，为人赋予权利可以带来更大的好处"，所以，教育的目的是要确立一个"自然的政府"。[60]

从某种意义上讲，卢梭最初的教育思想是追随进而批判洛克的思想而形成的。在卢梭那里，基本问题依然是自然状态与公民状态、自由教育与公民教育之间所构成的强烈的张力。不过，与洛克不同的是，卢梭的教育设计是在两个方向上展开的，一种发生在家庭之中（但这个家庭依然不是洛克所谓的自然家庭，而是卢梭本人取代了爱弥尔

---

[60] 参见塔科夫，《为了自由》，第 28 页。

的生身父亲,作为 governor 来进行家庭教育),一种则是直接根据国家需要而设计的完全意义上的 civil 教育。因此,卢梭的教育理想是由两部分构成的,即他一直坚持的"人"与"公民"的塑造,他在极力强调由自然引发的自由教育的同时,也肯定了国民教育的正当性和迫切性。

卢梭在几乎所有曾表达过他的教育思想的著作中,都或隐或显地表现出一种对理想的社会构造的强烈期待,即完全依循自然状态而创建的 in speech 意义上的理想社会。这种意见的一个潜藏着的判断是:迄今为止,教育的一切社会计划都是违反自然的,只有为社会本身找到一个好的秩序,更重要的是,只有充分保留与社会相对的自然的余地,才可能有好的教育。因此,卢梭的教育思想,从一开始就渗透着对教育实践与社会改造的关怀,《爱弥儿》就是这样一部教育作品。

《爱弥儿》第一卷的第一句话就说:"出自造物主之手的东西,都是好的,而一到了人的手里,就全变坏了。"此话的意思是说,人是好的,人也是坏的。就人的自然来说,人是好的,就人在我们身上制造的一切社会制度,特别是这些制度带来的偏见、权威、需求和先例来说,人是坏的。因此,教育天然就分为三类,"或是受之于自然,或是受之于人,或是受之于事物"。自然的教育旨在使我们的才能和器官获得内在的发展;人的教育乃是他人教我们如何利用这种发展;事物的教育,是指我们对影响我们的事物获得良好的经验。⑥

这样问题就来了。卢梭说,我们每个人都是由这三种教育,以及从事这三种教育的三种教师培养起来的。如果这三种不同的教育是一致的,都趋向同样的目的,受教育的人就会好,得到幸福;但如果这三种不同的教育相互发生了冲突,那么其中之一再好,也不会好。这就牵涉到了三种教育的不同性质:"自然的教育完全是不能由我们决定的,事物的教育只是在有些方面才能由我们决定。只有人的教育才是我们真正能够真正地加以控制的;不过,这种控制还只是假定的",因为我们对于孩子无法做到事事监管。这也就是说,自然的教育是不

---

⑥ 参见 Rousseau, *Emile or On Education*, pp. 37 - 39.

可能为之的,但它却规定了自然的目标。要想让三种教育圆满地配合,首先应该使其他两种教育配合这种我们无法控制的教育。这意味着,教育必须遵循每个人特有的自然特性(如性别、年龄[62]、性情等)。卢梭在《爱弥儿》中说:"每个人的心理都有他自己的形式,必须按照他的形式去指导他;而且,为了教师的努力有所成就,必须通过这种形式而非其他形式。"在《新爱洛伊丝》中,他也指出:"他的人本性需要翅膀,有的人却需要枷锁";"有的人应受鼓励,有的人必须受约束。有的人可以攻占人类知识的最高峰,有的人仅需有勉强阅读的能力"。[63] 而家庭位于自然与社会之间,是教育最好的园地。

不过,在 in deed 的社会群体中,三种教育确实在彼此发生冲突,这要求我们必须在教育成一个人还是教育成一个公民之间作出选择,因为我们不能同时教育成这两种人。"自然人完全是为他自己而生活的;他是数的单位,是绝对的统一体,只同他自己和他的同胞才有关系。公民只不过是一个分数的单位,是依赖于分母的,他的价值在于他同总体,即同社会的关系。好的社会制度是这样的制度:它知道如何才能够最好地使人改变他的天性,如何才能够剥夺他的绝对的存在,而给他以相对的存在,并且把'我'转移到共同体中去,以便使各个人不再把自己看作一个独立的人,而只看作共同体的一部分。"这意味着,存在顺从自然和改变自然这两种矛盾的教育制度:一种是特殊的和家庭的,另一种是公共的和共同的。而两者分别针对的是"人"与"公民"的基本论题。

这种区分的根本,就在于两种教育对人的自然的态度各有不同。在卢梭看来,即便我们对于人的自然可以进行一般意义上的规定,如自然

---

[62] 卢梭曾说:"在万物的秩序中,人类有他的地位;在人生的秩序中,童年有他的地位。"卢梭所制定的具体教育计划,主要就是依据年龄划分为四个学龄期:婴儿期(0—2岁,感觉尚未分化);儿童期(2—12岁,达到了野蛮人的阶段,以感觉为主导);少年期(12—15岁,接近成人生活的边缘);青年期(15—25岁结婚,学习历史、宗教和文学)。他认为,这一阶段需要学习的第一课,就是控制由于受社会情感的影响而涌现的情欲,接下来学习历史、宗教的抽象观念,接触古典的文学作品,再结识一个理想的女人,学习政治,观察世界,最后结婚。这样,教育才算结束。

[63] Rousseau, *Julie or the New Heloise*, p. 27.

状态的规定,但家庭教育所遵循的原则,是自然的自然。在这个说法中,后一种自然仅仅指共同的形式上的自然状态的一致性,而前一种自然则意味着自然本身内在的差异性。因此,家庭教育必须依据两个基本的原则:一是儿童本性上的差异,二是对自由的一般预设;前一个方面取决于教育者对被教育者的自然的认识,而后一个方面取决于对被教育者自身的自由的确认,即自由的权利。相反,公民教育的要求则是必须首先取消自然意义上的差异。因此,卢梭只将家庭教育看作是自由教育,因为对每个人来说,自由的实质涵义,即差异性,恰恰是由家庭教育赋予的,公民教育提供不了这种差异性,更不能对此加以规定。

然而,对于一个国家来说,却不能缺少后一种教育。卢梭在 1772 年的《论波兰政府》中指出:"培养人民的才能、性格、兴趣和道德,并使波兰人民不同于其他国家的人民的,正是国民教育机关……教育问题应该按照柏拉图的范例,由最高行政部门来管理国民教育。"这说明,在卢梭依据自然状态理论所设计的教育体系中,上述两种教育都包括在内,自由教育与公民教育的对立,是一种哲学的对立,或具有政治意义的对立。但只有认识清楚这样的根本对立,才会搞清楚两种教育各自的基础,以及各自的限度和可能的余地与作用,以及"人"与"公民"的塑造在现代人民国家中政治上的对立和互补关系。

2) 康德与裴斯泰洛齐

在康德的所有著述中,专门讨论教育问题的非常少。最直接的文献,就是他去世前一年出版的《论教育学》(*On Pedagogy*)以及讨论教育体制的小文章。《论教育学》作为康德最晚期的作品,在写法上却不像三大批判那样皇皇而论,倒似乎是在讲一则故事。简单说来,在教育的基本理路上,康德与卢梭并没有多少区别,他接受卢梭有关教育要依照人的自然本性的说法,甚至提出,在孩子的生活初期,生理和心理都应遵循自由发展的轨迹。

然而,康德有一个基本的论断,可以说与卢梭大相径庭。在他看来，卢梭对自然状态的假设，与其说是人的自然状态，不如说更具有动物性的特征。因此，在教育问题上，我们最先应该追问的，不应是人的自然的差异性，而是人的自然与动物的自然之间的差异。而后一种差异的根本，就在于有关认识的基本哲学问题。

我们可先撇开这一实质性的问题，先看看康德在教育上的意见。康德从来不反对教育应遵循人的自然和自然发展，但他认为，对于儿童的冲动，必须加以抑制，甚至为了培养儿童的道德品质，应用明确的道德规范来教育他们。因此，教育的基本问题，是如何在自然与法则（以及规范）之间建立恰当的关系的问题，而不是将教育单纯交付给自然法则。换言之，康德与卢梭的根本分歧，就在于自然或自由与法则或规范之间并不像卢梭设想的那样存在必然的对立。而这一问题的解决，要求在哲学上必须对所谓的自然状态重新加以规定。

从这个意义上说，教育的目的，是使儿童能够找到自己本身中支配自己生活的法则和纪律，只有把外来的限制变成内部的法则，才算获得真正的自由。但是，这里我们必须注意到附带的条件，即这种看法不是说律令本身就是好的；只有当律令对自决的人最后证明它是好的时候，它才算是好的。因此，调和自由和法则的教育，不同于一般意义上的普通教育或大众教育，而应该是自由教育。

但我们应该怎样去调和卢梭本来就认为根本无法调和的两端呢？关键在于去解决"认识如何可能"的问题。根据以往的感觉论（包括卢梭）的看法，所谓认识，首先通过感觉对外部事物的投射，生出印象，再由心灵进行加工，从而产生反思活动。即便是对于自我和他人的认识，也大体上经历的是这样一个过程。因此，在这些思想家或教育家看来，经由反思而形成的抽象概念或意识，在人的自然状态中并不占有什么地盘，甚至在卢梭所理解和描述的人的自然中，用的几乎都是性情、倾向或气质这样的字眼。如果我们仔细体会，会发现整部《爱弥儿》所贯穿的都是一些人的本能或感官的随意性，而不是理性的确定性，卢梭所理解的自由，也带有这样的强烈色彩。

然而在康德看来，这与动物性没有本质的区别，由此规定的自由，也不是什么高级的自由。相反,对人的自然的考察,就必须把先验的知识图式本身当作人的自然来理解。也就是说,在人的自然构成(或自然状态)中,先天就存在一种知识安排的图式,这意味着,人的自然本质上不仅仅是差异性,而且也是一般性。正是有了这样一种知识安排的 faculty,人的自然除了包含有纯粹"私"的部分外,还包含有"公"的部分;除了具有认识一般自然法则的知性基础外,还具有认识社会法则,即道德法则的基础,并且将纯粹外部的法则理解和转换成内部的法则。正是这一点,构成了我们调和自由和法则的自然基础,也正是这一点,我们才能明白康德的说法:公共教育比私人教育更可取,因为通过与公民同伴接触,施于学生的规范才会具有道德的效果。

在康德的眼里,这才应该算作自由教育的基础和原则,也恰恰在这个意义上,自由教育必须为人类完美和理想所指引:"儿童的教育不应根据失去的现存条件而是要考虑到人类可能改进的状况,即根据人类的理想和整个命运来建设教育。"[54]

博伊德说过:"在教育问题上,裴斯泰洛齐是比康德本人更出色的康德主义者。"作为西方教育史上的大教育学家,裴斯泰洛齐可谓是一位彻头彻尾的康德主义的实践者,他在教育上所贯彻的原则和方法,基本上都是康德在哲学上推断出来的原则和方法。

在他的教育名篇《林哈德和葛笃德》(*Leoherd and Gertrude*)中,裴斯泰洛齐用最细微的笔法描绘了贯彻着康德教育理念的教育实践的具体过程,这些都源于他在斯坦茨和布格多夫所做的教育实验。

> 葛笃德(故事中的母亲)总是让自己的孩子整天忙于纺花,用慈母般的谈话讲一些生活环境中的事情来培养他们的心灵和性格。就她的资质来说,做一名教师是很不够的。但是,结果却证明她绰绰有余。她的教学方法非常简单。例如:教算术,让孩子们数穿过房子的步数,数窗户有几格玻璃;用类似的办法让孩子们分辨长和短、窄和宽、圆和角,并鼓励他们仔细观察周围的一切

---

[54] 参见康德,《论教育学》导论部分。

事物,火、水、空气和烟的作用……⑥

先不忙考察这种教育方法的理论意义。我们不妨先看看裴斯泰洛齐有关教育的一般理论。裴斯泰洛齐认为,人类知识有三个来源:第一个来源,是自然本身,凭借自然的力量,我们的心智就由模糊的感觉印象上升到清晰的概念;第二个来源,是与我们本性中情绪方面紧密交织的感觉印象的 faculty;第三个来源,是我们的认识能力与外部条件的关系。依据这三个方面,合理的教育方法就应该是对心理发展过程的认识,因而教育的任务应该是指导人们自然发展的过程。心理发展过程的完成,只有当清楚的印象转变为确定的观念的时候,才能实现;也就是说,只有当印象可用作给事物下定义、形成观念的时候,才能实现。总之,以前认识客体只是被当作个别的东西来了解的,当完成心理的自然发展过程后,我们会了解到它与其他客体的关系,并有能力用定义或概念来表现完全的知识。

结合裴斯泰洛齐的具体教育实践,我们可以清楚地看到这一过程。事实上,无论是哪个阶段的教学,最要紧的事情就是消除最初的感觉印象的混乱状况。首先,将不同的感觉印象分开,分为几个单元;其次,将这些单元置于不同的位置,将特定的客体与想象中类似或有关的事物归在一起;最后,再将这些感觉印象与我们此前的整个认识过程联系起来,上升到明确的观念或概念。比如,在形成"数"、"形"、"名"等认识的过程中,先让孩子们产生日常生活中的感觉印象,再在各种印象之间建立(哪怕是借助想象)类比或相似的关系,最后形成"数"、"形"、"名称"(语言)的抽象范畴。⑥

---

⑥ 参见裴斯泰洛齐,《林哈德和葛笃德》有关现代儿童教育的整个寓言式的故事。

⑥ 裴斯泰洛齐认为,人的所有教学艺术实质上都是心理的自然机制规律的结果:(1)把自然界中本来就彼此联系的事物在你心中联系起来;(2)使所有非本质的事物从属于本质的事物,使教学艺术所产生的印象从属于大自然和客观现实所产生的印象;(3)让重要的事物通过你的各种感官来影响你,以加深对它们的印象;(4)在一切学科中尽力循序渐进地安排知识结构;(5)自然机制使你周围所有物体的远近对决定你的正确的感觉印象、实际技能,甚至德性都有巨大的影响。参见,裴斯泰洛齐,《葛笃德如何教育她的子女》,载于《裴斯泰洛齐教育论著选》,第201—202页。

初看起来,裴斯泰洛齐的这些做法似乎颇有些经验主义的特点,但本质上并非如此。倘若我们对比一下《林哈德和葛笃德》和《爱弥儿》的教育效果,会发现两者有很大的不同。裴斯泰洛齐的教育实践与其说是顺应孩子们的自然,不如说是在发掘或启发孩子们的自然,让他们的自然 faculty 苏醒起来。也就是说,通过特殊的方法来构建孩子们的知识图式,才能从根本上实现认识的自然发展过程,这才是教育的基本任务。所以,好的教育并不仅仅意味着对自然的服从,而是通过与自然或事物形成恰当的关系,在人的自然中开发和提炼出一般性的观念和法则,只有这样,才能将每一次的认识内化为内在的法则,从而确立自然与道德之间的联系。

虽说裴斯泰洛齐一生都把精力花在儿童教育的实践上,但由这些实践提出的教育原则和方法,直到今天,依然在各个层次和级别上的自由教育中得到贯彻。

3）赫尔巴特

赫尔巴特(Johann F. Herbart)的教育哲学思考是从研究裴斯泰洛齐起步的,这也说明本部分的研究对象基本上从一个侧面构成了现代教育第三个阶段的思想谱系。赫尔巴特曾经明确声称,他的事业,就是从裴斯泰洛齐的伟大思想出发,证明这一思想不仅仅适用于儿童教育,也适用于整个学校教育。不过,赫尔巴特有关教育问题的哲学阐发,却有着更新的内容,并对此后的教育观念产生了至深的影响。

赫尔巴特认为,知识是由两个系列组成的:一个叫做认识系列,即由感觉印象形成的感知经验,它的最高阶段是数学;另一个叫做同情系列,以感觉经验为起点,是经验与经验之间的映照,需要用文学(特别是古典文学)的移情来培养。[57] 而所谓教育,就是在经验的帮助和指导下所产生的心理形成的过程。在赫尔巴特看来,康德所说的先验的

---

[57] 赫尔巴特,《普通教育学:由教育目的引出的普通教育学》,载于《赫尔巴特文集》第三卷,第60—63页。

知识图式,本质而言也依然是一种假定,我们很难证明它就是人的自然构成。甚至此前有关自然状态的各种说法,都没有为人赋予实在的内容,所以,这些假设与其说是一种"有"的自然,不如说是一种"无"的自然,即休谟所说的白板。在这个意义上,所谓心灵,并非是一种实在的规定,只是一种"实际表象的总和",或通过经验形成的心理状态。

因此,教育的核心问题,都应该还原为心理学的问题,即心理形成的过程。甚至由教育形成的道德概念,也是经由感觉经验之间的关系而形成的同情。不过,如果从最基本的角度来考察,道德的起点是作为"无"的自由,而能够实现道德的不是自由教育传统所说的心智,而是 will,good will。总之,教育的一切,都必须以经验以及由此形成的认识为基础,若要搞清楚认识的过程,即哪些经验可以被拣选和累积下来并转化为知识,就必须发现心理的秘密。而这一发现的切入点,就是兴趣。⑱ 教育的目的,就是由兴趣的多方面性来造就道德性格的力量。因此,教育的出发点,就是首先把学生当作个别的人来对待,以学生的个性为前提。⑲

用带有意向性特征的兴趣图式(scheme of interests)替代先验的知识图式,是教育哲学在赫尔巴特那里发生的最关键的转化。这意味着,以往自由教育中的 humanism 传统和 intellectualism 传统被抽离掉了,在教育的核心问题上,人的自然(human nature)逐渐转化成为心理的要素(psycho-elements)。由此,我们可以发现 19 世纪的心理学乃至 20 世纪的现象学在教育领域中之所以能够产生影响的根源所在,与康德以降的主体意识哲学是一脉相承的,其最突出的表现,就在于将知识图式最终还原为心理图式的教育路径。

由此看来,现代教育经由早期教会教育和文艺复兴时期的人文教

---

⑱ 赫尔巴特关于课程体系的分类,基本上是从兴趣出发的。兴趣分为两类,每一类亦可分为三组。一类是知识的兴趣,即面对外部事物的意向:a. 经验的:对具体事实的兴趣,如博物学、历史学;b. 理论的:对一般事实,即规律的兴趣,如数学和逻辑学;c. 审美的:如各类艺术。另一类是道德的兴趣:a. 同情的:对同伴的兴趣;b. 社会的:对公民生活或民族的兴趣;c. 宗教的:对上帝的兴趣。

⑲ 同上书,第37—47页。

育后,进入到了第三个阶段。这个阶段反映出了如下几个基本特征:1. 人性(人的自然)作为教育的哲学基础。2. 由自然的差异性和同一性带来的两种自由的观念。3. 由此引发的公与私的基本问题。4. 自然的概念开始被还原为心理的概念。

中篇

现代性及其社会基础

三、失范：现代社会的总危机

上文通过对现代早期教育的思想发展及其社会建制的考察，我们可以大致勾画出现代教育在观念史和社会史两个方面所呈现出的基本特征。不过，就教育史本身而言，当它进入第三个阶段后，却面临着整个社会历史翻天覆地的变化，这就是法国大革命所带来的整个社会震荡及其观念上的表现。涂尔干《教育思想的演进》一书所梳理的教育史，似乎到了这个历史情境下便戛然而止，因为社会的总体变迁，会在教育理念和社会制度上都带来前所未有的冲击，教育之中人的自然和社会秩序的问题，已经不再依靠形而上学的解决方案，而必须回到现代性在巨大社会变迁中的一个基本处境来思考，在这个意义上，现代性所正在经历的危机，恰恰构成了我们思考的起点，当然，这也是涂尔干社会理论的起点。本书这一部分，就是将我们的讨论转移到这个起点上来，重新刻画现代社会陷入总体性危机的过程中其自身呈现的社会状况，并由此回到教育的基本问题上来，看看我们究竟还会找到什么样的出路。

时代的巨变（great transformation），是这个时代在社会结构、组织制度、生活方式、知识安排乃至价值取向等方面所发生的重大变化。在这样的一个时代里，社会领域中的各种张力往往会以诸多的样式反映和暴露出来，而且会直接深入整个社会的基础结构，进而由规范意义上的合法化危机引发全面的社会危机。从某种意义上说,现代化的转型过程本身就意味着一种危机。涂尔干曾经说:"我们所要揭示的失范状态,造成了经济世界中极端悲惨的景象,各种各样的冲突和混乱频繁产生出来。既然我们无法约束当前彼此争斗的各种势力,无法提供能够使人们俯首帖耳的限制,它们就会突破所有界限,继而相互对抗,相互防范,相互削弱。……人的热情只能靠他们所遵从的道德来遏止。如果所有权威都丧失殆尽,那么剩下的只会是强者统治的法律,而战争,不管它是潜在的还是凸显的,都将是人类永远无法避免的病症。……这种无政府状态明显是一种病态现象,因为它是与社会的整个目标反向而行的,社会之所以存在,就是要消除,至少是削弱人们之间的相互争斗,把强力法则归属于更高的法则。"⑦

的确,在现代社会所经历的改革与变迁中,我们可以深刻体会到经典社会理论家所描绘的这些病痛的征象;换言之,伴随每一次的体制改革与转型,都会凸显出结构张力与制度变迁所导致的"冲突与混乱",即根本意义上的现代社会的危机。不过,倘若我们不深入复杂的社会现实,仅仅从失范表面上的去价值(devaluation)和去道德(demoralization)的角度出发去看待这场巨变,就会忽视在这一特定的社会历史阶段,行为和观念层面上的失范(normlessness)在重构社会组织和制度的过程中对形塑新时期的社会规范(norm and rule)基础所做出的贡献;从某种意义上说,原有制度结构中的失范,恰恰构成了新的社会常规化(normalization)过程的一个重要环节。

尽管在标准的社会学分析上,"失范"(anomie,或 anomy; anomia)的概念与"变迁"(change)的概念之间存在一种范畴的关联,然而,如果我们从历史的脉络和情境出发,会发现"失范"与现代性的生成以及随之出现的内生或外生的现代化过程都有一种微妙的关系:现代化过程本身以及与之牵连的一切社会要素,能否实现道德规范意义上的建构,"失范"是否会成为纳入这一过程本身中的社会永远挥之

---

⑦ Durkheim, *Division of Labour in Society*, p. xxxii.

不去的梦魇,是我们讨论现代处境中的所有社会构造的核心问题,即便对我们这样一种有关单位这种中国特有的社会组织及其制度模式或知识图式的经验研究来说,也必须返回到这一基本的理论问题上来。

1987年,美国社会理论家奥吕(Marco Orrù)发表了一部专门讨论失范概念的著作。在这部题为"失范:历史与涵义"的书中,他全面检视了古典文献中的失范概念及其历史流变的过程,以及失范在19世纪以降的社会理论中发生的变化,甚至美国社会学理论在处理失范概念的过程中所发生的误读。今天看来,这本书对于我们深入考察社会变迁中的失范现象,在概念理解和解释上具有至关重要的意义。因为从这部著作所引发出来的讨论,有助于我们进一步挖掘失范概念在法和道德意义上的重要意涵。

奥吕认为,对失范的理论检讨,可以径直上溯到以希腊和罗马为代表的古典思想。希腊人有关失范(amonia)的讨论,不仅在于反映行为的传统规范的破裂,也在于这些讨论验证了悲剧家、哲学家和史学家寻找当时社会问题的解决方案的尝试。在这里,我们可以找西方人文科学的基本观念。在希腊文献中,有关失范的讨论是从两个不同的视角进行的:从柏拉图社会思想的超验论角度来看,失范被看作是恶的本质和社会失序(social disorder)的根本原因;从智者派的内在论角度来看,失范则被当成了社会变化中的情境问题。超验论之所以会对雅典民主制的文化价值提出批评,是因为这些价值造成了混乱的自由和社会规范的破裂;而内在论却大肆赞颂民主制,并集中关注于社会控制的后果及其在个人自由和行为上所造成的失范效果。⑦

在这个意义上,希腊人有关失范的讨论始终带有 nomos-physis 二分论的迹象。从词源的角度看,早期希腊思想中的 anomia 与 eunomia 是两个相互对举的概念,倘若把 eunomia(法律和秩序)理解成"善"(good)的始因,那么 anomia 就是恶(evil)的根源,anomia 是 nomos 的

---

⑦ 参见 Orrù. *Anomie*:*History and Meanings*, p. 13; Popper, *The Open Society and its Enemies* Vol. 1.

对立面,与 anomos 具有同等的涵义。这样,anomia 就至少有三个方面的意涵:1. 个体身上的人类品性的缺陷,容易产生恐惧、暴力、易怒和残酷的倾向;2. 无视宗教规范和神圣秩序,从而导致各种不敬、亵渎和丑陋的恶行;3. 失范行为往往会偏离各种不成文的正义法则、传统上的社会习俗以及正当行为的规范。因此,失范便具有了非人(inhumanness)、不敬(impiety)和不公(injustice)三大特征。⑫ 赫西俄德(Hersiod)在谈到 Typhaon 的时候,就把他说成是半人半蛇的魔鬼,是"可怕的,专横的和无常的(anomon)";索福克勒斯(Sophocles)也把肯陶尔人(Centaurs)描绘成"暴戾乖张、无法无天的(anomon)"邪恶的化身。可是,随着公元前 5 世纪希腊社会所发生的转型,智者派的思想家们却引发了针对 anomia 的争论。这一争论的核心问题,就是确定 anomia 所依据的究竟是 nomos(法律或习俗),还是 physis(自然或实在)。安提丰(Antiphon)就曾提出,若实现正义,最有效的方式是遵从自然的法则,律法只是一种人为的产物,不具有自然的必然性。这样,个体性的价值就不能与社会生活的价值完全等同了,anomia 所牵连的问题,就成了特定情境中行动在何等程度上是正义的,衡量这种行动是否正义的基础究竟是社会习俗,还是个体的自然(或本性)。就此而言,anomia 的问题始终贯穿于希腊思想有关 nomos-physis 的争论中,但这一图式所造成的两难处境也是昭然若揭的。

在基督教的旧约时期,失范是按照原罪(sin)和罪恶(iniquity)的角度来理解的,而且,anomia 与希腊词 hamartia 基本上可以相互换用,仍带有渎神、不敬、不公和邪恶的涵义。在斐洛(Philo)的用法中,anomia 也具有希腊语中"无法无天"、"失序"和"混乱"的意思,但这些词所传达的涵义都是宗教意义上的,表达的是人类灵魂的状态:肉身脱离了理性的指引,而成为善与恶的截然对立。在斐洛看来,一方面,上帝是光、真理和律法;另一方面,则是一个黑暗、邪恶和 anomia 的世界。然而,新约时期的失范现象则显露出了不一样的面目,在保罗

---

⑫ 参见 Ostwald 在 1969 年的说法,引自 Orrù. *Anomie: History and Meanings*, pp. 14 - 18。

(Paul)看来,基督的自由本质而言是一种摆脱外在律法约束的自由;律法才是原罪之因:"没有律法,也就不会有僭越"(《罗马书》4:15);"律法不是为虔敬者而设的,而是为 anomois 和不敬者而设的"(《提摩太书》1:9)。

同样,自从"失范"进入社会学家的视野以来,也带有浓重的"反常"色彩,无论是经典社会理论,还是以不同面目出现的当代社会理论,都通常把失范当作反常的、病态的或偏差的现象来处理。从概念史的角度来说,只有在涂尔干(E. Durkheim)和怀特海(A. Whitehead)那里,失范才逐渐成为社会学理论或政治学理论中的"正式"概念,成为现代性研究中越来越难以回避的一种基于特殊的"社会事实"上的理论范畴。

1. 社会的缺席

失范与反常

按照社会学的理论流脉来看,最早提出失范(anomie)并将其纳入社会分析中的当属涂尔干。实际上,就涂尔干强调社会团结的理论传统来说,失范意味着一种秩序紊乱和规范缺失的反社会效果(asocial effects)。在这里,"反社会"基本上有两层理论上的意涵:一是将这种现象确认为反常的或病态的现象,二是认为它是可以克服的。因此,失范在其理论基础中并不能构成一种核心的概念。尽管如此,在涂尔干的几部重要的著作中,失范依然反复出现,俨然成为涂尔干有关现代社会的理论中的基本难题。《社会分工论》的最后一部分就曾经试图处理过"反常性分工"和"强制性分工"的问题,而且从分析的角度来说,这一问题最终也依然悬而未决;在《自杀论》一书中,涂尔干更是鲜明而又略带一丝忧虑地点到了这一症结:"贪婪自上而下地发展,不知何处才是止境。没有任何办法可以平息贪婪,因为贪婪试图达到的目标远远超过了它能达到的目标。与狂热的幻想能够模糊地看到的可能性相比,现实似乎毫无价值;因此人们脱离现实,但是,当可能变成现实时,他们后来又要摆脱这种可能。人们渴望各种新奇的东西、未知的享受和不可名状的感觉,但是这些新玩意儿被认识以后,它们便失去了一切乐趣。从那时起,突然发生最危险的挫折,人们就无力承受……老是等待着未来和死盯着未来的人,他的过去没有任何东西可以鼓励他去忍受现在的痛苦,因为过去对他来说只是一些亟待度过的阶段。使他能够欺骗自己的是,他总是想在不久的将来找到自己还未曾遇到过的幸福……无限的欲望像一种道德差别的标志每天都显示出来,而这种欲望只能在反常的和把反常当作规律的意识里产生。"⑦

之所以把失范作为反常现象来处理,我们还需要回到涂尔干社会理论的基本假设上来。我们必须承认,这一理论的有机论色彩是比较浓重的:如果拿有机体(organism)的说法来比附社会,那么健康(health)与病态(pathology)的对张,自然是社会分析中的主导范畴。⑭在涂尔干看来,社会作为整体或机体,汇集和结合了构成社会的各个要素或细胞,社会作为要素或细胞的总和,在性质上并不由这些要素或细胞的性质来规定;由个人联合而形成的集体不同于单独个体的实体,集体作为一种特殊的实体,以外在的形式作用于个体,并在个体身上形成一种完全内在的存在。"只有社会才能直接地和整体地,或者通过它的某个机构产生约束作用,因为社会是唯一胜过个人的精神力,个人必须承认它的优势。"⑮这种精神力,即为集体意识(collective consciousness)或集体良知(collective conscience)。

实际上,诸如"公众精神"、"集体心灵"和"舆论"等说法,都不过是集体意识的社会表述。集体意识是精神生活领域中"意识的意识",是社会生活的首要条件,是所有个体意识的统一体和集合体,

---

⑦ Durkheim, *Suicide*, pp. 256ff.

⑭ 参见 Lukes, *Emile Durkheim: His Life and Work*.

⑮ Durkheim, *Suicide*, pp. 249.

社会也表现为人类意识的综合体。然而，社会并不仅仅意味着纯粹的总体性和普遍性，而是内化于个体的总体性和普遍性，成为嵌入个体的个性和主体性："如果社会对个体而言是普遍的，无疑它也是具有其自身外形特征和个性特征的个体性（individuality）本身；是一种特殊的主体（subject）……集体本身就含有某些主体因素。"[76]在这个意义上，涂尔干的社会决定论无疑是以个人主义的道德建构为其核心意涵的。[77]

因此，所谓社会变迁中的"这种欲望只能在反常的和把反常当作规律的意识里产生"，恰恰意味着在原有集体意识被逐渐消解的情况下，新的集体意识并没有建构出来，并获得足够的道德效力，也没有通过个体意识的内化作用形成新的团结，这不可避免会造成社会衰亡甚至死亡的下场。[78] 也就是说，在社会急剧变化的时期里，道德的防线顷刻之间崩溃了，个人的欲望似脱缰的野马，摆脱了集体意识所形成的自我的道德规定，咆哮般地从道德约制中挣脱出来。而在为这种现象提供的分析和解释中，有关正常与反常、健康与疾病的二元范畴成为了理论的支点。

众所周知，涂尔干社会理论的核心概念是社会事实（social fact），而社会事实的存在"不依存于它在团体内部扩散时所表现的个体形式，我们可以通过社会事实在团体内部的扩散来界定它"。因此，社会事实不仅是独立的和普遍的，也具有外在的强制因素；换言之，"普遍存在于社会各处并具有其固有存在的，不管其在个人身上的表现如何，都可谓社会事实"。[79] 在涂尔干看来，社会事实可以分为两种：第一种事实是应该是什么就表现为什么的事实，即所谓的正常（normal）现象；第二种事实是应该是什么却未表现为什么的事实，即所谓的反

[76]　Durkheim, *The Elementary Forms of the Religious Life*, pp. 492ff.

[77]　参见 Durkheim, "Individualism and the Intellectuals", *Political Studies*, pp. 14 - 30.

[78]　Hilbert, "Durkheim and Merton on Anomie: An Unexplored Contrast and Its Derivatives." *Social Problems*, 36, p. 244.

[79]　Durkheim, *The Rules of Sociological Method*, pp. 10ff.

常(abnormal)现象或病态(pathological)现象。^⑩ 那么,怎样区分正常现象和反常现象呢? 涂尔干认为,我们在考察社会事实的过程中,必须首先证实这项事实是否是普遍的,然后再去追溯过去曾经决定过这个事实的普遍性条件,最后看一看这些条件现在是否仍然存在,或者是否已经发生了变化。如果是第一种情况,我们就有权把这种现象作为正常现象来研究;如果是第二种情况,我们就必须否认它是正常现象。这样,上述观点可以归结为三个原则:1. 当社会事实一般发生在特定进化阶段出现的特定社会里时,对于这个特定发展阶段的特定社会类型来说就是正常的;2. 如果我们指出现象的普遍性是与特定社会类型中集体生活的一般条件有联系的,就可以检验上述方法的结果;3. 当这个事实与尚未完成其全部进化过程的社会种类有关时,这种检验就是必不可少的。由此看来,涂尔干的失范理论是以常态(normality)和病态这两个范畴的二元划分为前提的,而常态的说法恰恰印证了规范(norm)作为社会存在基础的基本判断。因此,社会学研究的对象就是正常类型,是那些普遍的、规则的和正常的社会事实,但对于那些特殊的、不规则的和反常的事实来说,社会学也不能回避,不是"无望地追求越追越远的目标,而是持之以恒地努力保持正常状态,一旦这种形态遭到破坏,就去重建它,一旦它的存在条件改变了,就去重新寻找条件"。^⑧ 这样一来,失范在理论意义上就处于一种两难的局面:既然失范是社会变迁中的一种反常现象,那么在有关社会变化的理论解释中就不得不说;然而,每当说到失范的时候,又不能把失范当作一种独立的社会范畴来解释,而必须将其纳入到常规状态中来解

---

⑩　按照 Mestrovic 的解释,正常现象是存在于人类整体中的普遍形态,尽管它散见于绝大多数的个人身上,但还是在相对固定的范围内经常反复出现,它在归纳层次上可以称为平均类型;相反,反常现象只是存在于少数个人身上的特殊形态,它在时间和空间上都具有某种特殊性,只能算作不符合健康标准的个别类型。由此看来,正常(常态)和反常(病态)不仅构成了涂尔干社会事实分析的基本范畴,而且它们在基本上采取了规则—不规则、普遍—不普遍、应该—不应该的二元界分模式(参见 Mestrovic, "Anomie and Sin in Durkheim's Thought". *Journal for the Scientific Study of Religion* 24 (2), pp. 119 – 236.)。

⑧　同上书,第 74 页。

释;更为尴尬的是,由于变迁本身是无法确定的,在我们重新寻找规范条件的过程中,失范又成为了一种必然现象,而原有的常态类型又无法提供充分的揭示失范的规范基础。因此,涂尔干有关失范的解释,必须落在现代性转变的实质性的社会效果和历史效果之上。⑧

在这个意义上,通过两种社会团结牵引出来的变迁理论,才是理清失范问题的根本线索。涂尔干有关现代分工及其所带来的有机团结的讨论,恰恰揭示了现代情境中社会决定论与个人主义之间的张力。涂尔干认为,现代分工不仅意味着职业的分化,也意味着个人的分化和异质性的增强:1. 群体中的职业精神只能对特定的生活领域产生影响,个人具有游离于职业生活之外的自由生活空间;2. 相对于社会总体规范而言,职业规范在范围和强度上都减小了;3. 职业的异质性带来了职业群体的异质性,在职业群体自身发展和相互参照的过程中,集体意识不再反映为绝对的外在强制作用,而必须以内化为个人意识成为社会作用的环节。简言之,"现代社会之所以区别于传统社会,就在于现代社会所包含的不是一个实体或一种人格,而是两种人格,即相互共存的集体人格与个体人格"。⑧

因此,现代化过程中个人与社会之间的紧张状态,刻画了社会决定论与个人主义之间的张力。现代意义上的自由和自主,与现代意义上的社会纪律是双向建构的,如涂尔干本人所说:"人是有限的存在。从生理上讲,他是宇宙的组成部分;从道德上讲,他是社会的组成部分。因此,若他不去牵制自己的本性,他就无法超越方方面面的限度……人的本性无法成其自身,除非他受到纪律的约束。"⑧然而,社会变迁的效果,却使现代自由及其连带出来的欲望无限扩张,而社会控

⑧ 实际上,就三种类型的自杀研究来说,利己主义和利他主义自杀都是相对于比较稳定的集体意识而言的,而失范性自杀(反常的自杀)则是在集体意识相对匮乏的状态下产生的病态现象。如果说前一种类型的自杀研究是涂尔干社会学方法的经典范例,那么后一种类型的自杀,或者说是在现代生活中涌现出来的自杀潮流不仅提出了涂尔干理论必须解决的现实问题,也构成了对涂尔干上述社会研究方法的挑战。

⑧ Lehmann, *Deconstructing Durkheim: A Post-post-Structuralist Critique*, p. 85.
⑧ Durkheim, *Moral Education*, p. 76.

制的基础,即集体意识却逐渐瓦解掉了。集体意识的衰落无疑会使社会陷入道德真空状态(the moral vacuum),社会成员失去了社会的凝聚力,在意识领域内各处闲散游荡。社会的缺席使个体意识不再具有内在的限制和约束,陷入了规范缺席的状态。失范意味着"社会在个人身上的不充分在场",或者说是"社会的缺席"。⑤ 而且,依照匹克林的理解,这样一种急剧变迁的根本,便是社会陷入一种普遍的道德冷漠和道德平庸(moral mediocrity)的状态。⑥

与涂尔干着力挖掘失范的现代道德基础这一做法相比,默顿的失范理论不仅带有浓厚的结构功能主义色彩,同时也反映出了中层理论的特征。1938 年,默顿在《美国社会学评论》上发表了一篇题为"社会结构与失范"的文章,首次提出了失范的类型学。在默顿看来,由于帕森斯对功能的调和与均衡等特性的强调,很容易使人们忽视调和与均衡的程度问题,以及这种状态得以形成的整个过程,因此,对功能本身的界分和对功能所形成的有意的和意外的后果(intended and unintended consequences)的界分就显得十分重要,在这个意义上,失范既是对一般功能的反动,又可以对功能概念本身构成挑战,因而它对研究冲突、变迁与结构功能之关系的问题,都大有裨益。

就失范问题来说,默顿与涂尔干的出发点有所不同。默顿认为,即便我们从意识哲学和道德哲学的视角出发来讨论失范问题,也不能超出结构之外,相反,道德意义上的规范可以构成与社会结构相并行的文化结构,有关失范的理论分析应该着重讨论社会结构和文化结构之间的中介因素或互动过程,进而把个人行动的构成过程确定为社会分析的基本元素,来考察偏差行为的生成机制。首先,默顿假设了一种标准化和模式化的功能分析范式,如社会角色、制度模式、社会过程、文化模式、社会规范以及文化模式化的情感等概念。其次,他进一步区分了功能的主观倾向和客观后果。他指出,以动机和意图为变量的主观倾向实际上是个人社会系统中的驱动过程,不应与态度、信仰

---

⑤　Durkheim, *Suicide*, pp. 213, 389ff.

⑥　Pickering, *Durkheim's Sociology of Religion*, pp. 455ff.

和行为这些作为客观后果的概念相混淆。[57] 不过,甚至对功能的客观后果来说,其本身也并不具有单向的维度。于是,默顿区分了正功能和负功能、显功能和隐功能这两对概念。正功能指的是能够为特定系统带来适应能力和协调能力的正向功能,而负功能则是指削弱这些能力的消极作用。但是,功能后果是多元的和特定的,其最终效果是一种平衡状态。同样,显功能和隐功能的区分更有助于我们揭示失范现象的实质意涵。[58] 显功能是指参与者有意向或有意识的功能系统,也就是说,在产生功能作用的过程中,参与者具有主观的行动目标;隐功能则是无意向或无意识的功能系统,参与者的行动目标是潜在的和分散的。在这个意义上,功能后果本身并不完全由行动者的主观意向来确定,比如,违法者或违规者在某种意义上就能促进共同体的感情团结,麦基弗有关无目的控制的制度效果的分析,托马斯和兹纳涅茨基有关新制度衍生机制的分析,都可谓是隐功能的实例。因此,区分两种功能的意义在于,它不仅能够考虑到功能作用的具体情境问题,还能够避免功能分析中的目的论倾向,并把非理性因素介入到行动分析中来。[59]

就此而言,失范的根源就是文化目标与制度手段之间的张力结构。首先,对所有社会成员来说,文化结构所确定的目标、意图和旨趣构成了社会行动的合法目的,它们在价值等级中呈现出整合状态和有序状态。这些目标包含了不同程度的情感和意义要素,组成了行动意愿的参照框架,如什么是"值得追求的"等。其次,文化结构还确定、规定和限定了达成上述目标的可接受的方式,即制度框架所允许的步

---

[57] 这说明,默顿依然秉承了帕森斯行动意志的理论——由于行动主体在选择目标和达成目标的手段之间作出决定,所谓社会行动的模型包含两个因素:一是作为行动者的个人,二是行动者所选择的目标或结果,及达成这种结果的不同手段(参见 Parsons, *The Structure of Social Action*)。社会学分析的基本单位,即是由行动者、手段和目标,以及包括各种自然因素和社会因素、规范和价值的环境所构成的单位行动(unit act)。

[58] Merton, "Opportunity Structure: The Emergence, Diffusion, and Differentiation of a Sociological Concept, 1930s - 1950s". *in The Legacy of Anomie Theory*, pp. 3 - 78.

[59] Merton, "Manifest and Latent Functions". in *Social Theory and Social Structure*, pp. 61 - 66.

骤。因此,对能够达成文化目标的便利条件的选择肯定会受到制度化规范(institutionalized norms)的限制。⑨然而,文化目标和制度化规范在共同构建行动步骤的过程中,两者并不一定会发生持续稳定的联系,文化对特定目标的确定与其对制度化手段的选择也不是一个同构过程,前者往往会相对独立地发挥作用。所以,两者之间的平衡,构成了整合的、相对稳定的并能产生变化的社会本身,失范问题也由此引发出来了:"从社会学的角度来说,偏差可以被看成是由文化确定的意愿与由社会结构提供的实现这种意愿的途径之间所存在的分离状态。"⑨失范的根源就在于这样一个过程:一方面,人们在实现目标的过程中竭力获取未经合法化的有效手段;另一方面,人们又在夸张化的文化目标中逐渐丧失掉对规范本身的情感支持。

有关偏差行为的类型学就是以这样的理论前提为基础的。这种类型学并不局限于单纯的文化价值意涵,而是试图在社会结构的不同位置中确定适应这些价值的各种类型。因此,与类型有关的各种范畴所指涉的只是那些特定情境类型中的行为。据此,默顿通过文化价值与制度化手段的关系将适应模式分为五种类型:(1)顺从(conformity);(2)革新(innovation);(3)仪式主义(ritualism);(4)逃避主义(retreatism);(5)反叛(rebellion)。

在这五种适应类型中,第一种模式是最普遍的适应模式,也是最理想的社会整合状态:社会行为既可以满足整个社会的基本价值需要,又可以通过合法手段实现自己的目标,从而把社会纳入稳定的和持续的发展轨道,不会产生偏差行为。在第二种类型中,个人在极力强调自身文化目标的同时,无法将决定实现这一目标的手段的制度规范完全内化,从而在达成目标的过程中受到了制度的阻碍。推其根

---

⑨ Merton, *Social Theory and Social Structure*, pp. 126ff.

⑨ 参见 Merton, "Social Structure and Anomie" *American Sociological Review*。帕森斯则有所不同,他认为:"失范可以被理解为能够使特定的阶级成员不断产生意义匮乏的社会系统状态,失范的根源不在于这些成员缺乏获其所需的能力和机会,而在于他们对这些需要没有明确的认识。"(参见 Parsons, "Durkheim". In *International Encyclopedia of the Social Sciences*, vol. 4, pp. 316ff.)。

由,是因为固有的阶级结构和等级秩序没有为所有人提供同等的机会,而整个社会的文化价值却不断膨胀,甚至在某些特殊群体中形成了与社会普遍规范截然相反的常规观念,即在局部领域内,对采取某种越出习俗和法律的规定范围的手段形成共识,进而攫取社会资源。因此,这种失范的前提有二:一是机会的匮乏,二是目标的扩张,社会普遍存在的价值目标无法与合乎规范的制度化手段相互协调,个人无法通过合法途径兑现自己的"实际目标"。第三种类型就是所谓的循规蹈矩,尽管这种类型就社会规范来说不能归为偏差行为,但对制度规范来说,只表现出一种顺应的态度,而非认同的态度,这种态度从根本上丧失了自身的基本价值取向和目标,只能被动地陷于既存的社会结构等级中。对纯粹的官僚制,以及改革前具有中国特色的单位制来说,仪式主义的行为不是单纯意义上的自觉行为,而是始终受制于制度化手段,是"官僚制的行家里手"。⑨ 第四种类型的基本取向就不再是适应了:既不接受共同的文化价值,也不遵从社会的制度规范,只是在虚构的意义上才算得上是个社会成员,因此,这种类型的非社会化倾向(asocialization)反映在目标和手段两个方面。默顿认为,之所以会出现这样一种类型,是因为文化价值和制度手段之间形成了双重冲突:"与制度手段相适应的内化的道德责任同诉诸非法手段的压力发生了冲突,个人被排斥在合法和有效的手段之外",尽管社会的竞争秩序依然可以存在下去,但个人不得不在文化价值和制度规范的双重层面上"离开"社会。不过,这些偏差行为也会在特定的情境下相互融合,形成特殊的群体,并在文化上建构一种"亚文化"。

在默顿看来,有关失范的研究中,最后一种类型最有意义。这是因为,反叛在文化目标和制度手段两个问题上都表现出了肯定和否定的双重倾向,也就是对现行的文化结构和社会结构表示不满并加以改造的倾向。从这个意义上,我们可以说反叛对结构本身作出了适应性的反应,其中含有价值转换(transvaluation)的重要因素:在排斥和去

---

⑨ Merton, *Social Theory and Social Structure*, p. 141.

除原有价值的同时,宣扬重建一切价值。同样,就制度体系来说,反叛者也把原有的制度手段看成是满足合法目标的阻力。因此,若使社会达成结构转换的"目标",反叛本身就不能单纯诉诸个体,而必须诉诸群体。

不过,默顿并没有把失范的分析限定于群体的层次上,在 1964 年的一篇文章中,他把失范区分成两个概念:anomie 和 anomia。在他看来,我们必须将个体的失范状态与社会系统的失范状态区分开来。anomie 指的只是社会系统的匮乏状态,而不是系统中某个人的心理状态。[93] anomie 是指某种社会环境的条件,而 anomia 则是指特定社会条件下的特别行动者的失范状态。换言之,anomia 是具体个人从社会规定的目标和规范中疏离出来的过程,而 anomie 则是"从相对于其他目标的某些目标中疏离出来"的过程,是系统意义上的目标匮乏状态。所以,在某种意义上,anomie 是 anomia 的扩散过程;然而,恰恰是这样的说法,往往会使上述两个概念的界分排除掉对 anomia 的形成过程进行意义解释的可能性,很容易造成概念的同义反复和解释循环。[94]

尽管默顿的这两个概念在逻辑层面上显得比较混乱,可他后来所强调的失范在社会结构和个人心理层次上的效果,无疑在某种程度上引发了有关失范的心理学层面的讨论。麦基弗指出,心理学意义上的失范状态直接来源于当代社会的特殊情境,至少表现在三个方面:1. 在文化冲突中,社会个体已经陷入了茫然无措的状态,正像韦伯所说的价值领域中的诸神纷争一样,他们既被无数的价值体系包围着,又从来无法作出任何绝对意义上的价值抉择;价值的冲突本身造成了解释现实和筹划未来过程中的价值空白;2. 现代竞争中,蕴涵着价值意义的规范(norm)已经被仅仅具有组织意义的规范(rule)替代了,工具

---

[93] Merton, "Anomie, Anomia, and Social Interaction". In *Anomie and Deviant Behavior*, pp. 226 – 228.

[94] Schacht, "Doubts About Anomie and Anomia". In *Alienation and Anomie Revisited*, p. 72.

理性强占了实质理性的地盘,借助外在强制形式剥夺了个人的主体意识,手段俨然成为目的和价值本身;3. 社会的急剧变迁使暴力采用符号形式渗入整个社会的文化结构中,既在深处使个人形成了虚假的自我认同,也表面瓦解了集体意识的同一性。因此,价值的缺失已经不再单纯表现在结构和制度层面,反而更明显地表现在个体心理的层次上,"个体对社会的归属感和依从感彻底地崩溃了"。㉟

20 世纪 50 年代,大卫·里斯曼从性格学的角度划分了三种性格类型:具有传统取向(tradition-directed)的个人往往把文化作为一种习惯的统一体,而不将自身作为特定行为模式的主体,在这个意义上,社会通常在参照和约定的意义上以羞涩感(being shamed)来控制行为;内向(inner-directed)的人往往会由各种权威来规定他的心理机制,社会通过犯罪感(feeling of guilt)控制他的行为;外向(other-directed)的人则会将行动范围扩展到更广的社会空间中,尽管他会表现出一副普世主义的姿态,更喜欢急剧变迁的社会环境,可是在心理层面上却会时常产生焦虑感(anxiety)。㊱ 里斯曼认为,西方社会在历史上经历了三个阶段的社会转型,而这与上述三种性格是相应的。特别是随着现代化、民主化和消费化的发展,整个社会在人口构成和文化取向上都已经变得多元化,主流文化逐渐消解,价值越来越显得非常不确定,从而使人的性格更为灵活善变,越来越呈现为外向的特征,"焦虑"也随之成为社会的主导情绪。㊲

列奥·斯罗尔则通过"失范量表"对失范开始尝试进行定量分析。他认为,有关失范的假设源于希腊文中两个相对的词语:eunomia 和 anomia,前者意指社会的有序状态,后者指无序状态,当然,这两个术语也可用于对个体行动,及其相互关系和参照群体进行考察。因此,默顿区分 anomie 和 anomia 的意义在于,它们既可以对失范的社会状态和个体状态分别加以澄清,也可以将两种状态相互进行参照,个体

㉟　MacIver, *The Ramparts We Guard*, pp. 84 – 92.

㊱　Riesman, *Individualism Reconsidered*, pp. 111 – 113.

㊲　参见 Riesman, *The Lonely Crowd*, pp. 13 – 26.

的心理失范不仅可以作为对社会失调状况的反映因素,也可以对社会的构成或拆解过程产生反作用。从这个意义上说,个体的 eunomia-anomia 模式可以被看成是在人格因素和社会因素交互作用的背景下的变量模式,anomia 与 malintegration 也有相同的意义,意味着"个体对外群体普遍持有的拒斥倾向以及个体对小群体特别持有的拒斥倾向"。[98] 既然我们可以把个体的心理机制看作是由 eunomia-anomia 构成的一个连续体,那么,在理想的状况下,这一模式就具有两种极端的表现。首先,eunomia 指的是一种自我与他人的归属状态(self-to-others belongingness),个体能够明确地认同自己的角色,与群体之间也能够形成和谐的秩序;相反,anomia 是指自我与他人的疏离状态(self-to-others alienation),个人在与他人进行互动或以群体为参照的行动中,并不能明确自身的角色,ego 与 self 不能相互认同。在这个意义上,斯罗尔所说的失范与阿尔布瓦从自杀现象所引出的失范概念比较切近。阿尔布瓦认为,失范实际上就是无法在自我和身份的社会框架中将自己构成一个社会行动者(social actor),所以才会产生孤独、痛苦、焦虑和畏惧的感受。[99]

实在的危机与社会解释的困境

其实,从失范牵引出来的问题远远超出了以往失范理论所能涵盖的范围。上述简短的考察,只不过是失范这一问题史的起点。经典社会学家也许没有看到,正是失范及其连带的问题,构成了对现代性的双重挑战。首先,失范标志着现代性转变过程中异常深刻的社会实在的危机,"诸神的纷争"业已表明,原有的道德基础已经分崩离析,以集体意识为根基的"精神共同体"也销匿了踪迹。其次,失范对社会建构的真理基础也提出了深刻的置疑,不管是社会解释中的实在论倾向,还是经验主义倾向,都受到了致命性的攻击,前者表现为对"逻各斯中

---

[98] Srole, "Social Integration and Certain Corollaries", *American Sociological Review* 21, p. 712.

[99] Halbwachs, *The Causes of Suicide*.

心论"的批判,后者则在有关深度自我(deep-self)之伦理实践的两难困境面前显得束手无策。

从这个意义上说,失范远不是现代性转变过程中的一种偶然或边缘的现象,也不是社会研究中的一块"鸡肋",它不仅揭示了社会的危机,也揭示了社会解释的危机。对此,经典社会学家们也不无体会。尽管马克斯·韦伯从发生学的角度考察了现代社会与新教伦理这种价值理性的关系,但一旦人们将平均化的世俗生活赋予了救赎形式,并使其成为纯粹形式上的逻辑,那么形成史与现实史也就具有了不同的原则。[⑩] 于是,"祛魅"的论题直接导致了"工具理性扩张"的扩张,甚至连社会行动及其意义解释,也纳入到具有或不具有宗教性指涉的模式(religious or irreligious model)里了:一方面,日常生活越来越显露出"去神秘化"的倾向;另一方面,社会解释却不得不诉诸其宗教意义上的最终基础。这样,即使是某些始终坚持方法论个人主义倾向的思想家,也不得不或彰或潜地遵从实在的逻辑,从认识论或知识论的视角对具体的社会过程进行建构。

尽管许多人认为,社会学自产生以来,就似乎一直贯穿着社会唯名论与社会唯实论等两大派别之间的冲突,但实际上,这种现象在某种程度上不过是一种假象而已。首先,经典社会学家们就没有贯彻始终如一的立场,在涂尔干那里,早期思想中对社会存在及其整合功能的探寻,与晚期思想对道德个人主义的密切关注之间就存有巨大的张力;在韦伯那里,既然宗教伦理始终是社会历史分析的基础和前提,那么以社会行动为起点的意义和动机分析也就不能成为自我构成的逻辑;换言之,形成史与现实史间的差别,使实质理性与工具理性之间的紧张状态,不仅仅成了社会行动本身的紧张状态,更是方法论本身的紧张状态。进一步说,既然社会学已经从形而上学中抽身出来,而且

[⑩]　这种说法是马克思最早提出来的。在《政治经济学批判》中,资本的形成史不同于资本的现实史,原始的原始积累与资本主义生产方式的现有条件下的资本积累贯穿着截然不同的逻辑,因此,发生学的方法并不是普适性的(参见《马克思恩格斯全集》,第46卷〔上〕,第456—463页)。

要彻底贯彻"社会学作为科学"的原则而进行社会解释，那么它就必须在唯名论和唯实论之间进行调和，就必须在把社会作为社会解释的本质基础和必要前提的情况下，对个体的行动、意识、动机、意义及其所连带的真理、价值、道德等意涵作出假设和分析。[10] 更重要的是，我们在经典社会学家那里，也看到了用具体的历史来化解这种紧张的努力。用历史学来建构社会解释的做法，无疑是社会学所做出的要比社会学自身建构更加具有重要意义的贡献，然而，如果我们仅仅把历史看成是"社会生活的既定条件"，而没有将其彻底纳入到社会构成的具体过程中去，没有把历史本身看作是一种实践逻辑，甚至没有把历史建构成社会解释本身的原则，那么历史也只能是驻留在"线形时间"（linear time）里的"过去"，无法彻底摈除历史学与社会学之间的屏障。

也正是在这个意义上，"旧"的哲学与"新"的社会学的"断裂"（break），实际上很不彻底，如果我们还是按照原来的"深层模式"去解决社会实在的问题，就会在处理失范问题前显得缩手缩脚、左右为难。失范现象既抽离了社会实在的基础，使社会陷入了"道德真空状态"，同时又在行动分析和意义解释的层面上造成了一片空白，在动机缺席和意义缺席的情况下，行动的不可解释性动摇了社会学作为科学的合法地位。因此，我们只能从社会实在的角度出发把失范说成是非社会性的（asocial），从自然态度的角度出发把失范说成是不自然的（non-natural），从社会规定的角度出发把失范说成是反常或异常的（abnormal），从单位行动分析的角度出发把失范说成是无意义的（non-meaningful）。然而，恰恰是这些反命题，使社会学在实在领域之

---

[10] 我们在胡塞尔和舒茨等人的现象学的讨论中，可以清晰地发现其中所潜含的张力：一方面，要为科学寻找最终基础；另一方面，要返回日常生活，回到具体事物本身，从行动意向性的角度进行还原和构建。（参见 Husserl, Ideas: *General Introduction to Pure Phenomenology*；Schutz, *The Phenomenology of Social World*）在这个意义上，现象学自我发展的转变，也代表着每个经典社会学理论在自我发展过程中所必然产生的转变。归根结底，这种张力实际上就是社会学本身的张力，也是对"社会学究竟是不是一门科学"提出置疑的关键所在。

"外"划出了一块区域,而在其自身领域内,"历史的东西"则被还原成了"非历史的东西"。对此,在结构功能主义试图调和两个立场的尝试中表现得非常明显,[⑩]而今天我们可以看到,这种尝试本身却已经把经典社会学原发的活力和创造力遮蔽掉了,一旦历史的空隙被统统填补干净,历史也就丧失了具体的实践意义,被完全还原成为逻辑本身。然而,倘若我们反过来看,正是由于失范的出现超出了本体论和知识论所能应付裕如的范围,从另一个维度中揭示了传统社会学解释的局限,失范本身也就构成了对社会学理论的挑战,那么,失范是否可以带有应对这种挑战,超越这种局限,化解这种紧张的可能性呢? 是否会牵连出社会存在的一种新的样式呢?

然而,按照传统社会学观念出发,既然社会学要为社会存在提供一种有效的证明,并把依此而形成的一系列知识体制当成社会治理的机制,那么失范在社会安排、管理、控制和调适的过程中便具有了"意义"和"价值",失范也同批判一样,反而变成了社会生产的否定性前提。由此看来,有关失范的认识论建构与日常实践的权力机制始终是相辅相成的:一方面,失范揭示了社会实在的危机,另一方面,失范又反过来被当成塑造这一实在的知识/权力手段。一方面,失范被当作异类排斥在社会解释的范围之外,另一方面,失范又成了社会控制的制度中心。在这个意义上,失范或许可以为我们提供两个切入点,一是从实在与反实在的角度出发,重新审视社会解释的"深层模式",二是通过排斥、禁闭、纪律或驯化等社会治理方式入手,破解社会生产的内在机制。

甚至可以说,实在的危机进一步使"解释"和"意义"本身陷入了进退两难的尴尬境地:"解释的死亡就在于,它始终相信符号是原始的、

---

⑩　参看 Alexander, "Formal and Substantive Voluntarism in the Work of Talcott Parsons: A Theoretical and Ideological Reinterpretation", *American Sociological Review*, Vol. 43 (April), 1978, pp. 177 - 198.

最初的和真正的存在。[103] 解释的生命就在于,相信惟有解释才存在着";[104]"赋予意义——这项任务始终是多余的,假如事物中没有意义的话"。[105] 难道社会学研究只能建立在这样的实在基础之上吗? 难道社会的构成只能在动机、意义及其解释的层面上展开吗? 在这个问题上,失范至少开启了一种潜在的可能性。

2. 失范的现象学基础

迄今为止,现象学依然在不遗余力地对行动、意义和价值进行探讨,现象学的努力可以说是通过知识论建构来解决动机和意义问题的最细致的也是最后的努力。我们之所以要把现象学的讨论作为失范研究的起点,其目的当然不是要彻底贯彻这一条研究路线。"猴体解剖是人体解剖的一把钥匙",只有在最细微、最发达之处,我们才能发现这一理路的有限性和超越它的可能性。不仅如此,现象学的研究也始终是一个充满紧张的张力结构,正是现象学有关意向性(intentionality)与自发性(spontaneity)、悬置(epoché)、多重实在(multiple realities)、跳跃(leap)、接近呈现(appresentation)、具体性与匿名性(anonymity)等问题的探讨,使新的理论生长有了可能,也为我们把握失范的社会构成性特征做了很好的准备。

多重实在与意义的跳跃

现象学对意义问题的讨论与西方思想中的"拯救现象"传统不无瓜葛。不管是狄尔泰以生存体验为基础的客观心灵世界以及精神科

---

[103] 在涂尔干的早期思想中,涂尔干对失范实行的理论策略是排斥而不是解释。但当其晚期思想转入道德个人主义之建构的时候,失范却是解释层面上不可回避的问题。

[104] Foucault, "Nietzsche, Freud, Marx". *Critical Text* Ⅲ, 2 (Winter), 1968.

[105] 尼采,《权力意志:重估一切价值的尝试》,张念东等译(北京:商务印书馆,1991),第274页。

学(Geisteswissenschaften),还是齐美尔所强调的相互效果(reciprocal effect)在社会世界中的意义,[106]都可以看到日常意义在社会建构中的作用。到了韦伯那里,社会学开始成为了远离价值判断的科学。韦伯认为,"'社会学'是一门科学,是企图对各种社会行动进行解释性理解的科学",[107]它的目的就是要把客观心灵的世界化约为个体行为,从而透过解释个体意向中的主观意义来研究社会行为;也就是说,社会学并不以社会事实的结构性质作为自己的出发点,相反,对个体行动以及个体对社会现象赋予意义的方式作出解释,才是社会学的根本宗旨。[108] 同时,社会学必须借助"理想类型"的构架,对人类行为的主观意向意义加以概化解释,进而拯救社会现象的意义,并理解社会世界的关系蕴涵。这样,韦伯在谈论有意义的行为时,常常把理性行为,即"指向个体之目标体系的行为",作为行动的原型;同时,他在把各种行动划分为理性的、情感的和传统的等类型的时候,就已经预设了"意义即是动机"的前提。

现象学的研究并没有彻底抛弃这条路线,但现象学家们也指出,

---

[106] 实际上,"拯救现象"的主题在现代西方思想中表现为对纯粹直观的拯救,我们可以在德国社会学传统或与此有关的思想传统中清晰地看到这种取向。除了狄尔泰和齐美尔之外,阿尔弗雷德·韦伯对文化整体的讨论,文德尔班对情感意志和价值命题的讨论,曼海姆对意识形态与生活方式之关系的讨论,以及舍勒的知识社会学都在极力强调对社会世界的意识"结构"进行理解和解释,参见 Dilthey, *Selected Writings*. Trans. by H. P. Rickman (Cambridge: Cambridge UP, 1976); Wolff, *The Sociology of Georg Simmel*. (Glencoe: Free Press, 1950)。我们从中可以体会到现象学得以滋生的思想土壤,参见 Schutz, *The Phenomenology of Social World*, pp. 10ff.。

[107] Weber, *Economy and Society* (2 Vols). Ed. by G. Roth & C. Wittich. (Berkeley: University of California Press, 1968),p. 109。

[108] 韦伯在《经济与社会》中,曾经明确地提到过社会学作为一门囊括具体的科学以及理想类型作为社会学研究的基本方法的构想。他指出:"与其他概念化的科学一样,社会学概念的抽象特性也源自于这样的事实,即与实际的历史真实相比,社会学概念相当缺乏具体内容。为了弥补这个缺陷,社会学分析必须提供比较精确的概念。……但与此同时,社会学研究也试图在自己的范围内涵盖各种非理性现象,如预言的、神话的以及情感的行动形式,并根据适于意义层次的理论概念进行概括。所有这些情形,不管是理性的或非理性的,社会学分析都应该取自其真实情况,并帮助我们去理解这种真实情况,当然,这里显现出来的真实比较接近于具体的历史现象,并可以被置于概念的统摄下。"(Weber, *Economy and Society*, pp. 109ff.)。

韦伯式的解释社会学所作出的概念假设,始终建立在一系列未曾说明的预设之上。首先,赋予意义就是一个行为,在这个行为内,纯粹的感觉经验"被赋予了生命"(animated);换言之,正是由于我们过去意识的意向作用,才使得我们在转瞬之间觉得它们是有意义的;[109]其次,当个体跳出经验以外对行动本身进行反观自照的时候,会发现任何行动都是有意义的;再者说,"意向意义"也有两种不同的涵义,它或者指我们可以直接观察的行动者行动的主观意义,或者指用来理解行动者行动动机的意义构架。就上述两种情形而言,不管理解之基础建立在对行动目的的推断上,还是建立在对过去经验的省察上,我们所能找到的行动动机都存在于实际发生的行动过程之外。[110]

现象学对韦伯的批判的重要之处在于,它把社会世界分成了两个世界:一个是完整的、已构成的和理所当然的世界,是从行动者自身或他者的意识构成中抽取出来的客观意义世界,其意义内容已经具有了匿名性(anonymity);另一个是绵延的、不断生成的、"每一刹那生灭交替"的世界,[111]这个世界是意义被原始构成的过程,所有行动都是具体的,都是绵延的内在执行(duration-immanent enactment)。这样,现象学就把所有社会构成的问题还原成为如何建构"时间客体"及其"重述性次序"(recapitulative ordering)的问题。这就是说,两个世界恰恰由行动者的反思作用切分而成的:一方面,记忆和再生把意识经验变成了过去的"剪影"和内容,[112]行动具有了过去完成的性质;另一方面,行动也同时具有一种指向未来的和自发性的特征,具有了预想和筹划(project)的未来完成性质。

由此,我们可以看到,现象学的基本社会学分析至少在这几个方面超越了传统社会学的认识论前提:1. 以行动为标志的社会构成并不是线形的和单向的,社会世界本身就是分裂的,而且分裂恰恰就是

---

[109] Husserl, *Ideas*, pp. 112 - 142.

[110] Schutz, *The Phenomenology of Social World*, pp. 15 - 38; *Collected Papers* Ⅱ: *Studies in Social Theory*. (The Hague:Martinus Nijhoff,1964), pp. 64 - 88.

[111] Schutz, *The Phenomenology of Social World*, p. 36.

[112] Husserl, *The Phenomenology of Internal Time-Consciousness*, p. 59.

社会世界得以构成的前提;2. 社会解释的基础并不是对象性的社会实在及其价值意涵,社会实在恰恰是一个构成或构形的过程(configuration),[13]时间客体是在过去、现在和未来等三个维度中综合建构出来的,行动的解释和筹划本身就是一个历史过程;3. 意义是思想与生活之间的张力:"思想着重于时空世界的客体;而生活则是属于绵延的。两者之间的张力就是经验'意义性'(meaningfulness)的本质。"[14]因此,传统社会学所谓的社会与个体、形式理性与实质理性之间的张力,也便还原成为社会具体构成过程中的张力。只要行动者是反思性的,那么社会本身就不能成为一种自成一类的实在(a reality *sui generis*),其间必有断裂之处。

正因如此,日常生活的实在也就成了现象学讨论的主题,[15]而所谓的自然态度也与之形成了纠缠不清的关系。然而,实在是不是被平整一块地构建出来的呢？现象学并不这样认为。柏格森早就指出,意识生活并没有完全作为日常生活而铺展开来,相反,生活世界实际上有不同的层面,而且不同层面的不同特征都是由特定的意识张力(specific tension of consciousness)造成的。舒茨则认为,我们的经验意义并不是构成实在的本体论的对象结构,而是某些特定的经验系列,社会实在并不是绝对的本体基础,而是由诸多"有限的意义域"(finite provinces of meaning)及其特定的认知风格(cognitive styles)组成的。因此,所谓日常生活并不是现代社会的唯一规定性,而是各种意义域之间相互缠绕、搅扰和冲突的张力结构。维特根斯坦说过,正是多种相互交织的生活才造就了不可言说的世界,[16]而在戈夫曼那里,生活本身总是带有着纷繁复杂的色彩和氛围(hue and ethos),玩笑、排演、欺骗、梦想、示威、实验或小恩小惠等等,都与普通的日常生

---

⑬　即埃利亚斯所使用的概念,参见 Elias, *The Civilizing Process* (Vol. 1): *The History of Manners*。

⑭　Schutz, *The Phenomenology of Social World*, p. 69.

⑮　有关这一问题,参见 Schutz & Luckmann, *The Structures of the Life World*.

⑯　参见 Wittgenstein, *Philosophical Investigations*。

活不完全相符。⑰ 一旦"昔日的神祇从坟墓里走了出来",世界也就裂解成了相互不可通约的小世界(sub-universes),体验、沉思、游戏、睡梦乃至癫狂都以不同的张力对意义进行追问。⑱ 生活是分裂的,同时也是复调的,在每个意义域中,意义的构建都贯穿着以下原则:特定的意识张力,意味着对生活的关注程度不同,态度则不同;特定的悬置作用,即怀疑的中止判断;意义具有自发性的形式;特定的体验自我的形式;特定的社会性的形式,它是在沟通和行动的世界中形成的;特定的时间视角,绵延与普遍时间交互作用而形成的标准时间。⑲

因此,从社会世界的意义"结构"来说,现代自我从一开始就是多重的、反实在的(a-norm),即使日常生活始终作为当今社会学的主题,但各种悬置、怀疑和中止作用从一开始就已经纳入意义构建的过程中了。在众多意义域所组成的社会世界里,社会实在并不是统整的,意义及其连带而成的态度也不是连续的和确定的。所以说,我们对日常生活的实在性假设根本不可还原,除非我们已经经历过了一种特别的惊愕(shock)和断裂(break),才能被迫去冲破"有限"的意义域所划定的界限,抛弃我们原有的态度,倾听到一种异样的实在之音(accent of reality)。正如舒茨所说:"显然,在我们的日常生活中,那些惊愕的经验总是不断地降临到我们的头上,而且,它们本身也总是附着在它们的实在之上。它们向我们展示到,标准时间里的活动的世界并不是单一的有限的意义域,它只是我在意向生活中可获得的众多意义域中的一个。"⑳

很显然,只有惊愕所导致的"跳跃",才能克服意义域的有限性,才能组建成一个完整的社会世界,然而,在通过"跳跃"来释放紧张的过

---

⑰ Goffman, *Framework Analysis*: *An Essay on the Organization of Experience*, p. 560.

⑱ 然而,在涂尔干对原始宗教圣俗之分的讨论中,体验、沉思、游戏、睡梦乃至癫狂都不过是宗教仪式的象征表现,它们并未各自成为单独的具有特定思维风格的世界,参见 Durkheim, *The Elementary Forms of the Religious Life*。

⑲ Schutz, *Collected Papers I*: *The Problem of Social Reality*, p. 209.

⑳ Schutz, *Papers I*, p. 231.

程中,其本身也变成了一种"风险"(risk)。㉒ 也正是在这个意义上,现象学社会学深刻指出,表现为多重实在的社会世界,我们即便可以通过社会行动及其意义解释的方式去捕捉,但最终还必须诉诸"跳跃"的形式。一方面,各个意义域之间是不可通约的,彼此成为对方的外面(outside),"信念与信念之间总是存在着冲突,感觉上的知觉也是相互共存的。一旦我们陷入怀疑,就会觉得两种信念都是不可缺少的;每种信念都有自己存在的理由;每种信念都会产生行动的动机,都可以说不,甚至都是预设好了的;它们彼此对立,相互争夺。要想摆脱这种怀疑,我们就必须祛除一方"。㉑ 另一方面,意义建构本身也造成了失范的风险,因为社会世界的构建必须通过祛除其他实在的方式才能得到实现;就此而言,失范恰恰揭示了现代社会在构形过程中所蕴涵的"开放的可能性"(open possibilities),它使所有特定的意义域都变成了自己可供采集、遴选和创造的世界,同时也不得不以其他意义域作为参照框架,用折叠或逆向的方式来组建自身。

　　表面看来,倘若我们单纯从行动的角度出发,失范不仅意味着行动者无法通过未来完成的形式对行为作出明确的筹划,也意味着行动者无法通过过去完成的形式来看待自己过去的经验,探寻自身行动的真实理由。在各种可能性的包围中,以及在对各种新的经验进行重新反思的过程中,行动者原有的意义脉络或经验图式产生了混乱或空白,怀疑占据了意义解释的主导地位,行动丧失了原有的意义基础。就此而言,没有意义就等于没有态度,意义的缺席更加使人们变得心神不定、无依无靠。然而,倘若我们从多重实在的角度来看,实在的危机却使现代社会陷入了前所未有的复杂局面:一方面,自我陷入了多重世界相互纠缠的尴尬处境;另一方面,我们也由此获得了有史以来最为深刻的怀疑力量。一方面,自我总是在竭力摆脱日常生活的有限性,去倾听另一种实在的声音;另一方面,自我也不得不将自身的意义基础悬置起来,最终陷入无所适从的失范状态。

㉒　参见 Douglas & Wildavsky, *Risk and Cultur* 的讨论。

㉑　Schutz, *Papers I*, p. 80。

　　奇怪的是,现象学对实在的追寻却导致了这样的结果:实在反而被"悬置"起来了。

由焦虑开展出来的深度自我

　　意义问题始终是令现象学家们牵肠挂肚的问题。不过,现象学并没有像经典社会学家那样采用统整的方式来解决这一问题;换言之,现象学的社会解释并不能完全还原为简单的社会实在:1. 意义世界是一种反思与绵延之间的张力结构;2. 社会世界的本质特征不是连续性和整合性的,而是差异性和间断性的;3. 意义建构与时间意识的构成有关,与当下的具体历史有关;4. 社会世界的构成必须通过向"外"跳跃的方式来解决;5. 意义作为一个多重体,揭示了社会世界之有限性(finiteness)和可能性的双重特征。

　　然而,现象学仅仅依凭行动的筹划和动机(不管是目的动机还是原因动机)来处理这个问题,社会解释就必须诉诸认识论的基础,把生活世界归结为意向作用与意向对象(noesis and noema)之关系的结果,这是现象学立场永远摆脱不掉的困境。可是,多重实在难道只能归结为有限的意义域吗? 诸如情感、情绪(mood)以至身体(body)的因素难道不可以构成其他的世界吗? 时间意识的构成难道仅仅局限于具有浓重的理性化色彩的意义解释范围之中吗? 生活世界等同于意义世界吗?

　　正是这些问题,构成了意义解释难以回避的关节;换言之,当现象学意识到生活世界的有限性和可能性的时候,这些问题也就变成了现象学无法逃脱的最基本的生身情境了(biographical situation)。[13] 对此,现象学们采取了一种迂回的策略。舒茨坦然承认,对于每个人来说,有一种经验是永远摆脱不掉的:"我"知道"我"(并非仅仅是意义图式塑造的"我")会死去,而且"我"害怕死去。如果说所有意义都是以回忆和预期构建起来的,那么人们对死亡的预期则是首要的和绝对

---

⑬　参见 Natanson, *Essays in Phenomenology.*

的预期,其他各种预期都源此而生;因此,基本焦虑(fundamental anxiety)⑭是自然态度得以确立的基本经验,也是在诸多次级世界中彰显出来的参照系。⑮ 然而,在日常生活这种最重要的实在中,基本焦虑不过是人类生存的一种相关经验。因为在日常生活世界以外的科学世界里,思想家们完全可以把基本焦虑放在括号之内,甚至把身体悬置起来;思想家不同于日常生活的普通人之处,就在于他们从来不关注自己的预期实现与否,他们可以像托马斯·阿奎那所说的那个永不陨落的天使一样,"跳出"基本焦虑之外,获得一种不受希望和恐惧牵连的公正态度。⑯

可是,正是现象学家这一不痛不痒的立场,却使社会解释陷入了双重困境:如果科学世界被排除在日常生活世界之外,那么解释也就丧失了自己的有效性;反过来说,如果用科学世界建构出来的解释来还原日常生活世界,那么就等于将理论逻辑强加给实践,将日常行动筹划加以科学化了。这就是现象学的常识(commonsense)所设置的陷阱,也是还原主义在日常生活分析中所陷入的绝境。吉登斯认为,在社会科学与用自身活动构成社会科学主题的研究者之间,存在着交互解释的作用,即"双重解释"(double hermeneutics)。但是,我们无法将社会科学的理论和结论与它们所探讨的意义及行动世界截然分开;普通行动者(lay actors)也是社会理论家,他们的反思性关怀也构成了作为职业社会观察者或社会科学家的研究对象的活动和制度。在普通行动者与专家分别作出的有根有据的社会学思考之间,并没有什么

---

⑭ 奥古斯丁和路德的思想中早就包含了焦虑的基本概念。同样,这个概念在当代思想领域也具有极其重要的地位,我们甚至可以在各种学科中发现它的影响。在神学中,保罗·蒂利希对存在之勇气的讨论就是以焦虑为前提的(参见 Tillich, *The Courage of Being*);在心理学中,莱恩就曾从存在性不安(ontological insecurity)的角度重新对健全与疯狂之关系的问题进行了重新审视(参见莱恩,《分裂的自我》);在社会学研究中,焦虑主要反映在吉登斯对本体论安全(ontological security)的讨论中(参见 Giddens, *The Constitution of Society*);而在贝克特和尤奈斯库的剧本中,焦虑成了"人们活着,仅此而已"的主题(参见 Beckett, *Waiting for Godot*)。

⑮ Schutz, *Papers I*, p. 228.

⑯ Schutz, *Papers I*, p. 217, 247n.

明显的区别。[⑫]

上述疑问至少在几个方面进一步导源出了问题:1.如果我们把纳入具体行动之中的意义解释抽取为纯粹的解释,是否会造成非但没有拯救现象,反而背离了现象本身的局面? 2.倘若如此,我们如何将行动者身上意义解释的积淀彻底剥离掉,使其能够真正回到事物本身去? 3.失范是否有其超出实在论之外的本体论基础? 或者说,失范并非展现为一种与意义和实在相悖谬的倾向,而是一种最基本的生身情境? 4.如果社会世界并非单纯为意向活动所规定,那么失范是否是现象呈现自身的原初状态?

正是在这个意义上,海德格尔面向生存的基本本体论作出了超越现象学的努力,[⑫]而且,我们完全有理由把这种努力当成一种社会学的建构。在海德格尔看来,"此在"(Dasein)存在论上的根源并不是胡塞尔所说的意向活动,而是我们最熟知、最日常的情绪,尽管情绪常常藏而不露,看上去是一种最无足轻重、最无关宏旨的日常状态,但它却能赤裸裸地把存在状态显现出来,归根结底,一切都因为"它存在着,而且不得不存在"。"情绪袭来",不仅是对存在的挑战,也是对我们看待存在及其所在的世界之方式的挑战,这是因为,"此在"是在自己的被抛状态中展开的,而且最先和通常是以背离方式展开自身的。[⑫] 因此,生活世界也是围绕着"烦"(care, Sorge)确立起来的。理解和解释总是带有情绪的理解和解释,而能够把理解和解释同整个世界紧紧牵连在一起的可能性,也只能是被抛的可能性;"此在"的筹划,充其量不过是对其尚未成其为"是"的东西的建构,"成为你所是的"就是去展开所有可能的方向。不过,正因为这些方向有着不确定性,"此在"才永远摆脱不掉情绪的搅扰。

从这个角度来说,倘若我们把失范说成是没有意义,也不意味

---

⑫　参见 Giddens, *The Constitution of Society*, ch. 1. 3。

⑫　海德格尔在《我的现象学之路》里曾经谈到过:"它的(现象学的)本质的东西不在于现实地作为一个哲学'流派'。可能性高于现实性。对现象学的理解只在于,把现象学当作可能性来加以把握。"参见海德格尔,"时间与存在",载于《面向思的事情》,第85页。

⑫　Heidegger, *Being and Time*, p. 175ff.

着它已经失去了具有指涉意味的意义,而只是说"此在"在先行具有筹划方向的过程中,具有一种不能使此在充满起来的可能性方向。因此,对现象学的置疑,其实是对现代性自由状态下意义是否有其最终基础的置疑,就此而言,无意义(meaningless)并不是没有意义,意义并不是一种躲在世界背后的实在,而是存在本身的可能性方向及其特定的有限性。甚至说,在被抛状态中,恰恰是无意义为意义提供了"根据"。

烦之所以为烦,是因为现代个体沉沦于平均化和常规化(normalization)的日常生活之中。[⑩] 然而,海德格尔同时也认为,从根本上说,日常生活世界是通过时间性(temporality)组建起来的。时间介入失范分析中来,至少具有这两个方面的意义:首先,从存在论上的时间性出发,可以避开单纯的道德评判和知识社会学的立场,来审视失范的存在论根源;其次,以时间性为基础的考察,可以避免使理解本身完全陷入日常生活的遮蔽状态,使"此在"能够在其潜在的可能性中开辟未来。

因此,"生存性的首要意义就是将来",[⑩]而且,也正是在具有将来性质的反身关照中,存在在"曾在"、"当前化"和"将来"三个时间维度上被展开了:首先,理解就是当前化的"曾在",即在当下将原有的生活图式展开;其次,在筹划中,我们的现身状态也是通过一种"当前化的"将来呈现出来的;最后,即便我们沉沦于日常生活之中,但仍然可以以"曾在"的将来方式维持或跳开这种当前化的局面。所以说,"烦"的时间性建构并不是以线性时间或钟点时间(clock time)的样式

---

⑩ 实际上,从历史角度出发,平均化包含了互为交错的两个问题。韦伯在《新教伦理和资本主义精神》中把人们的道德生活与经济生活勾连起来,为世俗活动建立了日常生活的合理基础;但也正是由于这个过程,启蒙运动中的"平等"概念逐渐演化成了日常生活中的"平均"和"平庸"状态,道德第一次以无差别的形式出现了(参见 Weber, *Economy and Society*; Bendix, *Nation-Building and Citizenship*)。经济人(Homo economicus)概念就是这种无差别的形式,它代表着从实践具体向抽象实在的转化(参见科西克,《具体的辩证法:关于人与世界问题的研究》,第62—68页)。

⑩ Heidegger, *Being and Time*, p. 376.

来完成的，[⑫]"将来并不晚于曾在状态，而曾在状态也并不早于当前。时间性作为曾在的当前化的将来到时"。[⑬] 很显然，现代社会在海德格尔的眼里，是一个"上帝死了"的社会，因此，海德格尔有关日常平均化状态下的常人（das Man）的讨论，也或多或少带有些工具理性扩张的色彩。工具理性扩张虽然在此在之沉沦的分析上是有意义的，但它却不能代表现代性处境的全部，有关"此在"之构成的时间性分析，恰恰表明在日常遮蔽的状态中，时间性反而为自我开展出了一种别样的可能性，那么所谓存在论上的历史学和伦理学是否也可以通过一种别样的方式来展开呢？

上帝一死，人们便获得了自由，然而，这种自由不仅"自由得一无所有"，而且也是多重的，[⑭]是一种"自由的眩晕状态"（the dizziness of freedom）。[⑮] 海德格尔也认为，现代人所获得的这种无所指向的自由，实际上已经变成了一种对自由的辖制，它不仅构成了烦的基本结构，也抽离了其原有的历史意涵和道德意涵。然而，也正是这样的自由，使现代自我不仅陷入了前所未有的无所适从状态，同时也在时间性建构过程中首次感受到了他"何所面临"的问题。从这个角度来说，现代自我始终被"焦虑"缠绕着，所谓自由便是一种焦虑，而焦虑则是一种"无知"状态，它没有对象，没有场所，亦没有方向。焦虑启示着虚无，但虚无并不是什么都没有，虚无本身也是一种在世的可能性。不过，这种可能性的基础在于，它就是被抛的在世本身，是那个可能的世界

[⑫] 参见 Elias, *Time*：*An Essay*. Trans. by E. Jephcott. (Oxford：Blackwell, 1992)；Landes, *Revolution in Time*：*Clocks and the Making of the Modern World*. (Cambridge, Mass：Harvard University Press,1983)对这一问题全面而又精彩的解释。

[⑬] Heidegger, *Being and Time*, p. 401. 海德格尔后来在《时间与存在》中又曾说过："本真的时间就是从从前、过去和将来而来的、统一着其三重澄明着到达的在场的切近。它已经如此这般地通达了人本身……时间不是人的创造物，人也不是时间的创造物。在这里没有创造，只有在上述澄明时空的达到意义上才能被给出。"（海德格尔，"时间与存在"，载于《面向思的事情》，p. 17）

[⑭] Nietzsche, *Beyond Good and Evil*. in *Basic Writings of Nietzsche*.

[⑮] 参见萨特，《存在与虚无》，陈宣良等译（北京：三联书店）。

本身。⑬ 因此,一旦诸神在相互争斗中失去了光彩,流离失所和无家可归便成了现代自我的基本生存状态。在这里,焦虑始终具有着双重牵引作用:一方面,它带给了此在最源始的自由状态,将最本真的可能性注入到此在之中;另一方面,它又时刻逼迫着此在沉沦于它所在的那个世界,消失在常人之中。时间性的筹划给自我带来了有限性和可能性。

归根结底,现代自我最纯粹的将来样式,便是死亡;当死亡悬临眼前的时候,它不仅意味着自我的终结,而且所有社会关联也被统统解除掉了。然而,也正是在这种当前化的将来关照中,死亡既变成了自我最本己的有限性,也从这种有限性中展开了最极端的可能性。因此,"面向死亡的存在"不仅在时间上建构了最具体的历史和命运,同时也倾听到了自身最内在的良知呼唤,这种历史和道德的重建已经不同于以往任何形式,而根植于通过时间性组建起来的"深度自我"(deep-self)之中。现代社会中的深度自我具有两个方面的意涵:一是对日常生活中自我有限性的体认;二是对本真状态下自我可能性的开展。

就此而言,深度自我的建构恰恰是一种失范的实践。尽管表面看来,失范是一种没有指涉、没有筹划的倾向,是一种逃逸于常规化和例行化生活的方式;然而,现代自我在以将来的方式对其无意义和不可能性进行追察的过程中,失范却揭示了其最源始的被抛状态,以及面临这种状态的存在的勇气,从而使有限性和可能性成为了现代社会的主题。有意思的是,恰恰是失范这种表面上悖谬于道德实在的倾向,反倒成为了深度自我用来建构道德和命运的根本力量。这难道不是

---

⑬　Heidegger, *Being and Time*, p. 282. 虚无及其相伴而生的焦虑,一直是西方思想的传统。巴门尼德就试图取消"非存在"的概念,但他后来却发现,倘若如此,就非得牺牲生命不可,参见 Parmenides 的残篇, in Nahm(ed.), *Selections from Early Greek Philosophy.*（N. Y.；Appleton Century Crofts, 1964）, pp. 87 - 97;在德谟克利特那里,没有虚空,运动就不可能产生(同上, p. 155);亚里士多德把虚无理解成质料与形式之间的"东西";奥古斯丁认为虚无是原罪的本体论基础;莱布尼茨认为有限性的基础就是非存在;柏格森和怀特海都认为,绵延或时间之流是存在和非存在共同生成的过程。

3. 失范作为一种实践逻辑

尽管我们在海德格尔所谓"向死而在"的焦虑中,揭示了失范的存在论基础,然而,倘若我们把为此种情绪所占据的现代自我,单纯看成是自我体验的结果,就会重新规避到唯我论的窠臼中去。实际上,不管是在死亡面前的焦虑,还是在日常生活中的浸淫,都是烦之结构的重要构成,在有关时间性和日常性的分析中,我们恰恰可以发现有别于传统意义上的关系意涵。因此,既然自我开展出了与以往有所不同的可能性,那么他就不可能不与具有相似意涵的"他者"(other)相互照面。从这个角度来说,他者恰恰构成了现代性转变的要害所在:1. 既然他者既非是悬凌着的绝对实在,也非是可以进行机械分割的简单个体(如涂尔干对机械团结和有机团结的讨论),那么他者便使自我及其世界的建构复杂化了;2. 知识论建构也有别于以往,他者并非是一种纯粹认知对象,而是把可见性与可说性的关系纳入到社会构成的过程之中,充满了时空关系上的张力;3. 生活实践不再是从容不迫的。

主体间性的裂痕

事实上,从"他者"牵引出来的问题,已经超越了把社会世界划分为本真和非本真两个世界的倾向,所谓分化社会的特殊性就在于,诸多个体不再能够还原为单一的纯粹实在,所谓社会世界,不仅是由各种各样极易断裂、分叉、变动和转向的关系缠绕而成的,[130]而且对每个分化个体来说,其涉入和组建的社会世界又都有其特殊的样式。

---

[130] Deleuze, "What is Dispositif". In *Michel Foucault Philosopher*, pp. 159ff.

就此问题,现象学企图求助于"他我"概念来解决。⑬ 胡塞尔早就指出,尽管"我"在原则上无法接触你的经验,但他者经验对"我"来说并不是无意义的,在自我经验解释和解释他者经验着两种不同的意义类型中:意向经验都是超越的。⑬ 然而,意识流的同步性并不意味着你我二人具有相同的经验,"你"的整个经验流对"我"来说是不开放的,"我"只能掌握其中的某些片段,而且必须在"我"的意义脉络中组织这些片段。根本而言,"我"对"你"的经验的掌握与"你"对自己经验的掌握不是重叠的,"我"只能从解释的视角(interpretive perspective)来关注"你"的经验;⑭换言之,"我"要想建立对他者的真正理解,就必须以说明自己经验的行为为起点。在这个意义上,不管是观察意义上的认同关系,还是互动意义上的沟通关系,都是根据"我"的意义图式组建起来的,即使是"概化他者"(generalized other),也不过是这种图式在他者那里的复制。因此,同步性并非是一种完满的意义关系,而是一种不连续、不确定和不完备的理解。而且,在彼此之间的意义构建中,时间关系也始终是反转和交错的,恰恰呈现为一种张力。⑭

尽管现象学分析依然充满了浓厚的意向性色彩,但至少可以使我们从这几个方面提出很有意义的问题:1. 关系层面上的理解、解释和

---

⑬ 许多思想家也曾提出过不同的解决方案。梅罗-庞蒂认为,社会并不是对象,而是"我"的生活情境;社会始终以变化多端的生活形式呈现在我面前,而"我"对这种生活的捕捉,恰恰是以另一个我(other I),即他我(alter-ego)的形式出现的,参见 Merleau-Ponty, *Phenomenology of Perception*。加塞特认为,"我"的实在永远是内在的,而他者的生活对"我"来说则是潜在的和虚设的,是次级实在,即"准我"(quasi-I),因此"我"无法把他者经验为他我,具体请见 Ortega y Gasset, *Man and People*, 引自 Schutz, *Collected Papers I*。而米德则指出,如果经验的关注是同步性的,那么相互交错的意识流则可以将两个不同世界的不同态度勾连起来,"我"可以通过他者将自身指定为对象,从而构成"客我"(me),参见 Mead, *The Philosophy of Present*。

⑬ Husserl, *Ideas*, pp. 123 - 128.

⑭ 舒茨认为,我们平常说的"理解他人"的概念是很模糊的,它既可以指对纯粹外在事件的关注,对他人身体变化的关注,也可以指对他人经验的关注,即便是后者,也包含着身体动作、声音(包括噪音)、言语、文字记号、他人利用文字所要表达的意义,以及规则等诸多层面,参见 Schutz, *The Phenomenology of Social World*, ch. 21。

⑭ 有关时间关系的论证非常烦琐,具体参见舒茨对认同和沟通关系中的目的动机和原因动机的讨论,Schutz, *The Phenomenology of Social World*, pp. 158ff.

沟通绝对不是确定的,在具体的时间关系中构建起来的"我",并非具有原初的社会指涉;2. 不管是认同,还是沟通,都显然不是一种理想化的关系状态,主体间性(intersubjectivity)不过是一种意义联系的方式,而不是一种建构新的社会关系的理想模式;[42]3. 匿名性与具体性之间的张力,变成了社会解释的关键问题。

很显然,第三个问题与理想类型有关。从某种角度来说,理想类型揭示了现代社会相互悖逆的两个倾向:一是抽象性几乎涵盖了所有的社会生活,俨然变成了纯粹的"自由实体"(free entity),或者将具体指称全部抹除的一般形式[43]和幻想知识(fantasy knowledge)[44];二是抽象性直接渗透在最具体的日常生活之中,并成为日常话语和行动最基本的构成要素。理想类型不得不陷入一种两难处境:一方面,它必须将具体历史过程排除在外,在事先预设、事后解决的原则下成为将社会世界类型化(typification);[45]另一方面,一旦它介入具体行动过程及其情境,便无法得到同步意识的反照,时常陷入"等着瞧"(wait and see)的不确定状态中。因此,尽管各种类型是预先给定的,但它们在行动及其解释的具体事件中却是持续生成的,始终具有未完成的和开放的性质。理想类型的抽象程度越高,它的"切口"(cut)[46]就越大,理想类型的精确度越高,它的可证伪性(falsifiability)的程度就越高。

就此而言,我们看到理想类型的匿名性和具体性并不是截然对立的两个方面。如果我们单纯从客观意义脉络的特性出发,那么越具有匿名性的类型就越具有普遍性,越显得不那么具体;但如果我们从客观意义脉络的构成出发,那么越具有匿名性的类型在证伪过程中就越显得具体,因为它在具体情境中所具有的不确定性和不完备性,很容

---

[42] 参见哈贝马斯对共识真理论和理想沟通情境的讨论,Habermas, *The Theory of Communication*, Vol. I: *Reason and the Rationalization of Society*. (Boston: Beacon Press, 1984)。

[43] 参见 Quine, *Word and Object*. (Cambridge, Mass.: MIT Press, 1960), ch. 1-2。

[44] Elias, *The Civilizing Process* (Vol. 1).

[45] 这是 Natanson, "Phenomenology and Typification: A Study in the Philosophy of Alfred Schutz". *Social Research*, pp. 1-22. 中的概念。

[46] Deleuze, "What is Dispositif?"

易受到某个细小偏差的影响,很容易遭到局部失范的挑战。[⑭] 如果"我"对具体情境稍有未料,就会对原来的类型产生置疑;相反,"我"越是回到较低层次的理想类型,就越会心安理得地视其为理所当然。诚如舒茨所说:"解释者很难仔细检视那些较为普遍的理想类型,而只能瞬间扫描出其模糊图像。当解释者建构自己的理想类型时,如果他越依赖现成的类型,那么他所考虑的理想类型也就越发模糊。这在我们分析政府、法律、艺术等文化客体时可以一目了然。"[⑭]

生活世界这两种相互逆反的倾向,使理想类型的具体生活实践中充满了张力,而失范在其中则扮演了非常复杂的角色。表面上看,正因为理想类型并不像机械社会那样具有一种外在规定性,而是在日常生活的行动和解释过程中被具体化,所以由特定的视域(horizon)和情境带来的社会解释始终会产生偏差和偏离的情形,背离理想类型所指涉的实在。然而,失范却同时构成了理想类型本身得以构成的环节:一方面,理想类型必须借助失范因素,才能将其具体的构成作用激发出来;另一方面,恰恰是匿名性越强的理想类型,其行动及意义解释的偏差就越具体,而且社会解释中所形成的反抗力量也就越容易集中在抽象概念上发生。对此,在托克维尔对法国大革命的讨论中,以及萨克斯对二元分类和概念的讨论中,已经表现得非常明显了。[⑭]

进一步的讨论

我们不难看出,尽管舒茨潜在地指明了理想类型在社会解释中的张力关系,并密切注意到了情境定义的因素,但他还是过分夸大了行动者(或解释者)的能动范围。实际上,就关系层面而言,行动者的所有意义解释既非游刃有余也不是束手束脚的,既然任何行动都作为一种实践,嵌进在事件之中,那么它就不单单具有纯粹反思性的意涵,而且更具有紧迫性和权宜性(exigency and contingency)的特征。实践

[⑭] 参见 Garfinkel, *Studies in Ethnomethodology*. (New Jersey: Prentice-Hall, 1967).

[⑭] Schutz, *The Phenomenology of Social World*, pp. 231ff.

[⑭] 分别参见托克维尔,《旧制度与大革命》;Sacks, *Harvey Sacks Lectures* 1964 - 65.

的紧迫性,意味着具体情境的约束和逼迫,它不仅是时空关系意义上的,也是政治经济意义上的;[150]换言之,行动者的自由选择,并非完全是自由的,每个事件也自有其特定的有限性。对实践的权宜性来说,正因为事件所连带的社会关系具有不同程度的空隙和裂痕,每次实践都包涵有各种各样的机遇、差异和偶然,所以实践本身并非单纯是一种形式的执行,而是随机应变中做(doing)出来的社会成就。这样一来,情境便成了问题的要害。

吉登斯就曾密切关注过戈夫曼有关"紧要情境"(critical situations)的研究,并将这种情境与日常生活中的焦虑感联系了起来。一当情境出现了紧要情况,日常生活中人们习以为常的既存模式和例行规范就会遭到破坏,具体事件或实践便不再是确定或连续的了。吉登斯认为,人们从生到死所经历的各种过渡仪式(rites of passage),都是典型的紧要情境,不论是原始割礼、禁闭或青春期躁动,都会引发出焦虑感,并威胁着日常生活里的本体性安全。[151] 很显然,紧要情境实际上是一种在情境转换过程中所出现的情境失态(situational impropriety),而且失态本身也构成了情境意义上的失范。失态意味着破坏了日常接触的情境安排,搅乱了日常秩序。[152]

戈夫曼指出,尴尬(embarrassment)和疏离(alienation)[153]是日常接触中最普遍的情境失态。之所以会出现这两种"不太自然的"情况,不仅是因为情境定义的失败造成了表演的失败,而且还因为"角色库存"陷入了混乱局面,多重角色相互充塞加剧了实践的紧迫性。换言之,也正是由于实践紧迫性所设置的时空约束,不能不使行动者偏离于理想类型、惯例和规范,产生"不合逻辑"的结果,从而最终落入失态

---

[150] 有关这一问题,可参见 Garfinkel, *Studies in Ethnomethodology*; Bittner, "The Concept of Organization", in R. Turner(ed.); *Ethnomethodology*(Harmondworth: Penguin, 1974)的解释。

[151] Giddens, *The Constitution of Society*, ch. 2. 4.

[152] Goffman, *Interaction Ritual: Essays in Face-to-Face Behavior.* p. 141.

[153] 这里的疏离(alienation)与我们通常所说的异化不是一回事,它并没有对本体论上的实在作出承诺。

或失范的陷阱。然而,即使说尴尬和疏离打乱了原有的意义部署和规范构成,但其特有的情境和角色张力,反而将规范和秩序的规定性彰显出来了,紧迫性使失范具有了偶然性,而权宜性则加大了结构的弹性。[154] 因此,在转瞬之间,尴尬和疏离恰恰以牺牲自我认同和情境定义为代价,实现了布东所说的偏离效应(perverse effects)。[155]

与此同时,常人方法学家们也在某些研究中得出了相似的结论。在他们看来,规范本身就是通过日常实践的方式利用、生产和构成这种规范的结果,而场景也不再是一种纯粹的外在环境,它也同样是日常实践所构成的"成就"。西考莱尔对"闪烁其辞"(glossing)的考察,就可以很好地说明这个问题。他指出,日常谈话所使用的语词,即便是事先拟订好的,但在具体的局部场景中,我们也很难精确地对其作出合乎惯例的界定。因此,我们经常通过排除异类的形式来回避问题,以索引的方式来构成适合于当下场景的规范,并证明这种具体规范是理所当然的。"如果我们能够明确指出,一切引发或避免闪烁其辞的尝试都是闪烁其辞的具体运作,那么我们或许可以瞥见到自己闪烁其辞的活动。这意味着,我们已经证明,要想毫无妥协地忠实描述我们参与其间的事件或活动,乃是一种荒谬的努力。"显然,规范构成与失范效应是相互映照的,通过排除异类的方式来利用和构成规范,可以在我们设身处地的场景中证明规范的正当性,由此,失范变成了日常实践用来构成规范的重要手段。[156]

加芬克尔等人根据"信任实验"或"破坏实验"的结果也指出,尽管在人们看来,日常实践活动总是理所当然和视而不见的(seen but unnoticed),但如果要想使社会秩序凸显出来,就必须采用破坏信任的办法,造成一种无意义情境(senselessness situation),使具体实践陷入

---

[154] Goffman, *Interaction Ritual*, p. 112.

[155] Boudon, *The Unintended Consequences of Social Action*.

[156] 参见 Cicourel, *Cognitive Sociology*, p. 109. 比方说,余项从句(*et cetera* clause)就是这样一种规则。我们在谈话中经常会说:"如果没有特殊的情况……","在合理的情况下除外",或者"从某种角度来说","在这种意义上"等等,都是以排除异类的否定方式根据局部场景来利用和构成规范,并证明这种规范之正当性特征的尝试。

混乱的或局部失范的状态,从而恢复和重建秩序。譬如,在某些实验里,加芬克尔让学生以"外来寄宿者"的身份回到家里,打乱原有的家庭场景,他们发现,父母在尝试去理解自己孩子的"陌生行为"的努力失败后,常常会通过"出什么事了?""你怎么了?""你疯了吗?"的说法,作出证明规范的最后努力。[157] 于是,失范便成了强调、维护和证明规范的合理性和有效性的最后砝码。

上述研究表明,失范不仅是意义关系的一种张力表现,同时还把身体、表情、姿态、言语、时空关系乃至光线和声音纳入到日常实践活动中来。甚至说,失范正是通过其特有的偏离效应,用逆向建构的方式生产和构成了社会秩序,成为一种基本的日常实践逻辑。这样,我们就越来越接近问题的核心了。

4. 社会配置中的失范

实际上,上述讨论都不过是一项准备性工作,其本身也有不少缺欠。其中,最大的挑战莫过于与日常生活相对举的制度假设。卡尔霍恩认为:"现代社会日常生活所发生的最重要的转变,也许就是个人间的直接关系与大规模社会系统的组织方式和整合方式之间出现的越来越大、越来越深的裂痕。"[158]很显然,卡尔霍恩的论断仍然是建立在抽象性和具体性相互背反的假设之上的,然而,我个人认为,在这一假设中,面对面情境与抽象的程序技术之间的张力并没有充分揭示出两者之间的复杂关系,也无法妥善解决我们所提出的匿名性与具体性之关

---

[157] 有关"破坏实验"的素材,参见李猛,"常人方法学四十年:1954—1994",《国外社会学》1997年,第2—5页。

[158] Calhoun, "Indirect Relationships and Imagined Communities: Large-Scale Social Integration and the Transformation of Everyday Life" In P. Bourdieu & J. Coleman (eds.), *Social Theory for a Changing Society*, pp. 95 – 121(Boulder: Westview Press, 1991), p. 96.

系的难题。即便我们必须在传统社会理论所架设的二元框架，如国家与市民社会或系统与生活世界内来讨论问题，那么问题的要害也不在于如何对两者进行类型化的区分，而在于非人格化的"制度是如何思考的"？（How Institutions Think?）⑯

制度如何思考？

正如卡尔霍恩所说，以往的社会学理论常常喜欢用二元对立的范畴来确定现代社会生活的特征。这种对立范畴尤其在 20 世纪 60 年代洛克伍德对两种社会性整合（societal integration）所作的区分中表现得最为明显：一种是社会整合（social integration），专门讨论行动者之间所形成的秩序关系与冲突关系；一种是系统整合（system integration），专门讨论社会系统各个部分之间所形成的秩序关系与冲突关系。⑯ 前者的基础是面对面的认同和沟通关系，而后者则与现代社会抽象性的程序安排有关。后来，哈贝马斯对生活世界（life-world）与系统的划分，以及吉登斯以两种整合为标准对社会演化类型的划分，都留有这种类分模式的影子。⑯

哈贝马斯的假设是：1. 就规模而言，生活世界难以与系统整合相提并论，它只能在局部上对某些有限的社会部分进行有效地组织。2. 生活世界的构成逻辑却与系统不同，它所依赖的是人们在相互理解的过程中所实现的沟通成就，沟通、剧作、规范和目的等四种行动图式，就是区分系统与生活世界之构成逻辑的基础。⑯ 3. 生活世界与实践兴趣（practical interest）和解释科学（hermeneutic sciences）有关，涉及如何通过言说对社会互动进行意义解释的问题；所谓"理想言语情

⑯ Douglas，*How Institutions Think* (N. Y. ；Syracuse University Press，1986).

⑯ 参见 Lockwood，"Social Integration and System Integration". In G. Zollschan & W. Hirsch（eds.）*Social Change*：*Explorations*，*Diagnoses and Conjectures*，pp. 370－383（New York：John Wiley & Sons，1964），p. 371。

⑯ 参见 Giddens，*A Contemporary Critique of Historical Materialism*，Vol. 1（London：Macmillan，1981）.

⑯ 参见 Habermas，*The Theory of Communication*，*Vol. II*（1987），ch. VI.

境"(ideal speech situation)就是以生活世界为基础建立的一种理想沟通（或主体间的理解和解释）状态。4. 然而，在晚期资本主义社会里，生活世界受到了理性化和物化的系统形式的宰制和奴役，人们必须以系统的形式以及功能有效性的标准来理解互动过程，因此，互动和劳动都变成了例行公事和官僚运作，使社会整合陷入了空前的动机危机（motivation crisis）。⑯

相比而言，吉登斯则在努力协调这两个领域之间的张力。他认为，所谓社会系统并不具有传统理论所说的"结构"这种虚拟秩序（virtual order）；社会系统所体现出来的"结构性"不过是在千差万别的时空跨度中的社会实践所表现出来的相似性，相似性（similarity）就是一种制度，是在事物和语词之间建立的一种可以化约的社会关系。⑭因此，结构性就是生产性、重复性和系统性，它既规定了具体情境中的规则和资源，也引导着行动者的认知活动，具有制约性和使动性的二重作用。在这个意义上，我们把时空跨度最大的实践活动称作为制度（institutions）。制度只有在持续再生产的过程中才能体现出自己的本质，而例行活动则是社会制度得以体现的最内在的要素。⑯在吉登斯看来，场所（locale）和在场可得性（presence-availability）才是解决两种整合问题的关键所在。所谓场所，就是互动场景组成的具有明确边界的区域。所谓在场可得性，就是行动者在具体情境和实践活动的过程中对各种场景的体会、捕捉和把握。场所不同于位置（position），它在约束行动者行动的同时，也对其产生了使动作用，即行动者在跨越空间和时间的日常接触中，可以不断运用场景的性质来构成日常接触。这就是结构化理论所特别强调的"区域化"过程（regionalization，或 regionalizing）。它可以使场所在时间维度和空间维度内产生分化，

---

⑬ 参见 Habermas, *Legitimation Crisis* (London：Heinemann,1976).

⑭ Douglas, *How Institutions Think*, pp. 55ff.

⑮ 在 Giddens, *The Constitution of Society*, ch. 1. 3, ch. 2. 4 中，我们可以隐约地看到，吉登斯似乎在刻意强调制度（institution）与构成（constitution）在构词上的同源关系。有关制度的范畴史，可参见雷蒙·威廉斯《关键词》中的 institution 条（参见 Williams, *Keywords* (N. Y.：Oxford University Press, 1983, pp. 168-169)。

避免我们像传统理论那样把社会单纯理解成同质的、均衡的制度安排。[160]

然而,吉登斯的上述讨论并没有超出常人方法学的前提假设,也没有解决社会如何具有常规形式的问题;尽管他强调了场景的生产效果,却仍旧没有摆脱系统关系的概念,反而认为社会恰恰是根植于系统关系的总体存在,它既跨越了具体时空,又划定了明确界线,使"制度聚合"(clustering of institutions)成为社会的基本规定特征。在这个意义上,社会系统的不同样式,系统性的不同程度,以及社会整合与系统整合的分化程度成了区分不同社会类型的标准尺度。

基于这样的置疑,我们的问题便向如下几个方面伸展开来:1. 如果制度以"场域化"的方式运行,那么积聚着历史乃至命运的惯习(habitus)究竟具有什么样的母体(matrix)?[167] 2. 制度层面上的游戏规则维系于什么样的"共同承诺"(common commitment),这种承诺怎样以默认知识(tacit knowledge)的形式进行社会控制的?[168] 3. 用库恩的话说,以局部共同体形式构建而成的学科或纪律机制(disciplines),是如何在特定场域中产生示范效果的(exemplar)?[169] 这些机制所确立的知识类型和符号通式又是怎样通过教育、劝慰、诱导或监禁、封闭、隔离等手段进行正面或反面启示的?[170]

要想解决这些问题,就必须诉诸谱系学的历史分析。首先,谱系学并不是追溯起源,并没有像现象学或其他致力于社会解释的学说那样,试图去捕获事物的精确本质、最纯粹的可能性和同一性,谱系学家

---

[160] 亦可参见 Giddens, *Capitalism and Social Theory* (Cambridge: Cambridge UP, 1981), pp. 90ff。

[167] Bourdieu & Wacquant, *An Invitation to Reflexive Sociology* (Chicago: The University of Chicago Press, 1992).

[168] Polanyi, *The Tacit Dimention* (Garden City: Doubleday-Anchor, 1967).

[169] 分别参见 Kuhn, *The Structure of Scientific Revolution* (Chicago: The University of Chicago Press, 1970); Foucault, *Discipline and Punish: The Birth of the Prison*. Trans. by Alan Sheridan (N. Y.: Vintage Books, 1979).

[170] 拉卡托斯,《科学研究纲领方法论》,欧阳绛、范建年译(北京:商务印书馆,1992)。

想要得到的不是"已经在那里的"源始的真理,而是事物背后"一些完全不同的东西",即任何事物都没有本质的秘密;理性不过是机遇的产物,所谓的科学精神和方法也摆脱不了激情、怨恨和权力/知识的争斗。因此,在历史开端所发现的并不是不可变更的源始同一性,而是disparity,是对其他事物的分解。[171] 其次,历史不是以起源、意义和真理等这些传统理念为统摄的总体史(total history),而是一部含有各种权力关系的断裂、转换和差异的当代史,它既不像结构主义那样把具体的历史锁闭到原初的分类系统中,也不像存在主义那样在虚无之境中去寻求可能性,[172]相反,历史本身就是偶然性、间断性、差异性和物质性相互掺杂的谱系。最后,历史就是一种配置(dispositif),而配置则是一个多重体(multiplicity),它不求助于普遍项(universal)的设定,而是一张经过折叠的地图,其间绞结着各种游移不居、捉摸不定且极易发生断裂的线及其相互之间的张力关系,同时还勾勒出一条主体化的线及其逃逸的倾向。[173]

"危险的个人"

现在,我们可以沿着谱系学所勾画的这条线索,来看看失范和反常在社会配置中究竟扮演怎样的角色了,看看依照动机及其意义解释的方式所建构出来的一整套知识体制是怎样转而产生社会规制作用的。换言之,在谱系学所刻画的社会配置中,失范已经不再是社会解释的对象,相反,失范恰恰是通过某些知识类型及其社会解释塑造出来的,而且,失范与解释本身都同样构成了权力关系的奇点(singularity)。[174]

福柯有关19世纪法律精神病学中的"危险个人"概念的考察,便

---

[171] 福柯,"尼采·谱系学·历史"苏力译,《社会理论论坛》Vol. 4(1998),pp. 2 - 14.

[172] Foucault, *The Archaeology of Knowledge and the Discourse on Sciences*. Trans. by A. Sheridan. (N. Y. :Pantheon,1972), p. 14.

[173] Deleuze, "What is Dispositif", 159ff. 有关制度问题,在3.3中将继续进行讨论。

[174] Deleuze, *Foucault*. Trans. by Sean Hand. (Minneapolis: University of Minnesota Press. 1986), pp. 43ff.

以谱系学的方式引入了上述问题。这一考察是从一起案件的审判中引发出来的：一名男子因多次强奸和强奸未遂而受到审判，但他面对主审法官的问讯和一再催促始终一言不发，既不对自己的犯罪动机进行任何坦白，也不为自己辩护。福柯认为，这种情形带来了两个方面的问题：一方面，除了承认犯罪以外，司法对罪犯还有更多的期望，期望他进行自我忏悔、自我检查、自我解释，并暴露出自己的身份。这是因为，仅仅有法律、违法事件以及一个有责任能力的当事人，刑罚机器还不足以进行有效运作，罪犯还必须为审判官、陪审员、检察官甚至是律师提供另一种类型的话语，即他通过忏悔、记忆和暴露隐私等与自身有关的话语，他们才能实实在在地行使各自的角色，"一旦这种话语失落了，主审法官就会一再追问下去，陪审团也会显得坐立不安，他们会敦促和逼迫被告，因为他还没有加入到游戏中来"。[⑮] 另一方面，犯罪必须有实质动机，罪犯必须对自己的身份作出确认，对自己的行动动机作出解释，否则，犯罪就是毫无道理的（without reason）。如果犯罪的发生没有理由，没有情欲，没有动机，甚至没有基于胡思乱想的理由，也就是说，一旦加诸在罪犯身上的解释与自我解释出现了空白，司法的正当性也会受到质疑。

于是，19 世纪的司法机构便铭刻下的"危险个人"的主题。这种双重违背自然法和社会法的局面，[⑯]掀起了一场将犯罪"病理学化"的精神病学运动。从根本上说，它标志着"个体化（individualization）的政治轴心发生转变的契机"。[⑰] "个体化"是个悖论。一方面，"名字"与成就、主权、忠贞和奢华之间形成了盘根错节的联系；另一方面，日益自动化和功能化的权力机制，却借由监视和规范等形式将那些饱受权力控制的人日益个体化了：在规范体系里，甚至孩子比大人，患者比健康人、疯子比常人被更强烈地个体化了。个性变成了反常和失范的国

---

⑮　福柯，"19 世纪法律精神病学中的'危险个人'概念"，苏力译，《社会理论论坛》，Vol. 4，1998，p. 25。

⑯　福柯，"异常者"，李康译（1999），打印稿。

⑰　Foucault, *Discipline and Punish*, p. 191.

度,而规范的法官却无处不在。在这个意义上,那些一反常态和一无所是的人,也与这种意义上的罪犯建立了关系。因此,"失范"不仅意味着,人们在表现出偏离规范的本能倾向或性格倾向的同时,亦有经过修养和教化的再造过程重返正常的自然状态的倾向;"失范"也意味着,微观惩罚也像治疗和教育这种临时性排除策略一样,获得了人们对其技术和合理性的认可,也把自己建立在"人的科学"和动机解释之基础上。

这样一来,针对这种忤逆自然的犯罪所提出的精神错乱便具有了正当性。"这意味着彻底摒弃责任能力这个司法概念,意味着司法的基本问题已不再是个体的自由程度,而是个体表现出来的对于社会的危险程度。更有甚者,这意味着他们已经注意到,最严重、最直接的危险恰恰是那些由于有病、精神错乱、无法抵御的冲动而被法律认可不承担责任的被告。"⑰于是,危险的个人便成了"巨大的恶魔"。19 世纪的精神病学既创造了一种属于精神错乱的犯罪的"完全虚构的实体",又把精神病医生变成了"动机问题专家"(specialist in motivation),他们不仅要对行为主体的理由作出评估,还必须评估这种行为是否合理,评估将行为同主体的利益、筹划、性格、倾向和习惯联系起来的一整套关系系统。这样,精神病学这种知识体制既建立了动机因果关系,又在制造风险的基础上,以最系统、最严格的方式确立减少这种风险的机制。

因此,我们从精神错乱中管窥到的失范,既是一种纯粹、极端和强烈的反自然和反社会形式,同时又跳出了可以预期和解释的范围。从这个意义来说,失范恰恰揭示了具有反身性(reflexivity)特征的个体技术和在知识布局中的治理技术的双重主题。

分类作为一门治理技术

有关精神病学的谱系学研究,带动了我们有关失范与知识建构之

---

⑰　福柯,"19 世纪法律精神病学中的'危险个人'概念",p. 34.

关系的进一步思考。上述研究表明,失范所牵连的问题已经不再单纯是如何对其加以解释和排除的问题,而是社会如何通过一套知识配置进行有效治理的问题。现代社会的转变,一方面意味着日常生活及其反思实践的不断扩张,另一方面则使抽象社会(abstract society)越来越成为现代人的生活经验,用国家理由和生活纪律建设了全面管理的世界。[⑰]

在福柯看来,这样一个世界是围绕着主权—纪律—治理的三角关系而展开的,其中,治理术含有三个方面的涵义:"1. 由制度、程序、分析、反思以及使这种特殊而又复杂的权力形式得以实施的计算和计策组成的总体……2. 在很长时期里,在整个西方这种可称为'治理'的权力形式对其他所有权力形式(主权、纪律等)构成了一种稳定的凌驾趋势,它一方面促成了一系列特定的治理配置(governmental apparatuses),另一方面则促成了一整套知识体(a whole complex of savoirs)。3. 治理术还指一个过程,或者说这个过程的结果,通过这一过程,中世纪的司法国家逐渐'治理化'了。"[⑱]因此,相比于以往那种暴烈的控制形式而言,国家的治理化(governmentalization)则越发显得重要,并通过一系列配置形式而展开。

这里,我们无意像福柯那样,细致追踪和梳理治理技术的各种方式,而是想单从分类图式的角度对失范与治理之间的关系加以简明的讨论。很显然,这一讨论不仅与最先提出失范事实的涂尔干及其后期思想的转变有关,同时也可以与其他相关学科的现有成果联系起来,从而借助特定的视角来追察社会管理的具体运作技术。涂尔干晚期思想的一个重要出发点,就是要弥补其早期思想在经验论与决定论、物质论与观念论之间出现的罅隙。这正是常规化过程所牵扯到的实质问题:制度因素如何介入到日常行动或互动之中,并借助这些实践活动将自身再生产出来。我们为何既不能简单地把制度看成是实践活动的外在强制或决定力量,也不能把它看成是日常经验的归纳结

---

⑰　有关抽象社会的讨论,详见李猛,"论抽象社会",《社会学研究》,1999,1,pp. 1 - 28。
⑱　福柯,"治理术",赵晓力译,《社会理论论坛》,Vol. 4, 1998, pp. 23ff。

果,相反,制度恰恰应该被看成是以事件或仪式来再现和安排社会生活,甚至是通过塑造自我技术的方式来进行这样的再现和安排。[⑩] 涂尔干根据有关"原始分类"的研究指出:1. 如果说类型是事物的群类,其特定的内容和范围也不是纯粹观察和反思的结果,而是蕴涵着等级秩序和支配关系的图式、策略和配置;[⑫]2. 人类群体和逻辑群体是一致的,自然是根据分类图式呈现出来的逻辑划分、搭配、组织好了的关系系统,事物之间的关系是通过社会关系建构而成的;[⑬]3. 分类图式是表现性的,它不仅蕴涵着逻辑关系,也是日常实践所诉诸的道德意指,不仅具有制度效力,而且还具有反思性和反身性特征;4. 类别范畴并不仅仅是实体性的,还包含着用来划分对象的场景和刻度、时间性和空间性、可见性和可说性,在各种表象之间建立了一种真实感。[⑭]

因此,分类图式既确立了相似性,又确立了差异性和不连续性;既通过知识形式进行了社会安排,又将这种形式注入到了反思和反身活动之中,带上了自我管理的印记。从这个意义上说,制度化历史并不是原原本本呈现出来的历史,而是一种被折叠过了的历史。历史不再是时间的简单重复和复制,而是时间的聚集和生成,它通过分类技术将时间汇集到日常实践或事件的每个点上,来不断制造记忆:一方面,各种分类图式对过去进行编排组合,使时间像阴影一样笼罩在日常生活的平面上,使制度成为人们视而不见的生活逻辑;另一方面,借助隐喻或转喻等符码形式,使光线不断发生黑与白、明与暗的对比和变换,成为可转译和可选择的。[⑮] 于是,分类作为一门日常政治管理的技术,不仅以学科/纪律的形式建构出一套分门别类的知识体制,同时又以意义图式的形式将这种技术转化为自我技术,从而实现了由下至上发

⑩ 参见渠敬东,"涂尔干的遗产:现代社会及其可能性",《社会学研究》,1999,1,pp. 29 - 50。

⑫ Durkheim & Mauss, *Primitive Classification*, pp. 8ff.

⑬ Durkheim, *The Elementary Forms of the Religious Life*, p. 173.

⑭ Fleck, *Cognition and Fact* (Dordrecht: D. Reidel Publishing Company, 1986), pp. : 48ff.

⑮ 参见 Deleuze, *Foucault*.

动的治理效果。

也正是在这个意义上，失范成了多重分类图式相互龃龉、相互纠缠、相互混杂的后果。换言之，正是在各种分类图式发生错位、错漏和错乱的情况下，失范变成了知识构形和治理配置的内在张力。因此，解决失范问题的关键所在就成了"什么是配置"的问题。对此，德勒兹指出：1. 所谓配置（dispositif），就是各种力线（lines of force）编织而成的社会机制，这些线并不是同质的、平滑的和匀称的线，而是极易断裂、分叉、变动和转向的线。2. 在这些线中，最能引起我们关注的就是可见的（visible）和可说的（can be enunciated）这两条曲线。配置不仅可以通过光线的不同组合，使客体显露出明亮的、模糊的或散射的等各种不同的外部形态；配置也可以使光线隐藏起来或消失掉，使自己变成不可见的，却可以监视别人；同样，述说线也是一种分布，它不断移动、转换和突变，在每个配置中跨越各种阈限（threshold），造成断裂，从而被看成是各种学科类型。3. "光"和"声"这两条曲线所分布的任意两点之间，都存在着张力关系；这种关系，既可以作为测定各点之间距离和面积的微分手段，也在各点之间构成了另外一种权力关系；它像飞矢一样在看和说、词与物之间往来穿梭，不断在它们之间挑拨离间，发动战争，形成权力空间的"第三维度"。4. 权力机制并不完全以遮蔽和封闭的形式存在着，其中还包含有非常特殊的主体化倾向，这种倾向在各种权力之间具有某种反身性质，它以类似于"自我"的方式不断逃避构成配置各种关系；当然，这种自我的维度不是事先决定好的，它只是一条瞬间划过的线。尽管主体化的线并不是普遍存在的，但它却蕴涵着对权力机制的潜在挑战。

因此，在这样的配置中，恰恰是失范和反常刻画了权力与反抗之间的对抗关系。主体化的线是双向展开的：一方面，它在特定的分类等配置中通过反身性的形式实现了自我管理；另一方面，它则通过断裂和逃逸的尝试趋向于"外面"（outside），从而勾勒出一条反抗的轨迹。⑱ 有关失范的讨论,仍然脱离不掉福柯晚年所关注的现代社会的两大主题:一是治理技术,一是自我技术。正是在这两种技术相互交织和相互搅杂的过程中,失范开启了可能性,并从"反常"的方面揭示了现代性的限度。

---

⑱ Deleuze,"What is Dispositif", pp. 159ff.

四、社会团结:法团的公共性与道德个人主义

现代性的情境中,思想的"意义"已不在于我们在何种程度上、以何种方式对各类难题加以梳理和解决,而在于我们究竟提出了怎样的问题,我们究竟捕捉到了怎样的可能性,我们是否对这些可能性所隐藏着的有限性有所觉察,我们是否实践了这种可能性。换言之,在今天,意义已经不再与实体及其各种表象之间呈现为一种依托、依附或依赖的关系了,相反,思想已经变成了一种命运,变成了与生活之间的一种紧张状态。

同样,在涂尔干那里,我们也可以依稀听到这样的声音,它不仅充满许多可能和希望,也夹杂着许多紧张和矛盾,以至于在我们从今天的视角出发,回过头来重新检视这笔遗产的时候,发现了其中所蕴涵的诸多可能性及其有限性。因此,我们的继承也已经不再是理论本身的叙事方式和论证逻辑,而是问题本身。

在《社会分工论》的第二版序言中,涂尔干说:

> 我们所要揭示的失范状态,造成了经济世界中极端悲惨的景象,各种各样的冲突和混乱频繁产生出来。……这种无政府状态明显是一种病态现象,因为它是与社会的整个目标反向而行的,社会之所以存在,就是要消除,至少是削弱人们之间的相互争斗,

把强力法则归属于更高的法则。[⑱]

如果说,这就是涂尔干在审视现代社会的过程中所产生的犹疑和关怀,那么倘若我们从今天的视角出发,这种关怀至少纠结了以下几个重要的问题:如果说失范是现代变迁所导致的结果,那么这种变迁的核心究竟是结构的转型,还是范式的转换? 是知识论意义上的变革,还是道德实践的转变? 是本体论的,还是发生性的? 或者说,这种变迁根本就不是时段性的变迁,我们从西方传统中的自然法和宗教反思出发就可以找到现代社会的原生基础? 或者说,"现代性转变"本身就包含着一种虚拟的成分,它并非是原来意义上的意义构建,而仅仅是历史命运安排的偶然结果? 如果说失范带来了冲突、争斗以至战争这样的社会混乱状态,失范使个体突破了社会所(内在地或外在地)设定的阈限,那么这种病态本身是否就是霍布斯所谓的自然状态的反映,还是现代社会所造就的程序技术的结果? 如果说道德是一种律令的话,那么在这个"除魅"的时代里,道德在价值上何以为凭,失范何其所失,有何可失? 在这种情况下,道德究竟是要归结为一种启蒙意义上的自主和自律,是把启蒙本身变成一种新的神话,使自我意识重新沦落成为一种绝对的恐怖,[⑱]还是为自我技术和社会技术之间的媾和提供了可能性基础? 即便从涂尔干的角度来说,如果分化和分工第一次使人性获得了可能,那么它所付出的"丧失集体意识"的代价,是否就意味着"强者统治的法律"已经对社会存在构成了的威胁,或者托付给超人的权力意志? 如果超人还没有临现,如果我们还仍然陷入有限性的焦虑之中,如果社会还要借助一套治理技术和真理体制来维系自己的生存,那么彻底厘清社会用以构筑这种所谓的"更高法则"的逻辑,以及现代社会是否可以建构出前所未有的"主体化"形式,便是问题的要害了。

由此看来,涂尔干为社会学确立的一套方法论准则,都是围绕着

---

⑱　Durkheim, *The Division Labour in Society*, p. xxxii.

⑱　参见本书下篇有关启蒙的两难困境的讨论。

"社会必须成为社会"的核心问题而展开的,它既包括事实和知识判断(如规则—不规则)的意涵,也包括价值和道德判断(如应该—不应该)的意涵;它既是认识论意义上的,也是实践论意义上的;它既需要借助一种排斥反社会因素或非社会因素的真理体制对自身的正当性进行证明,又需要借助一种日常生活的实践逻辑来确立自身的有效性基础。正是失范这种社会的缺席状态,使秩序化、等级化和常规化(normalization)成为了社会学研究的主题。涂尔干对常态和病态的划分,以及对病态之合法地位的剥夺,恰恰从知识构型和实践逻辑两个维度为我们重新审视现代性提供了线索。事实上,早在 20 世纪 40年代,康吉兰(G. Canguilhem)就曾指出:"正是反常(the abnormal)才会引起人们对正常(the normal)的理论兴趣。规范(norm)只能通过这种偏离才得以确认,功能也只能因为被破坏才被揭示。生命只是通过不适应、挫折和痛苦才能升华到关于自身的意识和科学。"[18]同样,社会也必须通过驱逐、流放、隔离和禁闭等手段,才能彻底祛除异己、异端和异类,维护自身的神圣秩序。以涂尔干为代表,现代社会对离经叛道的"异质成分"所实施的"权力/知识"策略,直接促成了福柯等人对现代性之命运的"关怀",他们对癫狂、违规、犯罪、倒错乃至疾病和死亡这些反常和失范现象所作的历史分析,其用意并不在于揭开这些文明的"疮疤",而在于通过"偶然性、间断性和物质性"等历史特征,[19]揭示现代性用来维护常规化社会秩序的知识条件和权力策略。

正因为社会篡取了神的权威,成为一种绝对的本质,以及日常生活的起源和目标,所以涂尔干始终把教育和道德看作现代社会建设的两大主题,并将日常生活实践作为"现象"加以拯救,现象成为了本质。换言之,日常生活已经不再被排除在神圣领域之外,相反,它的规则和规范反而被当成了一种被启蒙和被解放了的"绝对"(Absolute)而被供奉起来。因此,社会本身就是现代性的神话,围绕社会所建立起来的控制体系则变成了世俗生活的"禁忌",膜拜及其相应的信仰和信任

---

⑱ 转引自刘北成,《福柯思想肖像》,第 25 页。

⑲ Foucault, *The Archaeology of Knowledge and the Discourse on Sciences*, p. 229.

具有了新的样式。与之相应,福柯紧紧抓住了现代性的上述两个特征,指出今天的社会存在已不再借助古老的惩罚制度来维护,而代之以特定的知识形态及其"真理体制",在这里,知识并不仅仅是一种智识产品、客观意义或意识形态,而是一种作为实践逻辑的规范体系和控制技术,它与权力结成了共谋关系,渗透在社会最细微、最局部的领域。[191] 因此,对现象的拯救反过来又转化成为对现象的无所不在的控制:教育变成了对社会成员的"正常"的教化和自我改造,而道德则变成了新的"悔罪意识"和"身体的政治技术"。

1. 团结作为现代社会的规定性

洛克伍德说:"有关团结(solidarity)和分裂(schism)的考察是社会学能够成为一门独立学科的存在理由。"[192]涂尔干在《社会分工论》中也曾说:"有关团结的研究是社会学的分内之事。"[193]为什么这样说呢?因为社会学最基本的问题,就是"社会如何可能"的问题,而这一问题最根本的问题,就是人们能够在一个什么样的组织中凝结和聚合在一起的问题。因而,涂尔干明确指出,团结和变迁,实际上是社会学最根本的两大主题,而对团结的考察,则必须在变迁的处境里,甚至在他那个时代必须在失范的处境里得到关注。因为正是在现代社会的变迁过程中,团结才能获得其应有之义。在一个以民众为主体构筑的变动不居的现代社会里,团结首先是能够切入变迁过程中来考察"社会存在"("社会之所以成为社会")之实质和样态的基本范畴;其次,团结也是我们用来把握变迁之效果和方向的最重要的理论工具。

---

[191]　Foucault, *Discipline and Punish*: *The Birth of the Prison*, pp. 116ff.

[192]　Lockwood, *Solidarity and Schism*: '*The Problem of Disorder*' *in Durkheimian and Marxist Sociology*, p. 3.

[193]　Durkheim, *The Division Labour in Society*, p. 27.

涂尔干说:"我们只有在社会环境的某些变迁中,才能找到解释分工发展的真正原因。"[14]也就是说,恰恰在一个变迁甚至是失范的环境中,我们倒更有可能实施回到社会事实的观察,而不受模式思维或类型思维的限制,甚至更有可能回到事情本身,发现社会运行的本质。对涂尔干来说,我们对变迁中的社会本身的考察,应该去发现一个更大的社会事实,即社会团结(social solidarity)。什么是社会团结呢? 他说:"团结首先是一种社会事实,但它是建立在我们单个有机体的基础上的。它要想具备一种生存能力,就必须适应自己的生理和心理机制。"因此,社会存在,或者是社会存在的实体形式,即组织的一个最根本的基础,并不是经济学意义上的纯粹的效率原则,不是功利主义意义上的有用原则,[15]而是能够将个体凝聚起来的黏合(cohesion)原则。[16] 因此,在这个意义上,构成社会团结的最根本的因素,一是集体实在:"社会成员平均具有的信仰和感情的总和,构成了他们自身明确的生活体系,我们称之为集体意识或共同意识(common consciousness)";二是法律和制度实在:"法律表现为社会团结的主要形式。"

由这一角度出发,"现代""社会"[17]的本质特征,就在于它具有一种独特的团结形式。机械团结(mechanical solidarity)和有机团结(organic solidarity)的差别,正是前现代社会与现代社会的根本差别所在。机械团结来源于人的相似性,同时又把个人与社会直接联系起来,团结的作用不仅在于能够使普遍的、无定的个体系属于群体,还能够使人们具体的行为相互一致。因此,个体的集体动机随处都是相同的,其结果也是相同的。"每当机械团结产生作用,所有人的意志就不约而同地同归一处。"[18]对于有机团结来说,情形就不同了。它首先是

---

[14]　涂尔干,《社会分工论》,第 213 页。

[15]　"社会科学往往喜欢带有功利主义色彩的比较,我们必须放弃这样的观念"(涂尔干,2000:207)。

[16]　Crow, *Social Solidarities: Theories, Identities and Social Change*, pp. 18 - 25.

[17]　在社会理论的意义上,现代性(modernity)与社会性(sociality)这两个概念具有同一的指涉。

[18]　参见涂尔干,《社会分工论》,第 68 页;阿隆,《社会学主要思潮》,第 216—218 页。

在分工和契约关系的基础上确立的,这首先意味着,个人与其所属群体或组织之间的关系已经不再像前现代社会那样是合一的,集体意识不能直接产生绝对的强制作用,个体具有自身的一个独立的社会空间,自我(self)亦成为社会理论的一个独立的范畴。这是因为,有机团结是以分工和分化为社会基础的,分工与分化的结果,恰恰是个体之间的差异性,因此,这样的团结是差异个体凝聚起来的团结。这样,问题就来了:"在个体越来越自主的情况下,个体为什么会越来越依赖于社会呢?为什么在个体化的趋势越来越明显的同时,他与社会之间的纽带反而变得越来越紧密呢?"这正是现代团结最重要的,也是最迫切需要解决的问题。

也正是在这个问题上,涂尔干与经济学家们的判断截然不同。经济学家为分工及其形成的现代组织提供的解释是,现代社会的集体收益是在单个个体(即"经济人")各自追求私利的基础上形成的公共效果。但涂尔干则不同,用阿隆的话说:"经济学家用个人为增加集体的收益在分摊任务时发现的好处来解释劳动分工,这就大错特错了。在涂尔干看来,用个人行为的合理性所作的这种解释是本末倒置的。"[19]在这个意义上,现代个体不能先纯粹还原为单个的原子,再去实现社会构成的效果;相反,问题是这些独立的行动主体,在构造行动和意识的时候,就已经具有了社会的意涵,因此,这样的行动和意识不能简单地归结为私人的工具或功利行为。"经济学家往往忽视了分工的另一张面孔。他们认为,分工的主要原因在于扩大生产。然而我们却认为,生产力的增加仅仅是分工的必然结果,或者说是分工现象的副作用。我们之所以朝着专业化方向发展,不是因为我们要扩大生产,只是因为它为我们创造了新的生存条件。……只有在各个社会成员之间已经构成联系的情况下,分工制度才能得以实行。"[20]

虽然现代社会分工造就了个人以及个体的主体行动和选择,但这

---

[19] 阿隆,《社会学主要思潮》,第217页。

[20] 分别参见涂尔干,《社会分工论》,第232页;涂尔干,"经济学家与社会学家",载于《职业伦理与公民道德》,第233—251页。

样的个体决不是原子式的个体,由个体组成的组织,也不是单纯以个人的利益或效率为准绳的。除了社会组织所实现的私利和公益外,我们还必须认识到:"社会和道德上的最高的善(goodness),是社会的存在理由。"[201]我们必须把社会的凝聚和黏合作为社会组织系统的更为根本的原则。因此,现代社会组织不仅要提供符合公意(public opinion,即组织意义上的公共利益,以及卢梭所说的国家意义上的人民主权)的公益(common-wealth),而且,在价值上还必须为社会成员提供组织内部的群体认同(职业伦理,professional ethics),以及政治意义上的国家认同(公民道德,civil morals)。[202] 更重要的是,还必须为嵌入在组织系统内部的诸位成员提供自身的自我指涉(self-reference)和幸福感(happiness)。在这个问题上,我们不能将有关社会组织的研究仅仅局限在经济学意义上的利益最大化的假设及其连带的效率原则和功利原则。换言之,对社会组织本身及其成员的研究向度,不能仅仅局限于有关组织行为的理性选择层面,以及由此确立的有关个体行动的工具理性假设,相反,我们必须从一个更大的视角出发,去考察组织得以规定的更基本的属性。在涂尔干看来,这个属性就是团结。而且,这种团结从根本上来源于集体意识的层面,来源于基本的社会认同,无论这一认同通过民主的方式来自政治意义上的国家认同,还是直接来自组织内部的文化认同,总之,团结的首要原则,并不是纯粹制度的规定性,而是更高层面上的价值规定性,因此,能够形成组织的最根本的原则,既不是效率,也不是利益,而是秩序以及由此形成的和谐——无论是社会关系的和谐,还是反映在社会成员身上的人格的和谐。

帕森斯说:社会团结的核心问题就是"秩序问题",特别是这一问题在变迁处境之中就更能显露出其特质了。[203] 这里所指的秩序,即包括系统(即组织)的秩序,也包括环境的秩序;准确地说,在我们考察系统的时候,也必须将系统与环境的连带关系考虑在内,甚至环境已经

[201] Lehmann, *Durkheim and Women*, p. 48.

[202] 涂尔干,《职业伦理与公民道德》,第1—9章。

[203] 参见 Parsons, *The Structure of Social Action*.

成为系统的构成部分。[204] 因此，考察组织这样一个社会系统，并不能单纯局限于组织的内部关系本身，我们更需要从总体社会和国家这样一个更大的系统(对具体组织来说，就是组织的整体环境)出发，去研究组织本身的集体意识、制度结构以及组织成员的自我指涉。沿着这样的思路，我们发现，构成组织的具体社会过程，既来源于组织作为一个系统的制度结构，也来源于系统与其环境之间的社会作用，无论这种作用是建立在公民社会-国家这层关系上的，还是建立在集体人格—个体人格这层关系上的。总之，对现代社会组织的考察，实际上是等于对整个现代社会系统的考察，一个组织的文化、意识形态、行为及其塑造的组织成员的人格属性，都不能简单归约为这个组织内部的制度配置与结构，而应该通过将组织作为一个更大的系统，并将这一系统嵌入到更大的社会环境中，来考察组织。

此外，我们也可以清楚地看到，所谓团结，并不只是对一个社会组织的静止状态的刻画，并不仅仅靠社会容量和社会密度来规定，它更是一个动态的过程。大体而言，团结既是指社会群体或组织的聚合状态，同时也是指社会群体或组织的一种固体化的、结晶化的过程(solidarization)。特别是在社会变迁的情境中，通过团结来考察群体或组织，不等于说用一种现行的、定型的制度模式进行衡量和度量。正因为变迁中的组织状态是复杂的，它集约了传统的或外来的、习惯的或强制实施的、文化的或体制的等各种因素，很难用类型学的方式加以考量；相反，团结这一概念所要考察的，正是一个社会组织自身结晶化的过程，以及由此而产生的制度晶体，这样的制度并不是先前设定的，而是团结的结果；并不是考察不同的制度类型会产出不同形态、不同程度的团结，而是要把团结的形态和程度看作是制度生成的必要前提。因此，团结是先位的，没有了团结，一切制度都实现不了成型的过程；换言之，根本不会产生制度建设的空间。就中国目前变迁时期的组织研究而言，社会团结的概念恰恰为此提供了真正能够将制度成

型过程纳入进来的很大的研究空间,因为对任何一个现存的组织而言,我们既可以找到传统意义上的文化资源,也可以找到西方现代理性化组织的配置模式,更可以找到五十年来总体体制所塑造的行政安排,所以说,研究这样拥有错综复杂的各种因素的制度建制,仅靠类型学是不够的,而必须使我们的研究直接进入到一个组织具体的结晶化的过程之中,看看具体的制度形成过程及这一系统与环境之间的具体关系,这一系统中的人的关系。团结,即是我们实施这一研究的最恰当的原则和工具。

因此,无论从团结本身的构成来说,还是由团结实现的制度构型来说,都构成了组织研究的重要面向。大体说来,涂尔干的团结理论,是围绕着这三个方面展开的:

1. 集体意识,或形成社会团结的价值结构。一个社会组织的团结和聚合,并不完全是在组织内部实现的,外部环境以及组织系统与环境的关系,都构成了组织团结的重要因素,甚至是决定因素。一个国家或总体社会的政治目标和爱国情感、现行意识形态,以至传统的伦理道德价值等共同意识(common consciousness)都是构筑组织价值认同(identity of value)的重要因素。表面上看,我们似乎看不出组织的实际运行过程与上述各种因素之间的连带关系,但事实上,这样一种价值上的认同对于团结来讲很有可能是首位的。特别是在社会总体失范的处境中,我们可以清楚地看到,由社会总体环境导致的普遍存在的不适感和短期行为,对一个组织的团结程度的影响范围和水平,都远远高出组织内部的文化或制度作用。当然,这样的团结也可以产生于组织内部。组织内共同的信仰或目标,如一个组织或企业的使命陈述(mission statement),组织自身所特有的文化系统等,都可以成为团结的价值来源。值得注意的是,这些价值认同都是在具体的社会过程中实现的,尤其当这些价值落在每个组织成员身上的时候,都与他或她在具体行动过程中所得到的满足感、快乐感和幸福感是息息相关的。总之,价值认同形成于价值内化的过程,即社会化过程(socialization),而团结就是一个能够使个体成为组织成员的社会化过程,一个能够使组织价值在个体身上得以内化的过程。因此,认同或同一性(identity)对组织团结来说是首位的。

2. 由法(law,即规则[205])、规范或习惯等形成的制度安排。涂尔干在《社会分工论》中说:"正因为法表现了社会团结的主要形式,所以我们只要把不同的法的类型区分开来,就能够找到与之相应的社会团结类型。同样,我们可以确定,法完全可以对劳动分工所导致的特定团结作出表征。"[206]简单来说,一个组织的社会性团结,来自于组织系统及其环境的规定性。其中,法的规定性是最根本的,当然,这里的法既包括强制性的法律,也包括惯例、习惯或者是习惯法,所有这些,都为组织创造了一个规范环境,而这些法律与组织运作的理论意义上的关系,制度经济学已经有很多研究了。当然,组织内部的制度安排更是团结的保证:组织的所有制形式、行政模式或管理模式等系统安排,都是考察团结的重要变量。以往的制度主义研究,都针对的是这些制度安排的核心问题。

3. 组织成员作为行动主体,所形成的自我指涉和社会关系。就这个方面来说,我们必须看到,涂尔干对现代社会有机团结的论断,不仅带有社会决定论的因素,也凸现出了现代道德个人主义的重要成分。[207]涂尔干曾经在一篇题为"个人主义与知识分子"的文章中指出:"我们可以理所当然地成为一位个人主义者,并把个体确认为社会的产物而不是起源。"[208]这表明,在现代性造就的团结中,社会不仅仅作为外在规定性存在,而且为个体性(individuality)的自我(self)开辟了一个独特的领域。在这个意义上,个人既不能完全归结为总体社会的规定,也不能完全归结为组织的规定;相反,正因为现代性造就了每个具有自我指涉的社会成员,所以,组织的社会过程本身,完全是通过嵌入在组织中的每个社会成员的社会行动来实现的。这并不意味着组织

---

[205] 这里的"法",是孟德斯鸠意义上的"法",参见涂尔干的《孟德斯鸠与卢梭》(2003)。

[206] 涂尔干,《社会分工论》,第31页。

[207] 分别参见 Cladis, *A Communitarian Defense of Liberalism*：*Emile Durkheim and Contemporary Social Theory*；Ritzer, *Classical Sociological Theory*.

[208] Durkheim, "Individualism and the Intellectuals", *Political Studies*, xvii, 1969, p. 13.

成员的每次行动纯粹是组织制度所规定的行动（因为行动者本身是自我指涉的，具有自身行动和意识的独特意涵），而是反过来意味着组织的社会过程需要由其在成员的主体行动或意识来刻画。卢克斯认为，现代意义上的个人存在，其本身就具有组织的本性。就此而言，组织成员的日常生活状态，以及由此达成的人际关系，都是构成组织团结的重要部分。

由将变迁情境作为研究起点到将团结作为社会分析的范畴，我们大致理解了以涂尔干为代表的变迁理论有关现代团结的一般性命题。与此同时，我们也看到，有关社会团结的分析，基本上可以从三个层面来进行，以此可突破传统组织制度研究的古典经济学范式，将组织变迁的社会过程置入一个更深广的理论处境中来审察。不仅如此，上述命题也不仅仅限于有关现代社会的一般论述，它也拥有某种具体的组织形态作为它的论述载体。这就是涂尔干在《社会分工论》"第二版序言"和《职业伦理与公民道德》中极力强调的法团（corporation），即职业群体（professional group）的重要组织形态。有机团结（organic solidarity）的一个最根本的指涉，即为现代性的组织（organization）系统。这里，我们无意强调法团在当下社会里的具体形态，而是强调法团作为职业性的组织，在现代社会具有理论上的一般组织形态学特征；这里，我们也无意去具体分析法团的各种制度要素，而是想通过法团这样一种组织形态，强调构成现代组织之基础的，不仅仅是其制度架构以及效率和利益原则，也有更重要的团结原则及统摄这一原则的更高的善的标准。

2. 社会团结的现代转型

尽管上文详尽讨论了涂尔干有关现代团结的一些基本进路和命题，但就标准的社会学史来说，团结这一概念并不是他所奠定的研究传统所独有的。当代社会理论有关团结研究的一些新进展,基本上可以追溯到几个不同的社会理论传统。

首先,马克思对社会团结的看法便与涂尔干有根本的不同。马克思基于对现代社会的商品和剩余价值生产的分析,指出了资本生产和再生产的总体结构矛盾以及由此形成的二元阶级分化。因此,社会团结既不可能产生于资产阶级社会理论家所说的市民社会的内部,也不可能产生于企业组织的内部;相反,团结只能来源于社会化大生产所分离出来的阶级内部。不过,由于资产阶级的法、国家与意识形态的掩盖和遮蔽作用,无产阶级的内在团结并不是在阶级分化出现伊始就能够充分形成的。[209] 这样的团结必须在无产阶级自觉确立其阶级意识的情况下才能得到彻底实现。换言之,若要实现"全世界无产者联合起来"的阶级团结,阶级意识必须能够带来一种超越民族国家界限和资产阶级法权思想的广泛的认识,即必须通过对物化生产之剩余价值规律的认识,实现阶级成员之间的聚合和团结,而不是作为各自为市场所分离的、自由得一无所有的原子化个体。[210] 在这个意义上,马克思所诉诸的阶级团结,并不像略带保守倾向的涂尔干那样试图维系一种由过去生长出来的组织系统和社会秩序,而是要再造一种新的秩序,即马克思所说的一种新型的生产关系;而这样一种彻底翻新的生产关系,则必须藉由阶级意识所造就的具有组织性和团结性的社会行动来实现,即通过社会革命来实现。因此,从根本上说,这样的团结实际上是一种否定性的团结形态(negative solidarity),团结是作为社会进步的否定性环节而得到规定的,而且是为特定的社会阶级规定的。团结并不像功能论者所天然以为的那样,只会带来整合(integration)的社会效果;相反,它一旦诉诸阶级形式的团结,就会成为社会运动(social movement)或社会革命(social revolution)的根源。

相比而言,韦伯对这样一种阶级利益及其团结行动的观念并不赞同。他认为,阶级虽然有可能成为集体行动的潜在基础,却不能构成

---

[209] 参见马克思和恩格斯,《马克思恩格斯全集》第 23 卷。

[210] Elster, *Making Sense of Marx*.

其充分条件,因为对人的行动来说,不仅有其物质利益(material interest)的驱动,也有其观念旨趣(ideal interest)的动机。[21] 按其一般宗教社会学的理解,宗教观念作为群体凝聚的原则,是构成现代理性化行动的根基。[22] 就以传统和情感构筑的团结来说,团契关系的团结动力直接来源于同党或同盟的主观感受,无论是"宗教意义上的兄弟情谊"、"性爱关系",还是"个人的效忠和忠诚",哪怕是一个"民族共同体",都是以军事单位的形式构建起来的,始终处于封闭状态。这些都可以追溯到权力的配置以及支配的模式等问题上。而现代意义上的理性化行动,从根本上说是有新教价值所奠定的伦理理性化和社会理性化过程,这其中,个性(individuality)价值及其自由的意涵,是现代社会理性化的源泉。因此,讨论现代意义上的团结,就不能仅从阶级利益和阶级意识的去个性化前提出发,不能规避具有新教伦理特质的个体行动的理性化过程及其自由意涵。在这个意义上,我们对于现代社会及其组织形态的讨论,必须去寻找个人主观的行动及意识结构,这也是所谓理解社会学的根本出发点。

在几乎同一时代,滕尼斯有关社会团结的观点也与上述各种理论传统密切相关。遵循孔德和斯宾塞的思路,滕尼斯认为,社会实体(social entities)的内在聚合不仅依靠拥有共同权利的个体成员,对团结的考察,还必须诉诸一种特殊的社会实在,即社会"纽带"(bond or ties)。很显然,在滕尼斯看来,团结研究不能仅仅建立在纯粹现代个体之理性行动的前提上,斯宾塞就将实业社会(industrial society)的组织体系当作独立的系统来研究,认为这样的社会纽带或系统具有自身特定的性质。因此,社会性的相互依赖关系(social interdependence)在理论意义上是个体自由的一个对立面,因为它所指涉的是一种道德义务、道德律令或禁令。按照这样的思路,滕尼斯将之分为两种基本类型:"共同体"(genmeinschaft)和"社会"(gesellschaft)。从某种意义上说,滕尼斯对现代社会的判断与涂尔干恰恰相反,他认为,共同体的团结是一种实

㉑　Weber, *From Max Weber：Essays in Sociology.* pp. 278 - 282.

㉒　参见 Bendix, *Max Weber：An Intellectual Portrait.*

在的和有机的生活(real and organic life);而现代社会的纽带却是一种"想象的和机械的结构"(1955:37)。[213] 在共同体中,成员的相互依赖关系非常紧密,社会关系形成一个极其稠密的网络,家庭是组织的基本形态。现代社会的关系,实际上是通过契约和交换关系确立起来的,因此,社会团结的基础必定会被范围越来越大的地域流动、城市的兴起以及大规模产业结构所削弱。这意味着,随着文明化进程的展开,个人之间的社会关系反而抽象性越强、越疏远,实际上陷入一种霍布斯意义上的社会敌对状态,即滕尼斯所谓的"无条件的自我确认"(unconditional self-affirmation)及"无限制的经济竞争"(unfettered economic competition)。[214] 就此而言,滕尼斯对现代社会作出了与马克思相似的判断,他认为如果现代"社会"建立在上述前提下,那么财富垄断和阶级分化就必然是不可避免的。因此,基于个体自由的假设而对现代社会团结作出的分析,显然忽视了社会作为纽带的这一特定实在的作用。马克思说资本主义组织体系中的无产阶级"自由得一无所有",滕尼斯也认为,工人阶层的自由不过是"准自由"(semi-freedom)而已。不过,滕尼斯不同意马克思所说的通过无产阶级确立的新型团结而创造一个新型社会的见解,他认为由团结形成的阶级斗争实际上只能破坏社会本身,唯有复兴共同体的组织结构,才是现代组织的真正出路。

当代社会理论家有关社会团结的讨论,即社会团结在晚期现代性的问题化(problematization)过程中,基本上遵循了经典社会理论家们在这个问题上的不同思路,并在总体问题上表现出将种种理论传统整合起来的努力。帕森斯在自身长期的理论发展中,就始终在致力于这项工作。他首先将一切社会的团结问题,即社会系统(social system),看作是现代社会理论的源初问题,认为任何社会系统都具有用来解决系统的不同部分之关系的整合维度;而在这个过程中,两个层面上的规范性文化,可以作为系统整合的来源。首先,是被作为集体性的社

---

[213] Tönnes, *Community and Association*, p. 37.

[214] 参见 Tönnes, *On Sociology: Pure, Applied and Empirical*.

会系统的所有成员所分享的共同规范文化（common normative culture），这相应于涂尔干的第一种团结模式，即共同规范文化作为一种价值（value）成为人们源初的整合基础。第二个层面是分化了的规范文化（differentiated normative culture），某种社会行动模式之所以得到准许或受到禁止，取决于特定结构单位的功能和情境特性（functional and situational nature）。譬如，法律所规定的就是适于某些特定角色中的人和集体的契约关系，如雇主与雇工的关系等，这样的分化过的规范文化的要素，就是现代意义上的规范（norm）。就此而言，帕森斯并没有将这两种规范文化仅仅做一种类型上的划分，他认为，这两个层面之间的基本关系，就是一方面价值作为规范的一个正当化的标准，另一方面，规范可以将价值具体化到各种特定的功能和情境背景之中。因此，在每个社会系统中，都拥有一种可以达成团结的结构，而在每个结构里，社会角色、集体性（collectivity）、规范和价值，都是其重要的结构因素，尤其是现代意义上的社会组织，更是这样一种社会系统的典型范例。

后来，柯林斯又将上述理论与戈夫曼等人的日常行为研究结合起来，提出了"仪式性团结"（ritual solidarity）的概念。柯林斯指出，如果将戈夫曼的互动仪式模型（interaction ritual model）[⑮]与涂尔干的团结概念结合起来，会构成有关社会团结的一种一般化的和抽象的生产方式，这本身也就是一种组织构成及其符号化的社会过程。为什么这样说呢？柯林斯引用涂尔干《宗教生活的基本形式》中有关集体表现（collective representation）的理论，指出后者有关集体欢腾（collective effervescence）的讨论，恰恰说明了一般化观念怎样在人格构成及其社会实践中具体化（embody）为社会过程的过程，而这个过程，也恰恰是组织化的社会构成中的重要环节。[⑯] 柯林斯认为，在我们具体讨论社会团结的时候，我们会发现，构成组织及其团结的三个要素，即（1）个

[⑮]　Goffman, *Interaction Ritual: Essays in Face-to-Face Behavior*.

[⑯]　分别参见 Collins, "On the Micro-Foundations of Macrosociology", *American Journal of Sociology* 86: pp. 984 - 1014; Collins, *Theoretical Sociology*.

体成员的共同在场(copresence);(2)共同的关注焦点和相互意识(common focus of attention and mutual awareness);以及(3)共同的情绪(common emotional mood),都会在这个社会过程中转化成为组织成员的象征(membership symbol),即作为一种神圣化的客体(sacred object,亦可比照涂尔干在《宗教生活的基本形式》中的讨论),用来表现群体的情感和行动。在这个过程中,团结虽然是仪式性的和符号性的,却也是日常性的;它所强调的,不仅是组织中那些由制度来规定的行为模式,即制度性的规范,同时也是日常意义上的生活惯例(routine)。在柯林斯看来,群体或组织中的这样一种仪式过程,亦可通过一系列仪式变量加以检验,如共同在场(copresence,组织密度)、关注焦点(分散程度)、共同情绪(团结强度)、成员象征(具象符号和物化符号[reified symbol])、对符号暴力的反应(惩罚力度)、对非组织成员的态度(不信任程度)等。㉗

近年来,海希特也提出了一个社会团结的理论模型。㉘ 他认为,在某种意义上,社会团结的概念指的就是群体的"群体性"(groupness),即群体成员在没有特别补偿的情况下主动遵从群体规范的程度。因此,群体团结实际上是一种函数,即 $f(ab)$:其中,a 指的是群体规范的外延;b 指的是群体成员遵从这些规范的比率。接下来,就是确定分别影响 a 和 b 的因素。首先,我们可以把群体财产定义为成员在利益上依赖群体的程度;这种依赖性越强,群体规范的外延就越广。第二个因素设定了一种理性选择的视角,群体成员在履行义务的过程中,是依据群体提供的资源来加以选择的,同时,这个过程也是一种搭便车的过程。海希特的上述看法很类似于科尔曼的理性选择理论。科尔曼的模型所讨论的是两类实体之间的关系,即行动者与资源。每个行动者在每一种资源上都有某种利益水平,同时对每一种资源也都可以实施某种控制。利益是无所不在的,而控制关系却经常通过交换从

㉗ Farado, T. & P. Doreian, "The Theory of Solidarity: An Agenda of Problems", in Farado, T. & P. Doreian eds., *The Problem of Solidarity: Theories and Models*.

㉘ Hechter, *Principles of Group Solidarity*.

最初的状态转移到最后的状态。因此，每项选择和行动过程，都是行动者如何放弃对某种资源的某种控制，而赢得对他有利益的其他资源的更多的控制。所谓组织团结，在科尔曼看来，是通过这样的选择和博弈的方法来达成的，它最终可以归结为一种形式化的交换模型。[21]

　　无论是海希特，还是科尔曼，都不过是将行动理性化的理论传统具体运用在了组织行为的分析中。这样的分析虽然在量化团结的方面做了很大贡献，但其理论假设基本上是把嵌入在具体组织中的行动者单纯作为理性个体来处理的，而且，对理性个体的界定，也仅限于资源的配置及其利益效果的范畴，即便是针对规范的讨论，也是由上述概念来驱动的。这类研究基本上回避了价值领域的讨论，也鲜见有关组织环境的探讨。相反，在近来有关社会团结的研究中，有些学者则更倾向于从现代性的基本转型出发，来讨论涂尔干意义上的社会团结在现时代的理论效果。本迪克斯就指出，当代有关社会团结的理论，必须以整个社会公民状态的变化为研究前提，而这其中，福利国家的发育和确立是我们进行团结研究的基本处境。整个社会向福利国家的转型，削弱了源初意义上的社会团结的作用。现代民族国家的框架所造就的公民状态，是人们在社会意义上的关联不再像地方共同体那样形成一种"权利和义务之间的互惠性（reciprocity）"，尽管它会继续促进人们在组织中的联系，并进一步形成他们的共同利益和旨趣，但组织内部的团结越来越难以来源于较早的社会生活中的那种"归属感"和"亲密感"，而大多来源于国家意义上的制度安排和资源配置。因此，福利上的民族国家的确立，更需要我们从公民，而非具体的某一组织成员的角度来重新定义团结的概念。[22]

　　相比而言，贝克从另一个角度分析了福利国家对社会团结造成的影响。他认为，现代福利国家为"个人化或个体化"（individualization）产生了强大的推动力，从而造成了传统团结的瓦解。首先，国家的福

---

[21]　Coleman, *Foundations of Social Theory.*

[22]　参看 Bendix, *Nation-Building and Citizenship：Studies of Our Changing Social Order.*

利化过程使马克思设想的由基础经济结构形成的阶级团结变得不可能了。[21] 其次，贝克也不认为韦伯的论断在当代团结分析中的适用性。他指出，韦伯没有看到以身份为基础的共同体组织（statue-based community organization）的团结，在生活水准提高、教育机会扩大、社会流动频繁的趋势下逐渐衰落了。而今，人们更拥有了作为纯粹个人选择的机会和责任，而这样的个人化过程势必会削弱以往的那种"促使"个体相互结合起来的社会安排。在这个意义上，"福利国家实际上就是一种构成自我中心的生活方式的经验安排"。[22] 因此，传统的社会团结模式的消解，意味着个人与社会之间形成了一种新的关系，在这种关系里，以共同体或社群为基础的一整套社会安排都让位给了福利国家所造就的个人模式，全球化意味着共同体和地方性的关系发生了根本的转变，这也是现代社会面临的最大风险。同样，鲍曼也持有类似的相当悲观的看法。他认为当代社会转型造成了这样一种情境："我们都深陷分解和孤立的处境中，我们的不幸，就是我们的团结已经四分五裂，人类的团结转瞬即逝。"现代世界中的人们，在失去了守候他们的社会团结时，就成了纯粹的"观光者和流浪者"，他们要想获得安全，就必须失去社会团结保护下的自由。[23]

就这一转型来说，麦卢奇提出，这是"后物质社会"（post-material society）的来临所造成的结果，因为这个社会用"差异权利"（the right to difference）替代了"平等权利"（the right to equality），这样的变迁要求团结和共存提供一种新的定义。[24] 然而，当下状态虽然削弱了传统团结的力量，却没有自发产生新型的团结；这些个体虽然组成了社会，继续产生着集体行动，但这种行动根本不是什么团结意义上的行

---

[21] 参见 Beck, *Risk Society：Towards a New Modernity*.

[22] Beck, *The Reinvention of Politics：Rethinking Modernity in the Global Social Order*, p. 97.

[23] 分别参看 Bauman, *Postmodernity and its Discontents*, p. 54；Bauman, *In Search of Politics*, p. 108ff.

[24] Melucci, *Nomads of the Present：Social Movements and Individual Needs in Contemporary Society*.

动,而是由原子化的个体集合而成的集体行动,因为带来团结认同的情感维度,根本不可能依靠投入—产出的计算行为来塑成;由自我中心的个人行动所形成的团结,最多不过是一种"防御性的团结"(defensive solidarity)而已。不过,卡斯特尔却从认同政治(identity politics)的角度出发,作了一种新型社会团结的尝试。他认为,在这个时代,我们完全可以围绕着通过宗教、伦理或地域形成的不同的认同而构建一种"团结和互惠的网络",但从根本上说,都不过是面对全球化趋势所形成的防御性的团结策略。㉕

就社会团结的考察来说,当代理论及其经验研究虽然对社会组织的系统构造及其成员关系进行了诸多细致的讨论,但对于 19 世纪西方社会的结构性变迁来说,团结研究则必须从一个更广泛的、总体性的视角来加以关注。现代社会组织作为一个社会系统,其本身的制度结构特性,我们也必须考察环境作为这个系统的环境,甚至是作为构成这个系统的环境或重要因素,其本身的形态特性及其在每个组织成员身上的反应效果。有关现代团结的分析,应从三个方面来考察。

1. 集体意识及其价值上的认同形态。这个部分所要讨论的内容,虽然表面上类似于帕森斯或默顿所谓的文化系统,但在理论层次上却有所不同。在帕森斯或默顿那里,集体意识和道德价值并没有超出结构分析之外,意识领域里的价值规范所构成的是与社会结构相并行的文化结构,因此,团结的核心问题旨在考察社会结构和文化结构之间的中介因素或互动关系(Merton 1948:126ff.)。而我们这里所说的文化,是集体意识意义上的社会认同,这种认同既有可能来源于一个国家或社会的政治目标、现行意识形态或传统的伦理道德价值,也有可能来源于一个组织的共同信仰或目标,或其他形式的价值指涉。

2. 社会规范和组织规范及其连带的制度安排,即组织内部和外部形成的强制性的规范系统。这个部分所讨论的重心,并不是一种内化的价值形态,或者说是组织成员形成的主观上的认同关系,而是通

㉕ Castells, *The Power of Identity.*

过法或规范形成的组织内部或外部在制度意义上的形式关系。自结构功能主义以来有关组织团结的诸多考察，都可以归结为这样一个颇带有制度主义色彩的研究范式。

3. 社会成员在自我构成（constitution of self）的意义上所形成的主观行动和意识结构。就这个方面而言，有关社会中的个人及其关系的研究，并不能直接还原成由制度规定的社会成员及其关系的研究；也就是说，作为社会成员的个人的制度规定性，并不等于嵌入组织之中的具有自我指涉的个人的规定性。

3. 法团与道德个人主义

倘若我们深入追查经典社会理论得以生发的历史处境，及其面对这一处境而形成的思考脉络，我们会发现，有关社会变迁的探索，自从其形成之初就以实质问题的形式内在于其中了。众所周知，社会学是一门有关现代性的学问，或者更准确地说，是一门有关现代性转变的学问。我们也知道，自马基雅维利以来，西方世界在政治哲学的意义上最终实现了现代的根本转变，现代世界为自身开辟出了一种全新的传统，即所谓人民国家（people-state）。[26] 而社会生活所经历的"除魅"运动，随欧洲大陆 18 世纪以来就频繁罹受的社会动荡一起，成为了这场社会转型的条件和代价。[27] 这样的处境，于法国尤甚，那里所呈现出的社会变革的波澜，成为社会学自诞生之日起就为此魂牵梦绕的基本问题。

从 18 世纪到 19 世纪，欧洲的现代性是在社会结构天翻地覆的变革中得以推展的，社会结构的重构和社会层级关系的分化，带来了巨

---

[26] 参看卢梭，《社会契约论》。

[27] 参看托克维尔的《旧制度与大革命》和有关 1848 年革命的《回忆录》有关社会革命及其各种组织形态的论述。

大的社会失衡,变迁成为了新兴的社会学所面对的基本处境,也成为了这门学科所面临的重大挑战。我们从马克思的《德意志意识形态》和《共产党宣言》,以及恩格斯的《英国工人阶级状况》中,都可以明显地看到整体社会的断裂(break)趋势,社会分化已经到了无以复加的地步。而涂尔干对此社会情势的判断,则充分揭示了当下社会变迁所造成的去道德化(de-moralization)的危险。在《自杀论》中,涂尔干以这样的笔调描述了社会急剧变迁所造成的悲惨局面:

> 贪婪自上而下地发展,不知何处才是止境。没有任何办法可以平息贪婪,因为贪婪试图达到的目标远远超过了它能达到的目标。与狂热的幻想能够模糊地看到的可能性相比,现实似乎毫无价值;因此人们脱离现实,但是,当可能变成现实时,他们后来又要摆脱这种可能。人们渴望各种新奇的东西、未知的享受和不可名状的感觉,但是这些新玩意儿被认识以后,它们便失去了一切乐趣。从那时起,突然发生最危险的挫折,人们就无力承受……老是等待着未来和死盯着未来的人,他的过去没有任何东西可以鼓励他去忍受现在的痛苦,因为过去对他来说只是一些亟待度过的阶段。使他能够欺骗自己的是,他总是想在不久的将来找到自己还未曾遇到过的幸福……无限的欲望像一种道德差别的标志每天都显示出来,而这种欲望只能在反常的和把反常当作规律的意识里产生。㉘

无疑,涂尔干所描绘的上述景象,不能不使我们对中国社会转型以来人们在意识和行动中所表现出来的混乱局面产生联想。倘若社会被"除魅"了,倘若我们已经无法从传统的集体意识和组织形式中找到社会认同和联系的纽带,倘若社会中的每个成员都还原成孤零零的原子,个体的欲望会摆脱各种束缚,成为一切社会生活的根源和动力。涂尔干敏锐地看到,表面上看似乎所有欲望都是基于现实的考虑,都具有只耽于现实的功利性。但是,这样一种单纯基于欲望的现实,这

㉘　Durkheim, *Suicide*, p. 256ff.

样一种非社会性的（asocial）社会现实，其效果恰恰是最不现实的，它转瞬即逝，像黑格尔所说的那样，完全成为的现实的否定性。所以，现实"似乎毫无价值"，人们"脱离现实"，"渴望各种新奇的东西、未知的享受和不可名状的感觉"。因此，"求新"就成为一切社会意识和行动的规定性，社会也成为了纯粹的否定性。人们"喜新厌旧"，"新"拥有一切否弃"旧"的正当性，从而使一切现实和实在都丧失了实在性（unreal reality）。换言之，在这样一个改革本身成为社会惯性或习惯的时代里，在这样一个改革本身作为一种正当性和合理性的时代里，"变"（change）也就成了一种社会意义上的常态（regularity）。不仅如此，这样的常态或常规性，从根本上说并不具有一种实质性的涵义（substance），而仅仅是对所有形式上发生变化的社会现象的形式规定性。说得通俗些，就是在这样一个改革时代里，许多社会现象所反映出来的社会变化和变迁，并不首先具有具体的、实在的意涵，而在很大程度上是"为变而变"（change for change）这种形式上的动力促成的。或者用涂尔干的话说，这样的变迁实际上是一种潮流，而且在这样一种潮流中，变迁就是一个社会首要的形式规定性，或者是亚里士多德所说的主要的形式因。

涂尔干的上述论断，宣布了卢梭有关社会契约关系之构想的破产。在这里，涂尔干明确指出，如果纯粹意义上的变迁法则占据上风，卢梭所设想的由自然状态（natural state）上升为公民状态（civil state）的关系就无法建立起来，从而使整个社会生活沦落为恃强凌弱的主奴关系；如果现代社会实现不了更高意义上的道德关系（即"把强力法则归属于更高的法则"），社会就会陷入失范的状态。[29] 在具体的社会生活中，在每个嵌入社会生活的个体身上，更高的法则，即社会，都是"不充分在场的"，或者说，一旦变迁的"图新"原则成为社会生活的主导性原则，人们为求新而求新，社会为求变而求变，现代性的社会存在仅仅诉诸单一的变迁法则，势必会带来这样一个局面，即"社会的缺席"。

---

[29] 渠敬东，《缺席与断裂》。涂尔干研究契约关系史的根本用意，就在于此。参见他在《职业伦理与公民道德》中针对契约权所作的分析（参见第177—229页）。

也正是在这个意义上，失范必然是反常的和反动的。失范意味着，现代社会相互共存的集体人格和个体人格之间发生了错位，自我意识已经完全偏离了集体意识的轨迹。

> 由于社会是我们赖以生存的目的，社会在感觉到我们正在逃避它的同时也一定感觉到我们的活动失去了目标。……社会的压抑、幻想的破灭并非来自个体，而是表明社会岌岌可危。这些情况说明社会纽带已经松弛，这是一种集体的衰落，或是社会的病态。㉖

在阅读《社会分工论》这部著作的过程中，细心的读者会提出这样一个尖锐的问题：在本书的三卷结构中，涂尔干为什么会辟出一卷的篇幅专门讨论现代社会劳动分工的反常形式。无论是"失范的分工"，还是"强制的分工"，抑或是分工的"另一种反常形式"，都似乎成为了前两卷无力述及的内容。也许，在1895年的初稿中，这一部分还被读者当作是整个社会分工理论体系的边角或补遗来处理，㉗但在十年后他本人为此书撰写的"第二版序言"中，这一所谓失范的部分才显露出了其重要的理论价值。正如他开篇挑明的那样：我需要再三指出"现代经济生活存在着法律和道德的失范状态"。㉘这里，失范并不简单地是一种对变迁中现实的社会存在的描述性指涉，而就是一种社会存在的现实规定性，是社会学研究的起点。倘若我们套用马克思有关研究方法和叙述方法之区分的说法，我们发现，失范虽然在理论叙述上表面看来是后设性的，但在具体的社会研究中，特别是有关变迁的社会

㉖　Durkheim, *Suicide*, p. 213.

㉗　在"第二版序言"中，涂尔干只是模糊地说了这样一句话："我在原序里大概删去了三十几页，因为我觉得这几页在今天已经没有什么价值可言了。"（涂尔干，《社会分工论》，第13页）这里的言外之意，是说他发现了更重要的东西，即现代社会生活中所出现的失范状态，对于其概念体系或理论论述来说，这种状态也许是一种"反常"状态，但对于这一生活的现实本身及其变迁的规定来说，这种状态已再是正常不过的了。换言之，正是这样的作为正常的反常状态，才是社会分析的起点，因为从根本上说，失范问题牵涉到的是社会存在的根本性问题。

㉘　涂尔干，《社会分工论》，第14页。

研究中,它构成了第一研究对象;也就是说,在涂尔干的眼里,正因为有了"失范的分工"或"强制的分工"等反常形式,才会有关于社会团结的理论论述。

对于这一点,《自杀论》有关失范型自杀的论述更是明确。因为根据一般社会学的讲法,我们很容易理解涂尔干对利己型自杀和利他型自杀的论断,因为从这两种类型的自杀中,都可以印证涂尔干有关"一切存在的本质皆为社会"的一般命题。然而,很明显,这两种类型的自杀并不能完整构成整部《自杀论》的核心议题,因为除此之外,涂尔干还给我们描绘了一种反常形式的自杀。这种自杀并不属于社会常态中的自杀,因为社会常态中的自杀在统计学上的分布是常态的;相反,这种自杀在统计上表现出来的是异常的效果,因为在社会急剧变迁的环境中,这种类型的自杀在数量上急剧攀升,从而形成一股自杀的潮流。显然,这样一种"反常"现象,是用前两种类型确立的一般社会学命题所无法规定和解释的,它构成了我们重新检讨自杀的一般社会学命题的基本问题。从社会现象的层面上看,社会变迁是形成这股自杀潮流的原因,但从理论的环节上看,这股自杀潮流却成为了变迁研究的起点,即如何从作为正常的反常状态入手,进行针对社会的结构性分析。

上文之所以这样来体会涂尔干的研究意图,是因为在涂尔干那里,我们无论从《社会分工论》、《自杀论》还是《职业伦理与公民道德》中都看到社会变迁作为社会学分析的一种基本处境,当然,这样的视角是与法国自大革命以来所特有的政治文化分不开的,从 18 世纪末开始,这个国家便陷入了从革命到革命的变迁洪流之中。因此,虽然涂尔干的分析表面看来是像孟德斯鸠那样试图建构一种普遍意义上的类型学和形态学,但实际上,则是根据社会变迁的基本情境出发,将他的一般社会分析奠定在变迁的总体图景上。

尽管分工和分化使社会整合和个性发展具有了可能,但总体性加强和异质性加大这两种同一过程中的相反倾向不能不在现代社会之构成过程中造成各种各样的紧张状态,不能不迫使我们去寻找能够连结社会和个体的新的中介组织或纽带。换言之,现代社会的兴起不仅造就了以自我为核心的私人空间的拓展以及由此形成的极端个人主义倾向,而且还在严丝密缝的控制体系中强化了社会决定论的立场。㉓尽管涂尔干对分化和分工所潜藏着的整合功能和道德意涵始终抱有比较乐观的态度,认为"现代社会的道德还没有发展到我们所需要的程度",但是,无论涂尔干在《社会分工论》有关失范型分工的讨论中,还是在《自杀论》中对失范型自杀所表示的忧虑中,我们仍可以隐隐约约地感受到其中所包含的反命题。

　　然而,上述问题也不可以简单地归结为个体与社会之间的关系,因为在涂尔干的眼里,个体与社会是双重建构的,个体之所以能够存在,是因为社会已经内化成为他的实在,同样,社会也是诸多个体日常实践的结果。所以说,要想探讨现代社会之所以可能的问题,我们既不能仅仅从个体反思、调节和持存的角度出发,也不能从单纯从组织制度和意识形态机器出发,而应该着重考察两者相互涉入和构成的实践逻辑。值得注意的是,正当马克斯·韦伯依据新教伦理的视角来考察世俗个体如何单独面对上帝,并把反思、劳动和积累作为一种救赎精神的时候,涂尔干却摸索和整理着现代社会如何可能的另一条路线。在这里,我们绝对不能忽视批判理论之所以能够将马克思与韦伯的理论相互勾连起来的线索。马克思的理论认为,资本主义社会与前资本主义社会之间存在着断裂,其最明显的特征就是资本生产和商品拜物教占据了社会存在和意识的支配地位;同样,韦伯也认为,正是在诸神解放或堕落的现代情境中,工具理性不仅摧毁了旧的宗教秩序并在社会行动中进行了扩张,而且还演变成为空洞和虚幻的绝对精神,

---

㉓　Fenton 和 Mestrovic 都强调过涂尔干的个人主义倾向,他们认为涂尔干所谓的"人格"、"道德自主性"等概念都表明了行动和观念意义上的个人主义立场(Fenton with Reiner & Hamnett, *Durkheim and Modern Sociology*; Mestrovic, "Anomie and Sin in Durkheim's Thought," *Journal for the Scientific Study of Religion* 24 (2): 119 - 236.)。而赫斯特则认为,涂尔干的个人主义只是其本质主义意义上的社会概念所带来的必然结果,因为在涂尔干看来,所有的矛盾、问题和偏差都是外在于社会的(Hirst, *Durkheim, Bernard and Epistemology*)。

从而使现代人在诸神的冲突和工具理性的宰制下不能自拔。然而,涂尔干却不以为然,他鲜明地指出,现代社会的转变不是一次彻底的断裂,而可以培养出一种可供替代的意识资源和精神生命,在法团的社会团结和个性发展的主体化形式中,我们就可以发现这一条线索。

涂尔干指出,要想正确解释分工在社会建构中的作用,就必须首先理解它的集体组织形式,并澄清下列问题:1. 分工不会造成社会的支解和崩溃,它可以通过由集体构成的道德实体来实现一种连续性(continuity),通过功能平衡的作用来确立一种自我调节机制;2. 集体的角色不仅在于在契约的普遍性中建立一种绝对命令(categorical imperatives),而且还积极参与了每个规范的形成过程;3. 道德规范和法律制度从根本上表达了一种自我同一的要求,社会既是集体形式,又是集体产生的结果;4. 纯粹的政治社会和国家都不能承担这一重任,惟有与职业活动有密切联系的群体才能完成这个使命(参见Durkheim 1984:xxxiv-xxxv)。能够满足这些条件的,当然是那些共同从事生产并共同进行沟通的人们所组织起来的独立的职业群体,即我们所说的法团(corporation)。

法团的意义,不仅在于每个作为法人或契约当事人(法律人)、雇主或雇工(经济人)或权利载体(政治人)的群体成员共同组成了社会基本单位,并从中获得了相互认同和沟通的关系纽带,而且也在于这种组合在各式各样的职业中确立了职业伦理和法律准则,为行动反思、价值判断和信任建立了一整套公共制度和社会精神,使每个社会成员成为完整的“社会人”。他们的安身立命之本并不仅仅是利益和权利,因为他们归根结底应是一个道德实体;只有这样,契约和市场才能找到有效运转的深层基础。在涂尔干看来,法团并不是现代社会转型时期的产物,它可以一直追溯到罗马共和国早期,并始终贯穿着自然法和公民法的色彩。到了帝国时期,这些自发形成的团体在性质上也有所改变,并与国家形成了一种非常复杂的关系,它们不仅被看作是一种公共服务机构,成为行政管理机构的一部分,相应地对国家负有责任和义务,而且还受到国家的强制,甚至国家最后采取强行招募和雇佣的办法,使其日趋没落下去。尽管从城邦的兴起到帝国的兴盛,反映了法团的坎坷命途,但我们切不可忽视它们在经济和道德领域里所产生的切实影响。它们不仅为私欲设定了界限,使群体成员对团结互助产生了极大的热情,限制了强权法则和横行,更重要的是,它们还是一种带有宗教色彩的社团形式。

涂尔干指出,法团的核心就是公共精神。就像每个家族都有自己的"家神",每个城邦都有自己的"公共神"一样,每个法团也有自己的"社神"(Genius collegii),甚至在本群体的墓碑上也刻下了"敬社"(Pius in collegio)的字样。法团不仅有共同的宴饮仪式和节日仪式,还有共同的墓地,所有这一切,都将生产交换、公共开支、权利分配、情感依从以及信任和信仰等所有日常实践活动及其道德环境统合了起来。也正是在这个意义上,法团将私人利益与公共利益调和起来,并通过某种牺牲和克制的精神使其道德属性凸现出来;不仅如此,它还以共同的道德生活为基础,制定了与集体情感和集体意识相应的规章和规范。简言之,正是在职业群体成员的相似性中——

> 人们迫不及待地寻觅着每一个社会领域。这就是为什么人们一旦发现共同利益并联合起来的时候,他们不仅维护着自身的利益,而且还互助合作,共同避开来犯之敌。他们这样做,为的是进一步享受彼此交往的乐趣,与其他人共同感受生活,归根结底,这就是一种共同的道德生活。㉔

在这里,我们可以看到,涂尔干对现代社会之所以可能的探讨,贯穿着与马克斯·韦伯不同的视角。从发生学的角度来说,韦伯把资本生产和交易中的信任问题,归结为新教教徒在世俗生活中单独面对上帝而形成的天职和品质;也就是说,社会成员的正当资格始终是以现世的救赎意识为基础的。然而,涂尔干却认为,问题还不止于此,现代社会早就拥有了自身的道德基础,而且,这一基础是围绕着以社会团结为核心的交互性原则而确立的;换言之,这一基础完全可以追溯到

㉔ Durkheim, *Division of Labour in Society*, pp. xliii-xliv.

宗教改革之前更久远的时期，早在罗马时代和中世纪，以互助形式为团结纽带的职业群体就已经具有社会意涵了。因此，通过法团，我们不仅可以在发生学的意义上追踪现代社会得以确立的线索，还可以把它当作构建现代社会的基本原则，要想彻底祛除失范这种导致社会混乱和崩溃的因素，还必须求助法团这张救世良方。

不过，涂尔干也不是没有清醒地意识到，一旦现代社会开始进行自我生产的时候，形成史与现在史便表现出了两种不同的逻辑。[25] 即便分化和分工带来了社会团结（亦有其失范的反命题），但现代社会的制度安排却显得更加复杂了。首先，个体及其人格的发展已经跳出了职业群体的范围，它不仅变得更加私人化和具体化了，同时还在程序技术和象征符号等方面获得了更加抽象的社会意义。同时，社会的决定作用也在两个相反的方向上展开，它既以最微观的形式对日常实践实施控制，又结晶化为一种匿名的力量，建构出一种非人格化的抽象关系。

这样，法团就面临着来自诸多层面的挑战：1. 职业伦理只能对特定的职业生活产生影响，而个体首次拥有了游离于职业生活之外的自由生活空间；2. 职业的异质性带来了职业群体的异质性，法团不再能够自成一体，它的有限性和可能性都必须来自与其他群体的相互参照，与此同时，它也瓦解了以前那种面对面的绝对集体意识；3. 异质性产生了同质性的结果，社会既形成了总体化的趋势，又通过知识系统和权力机制产生了多样而又同质的控制技术，在平均化的日常实践逻辑中，个体被抹平了，变成了"常人"（das Man）；4. 现代性不仅遮蔽了个体，而且也首次造就了个体敞开和逃逸的可能性，在社会配置中，自我技术与社会技术形成了同质、平滑和匀称与断裂、分叉和变动的双向关系，使自我的治理获得了可能性，使主体化成为相对于常规化现代生活的另一个主题。在这种情况下，决定论倾向和个人主义倾向之间第一次出现了张力状态。

---

[25] 参见《马克思恩格斯全集》第 46 卷［上］，第 456—463 页。

正是在这个意义上,涂尔干开始了用社会决定论来建构个人主义的尝试。涂尔干认为,现代社会不仅为个体设定了有限性,而且还为个体提供了诸多可能性,一旦分化和分工使自我成为道德实践的主体,自我治理和自我扩张便成为了维系社会存在的关键所在。因此,个体的解放的实质在于个体的自我调节(self-regulation)和自我控制(self-control),"借助道德规范的实践,我们发展了自己控制自我和调节自我的能力,这才是自由的真正要义";换言之,个体的可能性,乃至社会的可能性都是建立在个体对自身有限性的自觉的基础上的,"个体持存、规定和克制自身的力量"才是现代个体的本质特征。总之,现代社会的道德建设必须围绕着"纪律"(discipline)而展开:

> 人是有限的存在:他是整体的一部分。从生理上讲,他是宇宙的组成部分;从道德上讲,他是社会的组成部分。因此,如若他不去牵制自己的本性,他就无法超越方方面面的限度……人的本性无法成其自身,除非他受到了纪律的控制。㉖

因此,个体的自由话语始终是要靠纪律化话语(discourse of disciplinization)来构造的,㉗要想在欲望和道德之间找到一种中间力量,就必须通过社会控制的内化作用使个体实行自我控制;换句话说,个体分化与扩张的实质乃是个体依据道德规范和纪律准则来建构自身的反思行动、自我同一性甚至欲望的能力,是个体具备主观理解、把握和贯彻集体道德的能力,而不是个体在行动和意识领域内的无限扩张。然而,在抽象和具体双重层面上展开的社会是否能够在个体那里充分在场呢? 表面看来,涂尔干的社会理论始终尝试着去祛除社会和个体的二元界分,但两者之间自始至终都存在着一种张力。在晚年写作的《宗教生活的基本形式》中,涂尔干再次提出了与社会和个体相应的心灵和身体概念。他指出,所谓个体,不仅仅是能够为自身行动作出规划并通过纪律等形式进行自我治理和控制的存在,此外,他还是

㉖　Durkheim, *Moral Education*, p. 51.
㉗　Wagner, *A Sociology of Modernity: Liberty and Discipline*, pp. 9ff.

一个观念、感觉和习惯的意识系统,他既是收敛的,又是开放的。同样,所谓人格,归根结底是社会化的产物,具有社会属性;人格的本质在于个体意识作为一种更高的精神生活形式,它不仅可以把集体精神内化在心灵之中,也可以内化在身体之中。这说明,新的宗教是可能的,"神性是社会的象征,道德本质是人格的象征再现"。

所以说,个体是双重意义上的个体,它可以把心灵和身体、社会和个体这两个层面的要素共同媾和到个体人格之中。道德个人主义(moral individualism)意味着,个体的自由、价值和尊严,既非来源于个体单独面对上帝而获得的天职和资格,也非纯粹的自我持存和自我建构的产物;相反,"个人崇拜"(the cult of individual)是在社会团结中对人性的分有,而人性的实质还仍然是社会,人性就是道德实在本身。正是在这个意义上,

> 我们可以理所当然地成为一位个人主义者,并把个体确认为社会的产物而不是起源。这是因为,个人主义像所有道德和宗教一样,其本身就是社会的产物。事实上,个体是从社会中来的,道德信仰也可以将它神圣化。㉘

所以说,现代个体并非仅仅像古典政治经济学所讲的那样是一种自利(利益最大)、自主(权利意识)和自爱(个人品质和自我调控)的主体,除此之外,他还具有更深层次的意涵,包含着自我检视和社会崇拜等成分。㉙ 就此而言,这种个人主义的宗教形式不仅可以在不同的基础上将集体意识重构起来,而且也可以与利己主义和无政府主义形式相区别,它"不是对具体个人的崇拜",而是对"整个人类的同情"。因此,这种宗教并不是个体作为自我(self)的宗教,而是个体作为他者

㉘ Durkheim, "Individualism and the Intellectuals", *Political Studies*, xvii, 1969, p. 28.

㉙ 我们可以看到,传统意义上的功能论与冲突论之间的相互"冲突",其根源在于两者对"偏离"的理解不同,涂尔干认为,所谓偏离是相对于社会本质而言的;而马克思则站在原子论的立场上认为,伊壁鸠鲁所谓"原子的偏斜运动"实际上是具有能动性和批判性的自我意识运动,是"实体"与"自我意识"的分裂,它具有一种批判、斗争和解放的意涵。(参见《马克思恩格斯全集》第40卷,第209—243页)

(other)的宗教，或者说是个体作为全体（all）的宗教，它摆脱了集体或社会意义上的单纯信仰模式，而把信仰本身贯彻到个体意识中来。

如此看来，涂尔干的思想本身也经历了一种转变。涂尔干的晚期思想超越了他早期把社会单纯指认为有机体，把个体简单地看成是有机体细胞的模式，而是站在道德个人主义的立场上，把人性宗教当成了建构社会无限性的基础；换言之，正因为个体本身具有的成为道德实体的可能性，才有可能借助自身的有限性来构筑社会的无限性。在这里，我们在强调涂尔干理论所贯穿的实证主义、社会进化论以及实用主义等倾向的同时，还不能忽视其中所潜藏着的自然法传统。从人性宗教及其道德实体的构造中，我们可以清楚地看到涂尔干理论所蕴涵着的莱布尼茨单子论的色彩。莱布尼茨既强调了单子具有可感和可知的实体属性，也强调了单子能够把灵魂和欲望调和起来的自发特性，并同时确认了太上单子（Monas monadum）的存在——它的普遍性规定了众多单子的种种变化的预定和谐，即以神的方式使每个单子的内部变化相互吻合。[240] 因此，所谓人性宗教，不仅意味着个体具有着社会属性，而且还预示着社会的神性内化于个体的可能性，这充分说明，古老的分有学说在现代社会的构成和运作过程中有所反映。更重要的是，单子不仅仅具有本体的（ontic）意义，而且还具有生成（genetic）的意义。

现象学社会学的研究表明，如果把自我单纯理解成借助反思性筹划来进行意义建构的主体，那么他既不可能在对他我（alter-ego）的认同中获得确定性，也不可能从与他者（other）的沟通中获得确定性；换言之，如果我们不从意义有限性的角度来考察问题，所谓的自然态度就是不确定的。这说明，日常行动及其意义构成必须具有一种可供参照的基础，或者是一种不可能的可能性基础。因此，正是因为涂尔干的思想发展经历了一个从社会决定论到通过社会决定论来构建道德个人主义的过程，所以，即便他把社会团结的理想诉诸于法团，但其问

---

[240]　参见莱布尼茨，《人类理解新论》。

题的要害还仍在于解决深度自我的问题。也正是在这个意义上，支配和控制不过是现代社会维系自身的一个面向，现代社会要想获得自身的可能性，还必须在常规化生活中构成独特的自我技术及其主体化的力量。涂尔干敏锐地意识到，分工和分化不仅带来了团结（从某种角度来说，这种团结是以遮蔽为代价的），而且第一次使社会生活产生了多样化的趋势，形成了多个外面（outsides），从而使个体第一次获得建构深度自我的机会。尽管在今天看来，所谓人性的宗教不过是一种幻想，但不可否认的是，社会存在的可能性正在通过其自身塑造出来的主体化形式而展开。

五、现代团结的知识基础

　　实际上，涂尔干对现代社会的探讨始终纠缠着两个关键问题：一是分化社会是否还能够以集体意识或职业伦理为基础，并通过各种抽象方式实行有效的社会控制；二是社会决定论是否可以转化为个人主义的立场，常规化的日常生活是否能够为真正意义上的自我实践提供可能性，从而使社会存在及其特有的意涵不再诉诸像位格或人格那样的形而上学实体，而具体化为日常的自我道德实践，使社会存在获得一种有别于以往任何样式的可能性。就此而言，涂尔干后期思想的转向，具有极其重要的意义。无论是《原始分类》，还是《宗教生活的基本形式》，所有这些后期著作都贯穿着这样的理论视角：不仅要对社会存在进行实在论的探讨，还要进行知识论的探讨；不仅要对社会实在做出确证，还要解决社会实在的具体构成问题；不仅要分析"制度是如何思考的"[21]，还要在类比和分类的复合机制中勾画出主体化的形式。当然，有些问题是我们从涂尔干那里引发出来的，但这并不等于否认涂尔干理论所特别蕴涵的生长点。

　　涂尔干后期思想的一个重要出发点，就是要弥补其早期思想在经验论与决定论、物质论与观念论之间出现的罅隙。而这正是规范化和

---

[21]　Douglas, *How Institutions Think?*

制度化过程所牵扯到的实质问题：制度因素如何介入到日常行动或互动之中，并借助这些实践活动将自身再生产出来；我们为何既不能简单地把制度看成是实践活动的外在强制或决定力量，也不能把它看成是日常经验的归纳结果，相反，制度恰恰应该被看成是以事件或仪式来再现和构成社会生活，甚至是深度自我的方式。

1. 社会知识的逻辑

在逻辑学家和心理学家看来，可感世界是由各种多重和复杂的要素构成的，而且，各种定义、推断和归纳的能力也往往被当成是组成个体知性的普遍因素，它们可以把生活世界中的各种事物、事件和事实划分成不同类型，这些类型归属明确，内外有别，成为个体能量或力量的最终根源。这种观点，不仅普遍存在于经典时期，如培根、笛卡儿或莱布尼茨等人的学说中，甚至在今天仍有许多理论或多或少地流露出了这种倾向，如舒茨的现象学、乔姆斯基的语言学以至吉登斯的能动理论，等等。然而，对涂尔干来说，问题并非如此简单，任何分类及其导引出来的归纳和演绎能力还有其更深的根源。实际上，任何分类最初都是在群体或集体相互分离的过程中出现的，都是在群体差别的基础上对各种事物、事件和事实的制度性安排。因此，分类不能划归为个人能力的范围，相反，它的实质乃是集体思想（collective thought）。[42]

任何异质事物的相互区别和转换，任何确切概念的在场和缺席，都必须以集体信仰或集体意识为前提；任何事物的范畴最先都是社会的范畴，任何事物的类型最先都是社会的类型，任何范畴和类型都凝结着社会关系，刻画和标识着它们的社会起源；如果事物的总体被看

---

[42] Durkheim & Mauss, *Primitive Classification*, p. 5.

成是一个系统,那么社会亦当如此,逻辑等级只不过是社会等级的一个侧面,知识总体也不过是集体面向世界的方式而已。㉓ 因此,倘若我们揭示了分类系统得以形成的根源,我们也就找到了解决社会如何安排、分化如何产生、制度如何思考等问题的内在线索。㉔

在涂尔干考察原始分类的过程中,有些现象是非常令人感兴趣的:为什么原始人可以在"黑色的牛"与阴雨之间,或"白色的马"与太阳之间建立某种特殊的联系? 为什么原始人很有可能在大象和月亮之间建立一种非常亲密的关系,却把犀牛和斑马看成是截然对立的两个门类? 通过对原始图腾制度的研究,涂尔干指出,在原始社会里,个体并不具有独立的人格力量,群体成员与其所属的灵魂和图腾崇拜并无根本区别。换句话说,正是这些群体成员所崇拜的事物或动物,才在根本上构成了所谓的人格。所有符号与物,名称与人,地域与居民,以至图腾与部落之间在性质上没有差异可言;相反,它们始终处于相互融合的状态中,并通过集体表现的形式构成了集体认同,任何成员资格必须在这种认同中获得,任何制度要素也必须通过这种同一性来运行。实际上,所谓意识就是一股不断持续的表现流(the flow of representation),㉕它借助群体之间的基本性质(即氏族或部落的图

㉓ 参见 Needham, "Introduction"for Durkheim & Mauss, *Primitive Classification*, pp. xi-xii.

㉔ 其实,对分类及其作为世界的表现(representation)的考察,在福柯那里也有一段很有意思的故事。福柯承认,他的《知识考古学》萌生于在阅读博尔赫斯的时候所发出的笑声,"这笑声震撼了一切为人熟知的思想,即我们思想的里程碑"。博尔赫斯曾经援引过某部"中国百科全书"中对动物的分类:1. 属于皇帝的;2. 防腐的;3. 驯化的;4. 乳猪;5. 土鳗属两栖动物;6. 传说中的;7. 迷了路的狗;8. 包括现行分类中的;9. 疯狂的;10. 不可数的;11. 拖着漂亮驼绒尾巴的;12. 其他种类;13. 刚打碎水罐的;14. 来自远方看起来像苍蝇的。(转引自 Foucault, *The Order Of Things: An Archaeology of the Human Sciences*.)福柯则认为,这种分类简直是一个奇迹,它以跳跃的形式来理解事物,并通过带有异国情调的思想系统揭示了我们自身思想的界限。这种特殊的分类形式至少说明了以下几个问题:1. 正是在不同思想系统的相互参照中,我们发现了我们自身思想的界限,同时我们也绝对不可能去思考这种界限,即特定场域里的思想所面临的不可能性;2. 任何思想系统都不可避免地打上了时代和地域的烙印,它总是根据特定的规则或规范来构成、规定、约束和限制我们思想的可能性;3. 在任何思想系统秩序井然的表层下面,都隐含着反常和癫狂的成分,它总是扰乱和摧毁着我们有关同一和差异的区分,或者培植着这种否定的可能性。

㉕ Durkheim & Mauss, *Primitive Classification*, p. 7.

腾）来构成分类系统，并依此来确定各种事物的同一性或差异性。这就是知识社会学的基本原则。

在涂尔干看来，分类不仅是我们确立自然必然性的一种方法，也是我们看待世界和认识自身的角度，甚至是我们的价值判断和道德建设的基础，而所有这些基础归根结底是由社会赋予我们的，社会并没有以纯粹抽象的形式外在于我们；相反，它直接通过类比和分类等形式对我们的大脑产生作用，并借此使制度获得了思考的能力。

1. 如果说类型是事物的群类，那么它所包含的特定内容以及划定其特定范围的界限并不是借助纯粹的观察获得的。事实上，在任何语词及其所代表的属种的背后，都预先铺设了既定的关系，这些关系既蕴涵着等级秩序，也蕴涵着支配关系；也就是说，每一种分类图式既是制度等级体系，也是制度得以作用日常生活的观念等级体系，是社会关系在人们头脑里的配置和安排。[246] 譬如，如果大象部落和月亮部落之间存在着亲缘关系，那么两个部落就很有可能结成同盟，共同对抗来犯之敌，从而使大象和月亮之间建立起相似、等同或类比的关系；这种物与物之间的连接方式最终确定着部落成员看待世界的方式，构成了社会同一性的原则。如果犀牛和斑马部落相互仇视，不共戴天，那么这两个物种也会像黑与白、左与右那样在人们的头脑中成为截然对立的门类；同样，在部落之间侵占和吞并的关系中，我们也可以理解原始人为什么会在狮子和鬣狗之间建立一种"种"与"属"的关系。其实，即便是在现代社会中，这种分类图式也随处可见，[247] 我们不仅在生物分类学中看到类似的情况，也可以在对"大资本家"和"小资产者"的阶级划分中发现策略的成分。

2. 人类群体与逻辑群体是合一的，自然界的各种事物之所以被

---

[246] Durkheim & Mauss, *Primitive Classification*, pp. 8-9, 81.

[247] 涂尔干也曾指出，即便我们从科学分类史的角度来看，社会情感越来越为个体反思留出了更大的空间，但这并不意味着分类具有纯粹的客观性质，相反，我们必须看到协作或等级化的群体对我们心智习惯所产生的巨大作用，它直接与我们的"看"和"说"紧密相关。归根结底，分类不是客观性的，而是表现性的。（参见 Durkheim & Mauss, *Primitive Classification*, pp. 88）

划分成许多称之为"属"的群体,是因为人类群体相互搭配、组织的形式本身就是一种逻辑;换言之,正是由于我们总是以日常社会的形象来想象世界,才把群体形式本身当成生活的逻辑,当成构建世界和呈现世界的逻辑。[24] 因此,在图腾制度中,任何事物都不是以自然和自在的形式加以呈现的,它们一开始就被当成了人类社会的"成员",事物之间的关系也同样是一种社会关系。[25] 所以说,社会等级也是社会运行的分类等级、逻辑等级和因果序列,"社会给我们提供了一块底布,我们在上面绣出了我们逻辑思维的花朵"。[26]

3. 分类图式不仅是特定的社会纽带和逻辑关系,也是人们日常行动所诉诸的道德意指(moral significance)和集体心灵(collective mind),它经常是以家族(或家庭)、氏族或部落等社会群体的形式表现出来的。或者用涂尔干的话说,分类图式是情感、观念和知性的系统安排,[27]而且,这种安排具有一种符号或象征的作用,它在情感(affective)上所产生的效果往往要比智识(intellectual)上的效果强烈得多。因此,就具体实践而言,社会生活中的事物与符号之间并没有什么本质差别,事物只有通过象征仪式的表现作用才能成为可见的和可说的,才能成为构成日常生活的要素。在这个意义上,仪式和场景与分类图式有关,抽象概念和制度范畴(如共同体、国家或民族)也往往是通过宴饮、节日、献祭、行刑、朝觐或加冕等各种仪式来表现的,这些符号本身就构成了制度效力,构成了生活逻辑。[28] 对此,我们不仅在涂尔干对表现"曼纳"(mana)的原始仪式的描述中,以及格尔茨对巴厘"剧场国家"(the theatre state)的描述中看到。

4. 类别范畴作为各种事物的社会表现,不仅与人类群体的概念

---

[24]　参见阿隆,《社会学主要思潮》,第 383 页。

[25]　Durkheim, *The Elementary Forms of the Religious Life*, pp. 462 - 496.

[26]　同上书,第 173 页。

[27]　Durkheim & Mauss, *Primitive Classification*, pp. 86ff.

[28]　借用库恩的说法,我们也可以把这种分类图式或象征仪式看成是一种示范机制(exemplar mechanics),它借助生生的事件和场景,既完成了对其成员的资格生产,也向其成员展示了各种权力关系的符号力量。(参见库恩,《科学革命的结构》,第 279—286 页)

密不可分，而且也是规定社会生活之时间范畴和空间范畴的基础；换言之，分类图式既刻画了社会世界中的实在（reality），也刻画了构成这些实在的特定的要素、力量和场域。[53] 因此，分类图式的构成和生产作用既是整体性的，又通过局部在场表现出来，它不仅包涵着我们平常所说的对象，也包涵着对象的场景和刻度（即时间性和空间性）。在这个意义上，日常生活的制度性时空安排是可逆的（reversible）胡塞尔的时间客体研究，它为自我反思和社会控制提供了基础。[54]

循着涂尔干的这条线索，许多学者对抽象社会的系统安排与日常生活的整合逻辑之间的关系进行了大量探讨。其中，弗莱克最先提出了集体思想的概念（denkkollectiv）。[55] 相对于集体意识而言，集体思想的核心问题就是认知问题，即人们如何"习得"（learning）和"晓得"（knowing）的问题。所谓"晓得"，不过是特定的分类图式所塑造出来的思想方式，是日常实践中看、听和说的方式；也就是说，恰恰是分类图式，规定了对不同问题的抽选、对不同规则的履行以及对不同意图的确定，而对分类图式本身的讨论，却离不开它的共同体基础（亦可参见库恩对范式与"科学共同体"之关系的讨论[56]）。也正是在这个意义上，任何个体和群体都不过是某种符号化的"人"（symbolic "human being"）而已；而且，社会实在也是多重的，它已经被分类图式的各个层级界分开来了。同样，思维方式其实就是一种概念图式（conceptual scheme），[57]它并不是超验意义上的概念集合体，而是建构制度构架（institutional grip）、塑造反身活动的知识库存和象征力量。因此，认知要素之间的各种联系并不是固定的客观联系，而是各种联系的表象（appearance）或表象之间的联系，"真实"首先是一种表象的真实感。在集体仪式中，分类图式及其划定的各种关系完全是表现性的，并与

---

[53] Durkheim, *The Elementary Forms of the Religious Life*, p. 488.

[54] 参见 Giddens, *The Constitution of Society*, Ch. 1；以及胡塞尔的时间客体研究，即 Husserl, *The Phenomenology of Internal Time-Consciousness*, pp. 105 – 110。

[55] 参见 Fleck, *The Genesis and Development of a Scientific Fact*.

[56] 参见库恩，《必要的张力》，第 291 页。

[57] Douglas, *How Institutions Think*? p. 13.

绝对实在具有逐一对应的关系。

所以说，集体思想既是社会对我们自身生活的安排，又是我们对自身生活的社会安排，这种象征力量，并不包含所谓的因果命题。[58] 实际上，认知是本身便是一种日复一日的实践活动（day-to-day praxis）。在集体思想的结构里，任何思想的内容和逻辑、范畴和指涉以及推演和判断，都是一种集体形式，没有明确界限。[59] 在这个意义上，语言规则和分类规则本身就是社会安排的规则，它不仅具有控制作用，也同时作为反思行动和制度思考的逻辑构成了实践活动以及这个活生生的世界。

安德鲁·肖特曾经指出，现代制度实际上是一种组织化的信息流。威廉姆森也曾把现代生产和生活的逻辑称之为商品流，日常生活的信息流变完全遵循着各种思维习惯所设定的线路。[60] 尽管这种说法并没有太多的新意，但它至少强调了制度得以思考和运行的两个基本过程：一是意识、信息、商品乃至权力往来穿梭的动态过程；二是社会分类的自然化和常规化过程。前者是构成性、生产性和表现性的，而后者则逐渐变成了理所当然（take for granted）的社会安排，变成了自我生效（self-validating）的形式系统或真理体系；[61] 也就是说，抽象社会的匿名性被贴上了自然的标签，它的合理性和正当性似乎是以"自然状态"为基础的。

其实，最自然的状态莫过于原始的两性分工形式，不论马克思还是涂尔干都承认，两性分工是劳动分工的最初形式；在初始社会里，任何社会的组织结构都明显反映出了人类的基本生理差异。不过，这种看法仅仅涉及问题的一个方面。事实上，所谓象征符号并非完全是以

[58] Fleck, *Cognition and Fact*, p. 50.
[59] Fleck, *The Genesis and Development of a Scientific Fact*, p. 103.
[60] 分别参见 Williamson, *Markets and Hierarchies：Analysis and Anti-Trust Implications：a Study in the Economics of Internal Organization*；Schotter, *The Economic Theory of Social Institutions*.
[61] Douglas, *How Institutions Think?* p. 48.

自然实在或生理性征为依据的；㉖相反,后者恰恰来源于某种社会关系的特定表现,甚至连性别差异也完全建立在由亲属关系(即在部落之间的成员交换中,男女所承载和表现出来的社会属性及其自然属性)所决定的类比图式(the scheme of analogy)之基础上。尼德汉姆在1973年的研究中明确指出,两性分工的实质并不在于男女之间的生理差别,而在于两性关系设定了一整套修辞、比喻(或列维-斯特劳斯所说的换喻和隐喻㉖)和表现系统。这实际上是一种二元分类(dichotomy 或 dual classification)的图式。比如,拿"女/男=左/右"这个等式(在中国则是"男左女右")来说,男女之间不仅存在着生理意义上的类比,也同样贯穿着社会组织的制度原则:性别差异在社会空间的安排上是有意义的,男女各自占据着专门属于自己的社会区域,界限分明,秩序井然。不仅如此,尼德汉姆还指出,男女关系在政治结构的安排上也是有意义的,在原始社会里,我们也常常见到"女/男=民众/君主"或"女/男=(国家的)北土/南疆"这样的等式,这意味着性别差异往往可以延伸到地域区分和等级分化的领域中去。㉖道格拉斯也认为,像"男/女"这样人们看来最为简单的类别图式,却往往深刻地刻画着右与左、南与北、近与远、上与下、前与后的时空构成形式和社会等级安排,并把制度化的类比结构深深地铭刻在人们的身体与意识之中。㉖

分类图式或类比图式并不是原始社会的专利,它在现代社会的日常生活中也随处可见。我们在有关白领与蓝领、脑力劳动与体力劳动、雇主与雇工等各种二元范畴的划分中,同样可以看到制度合法化过程的象征性力量以及隐喻和阐释等各种功能。

左　　　右
左倾　　右倾

㉖　这就是弗莱克所说的"实在的危机"(参见 Fleck, *Cognition and Fact*, pp. 47-58)。
㉖　参见列维-斯特劳斯,《结构人类学》,第198—220页。
㉖　Needham, *Right and Left*, *Essays on Dual Classification*.
㉖　Douglas, *How Institutions Think*? pp. 49ff.

左派	右派
激进的	保守的
进步的	倒退的

从二元类比图式中,我们可以发现:1. 类比图式常常在表层生活的模糊语境中于各种事物或语词之间构成某种相似性,它如同德勒兹所说的力线,可以穿透组成社会生活的各个层面,并通过隐喻或转喻的形式建立其间的复杂关系。2. 类比图式既是一种社会的表象,又是一种权力的阴影,散布和笼罩在所有可见和可说的事物之上,相似性既使社会制度表现出了合法化和例行化的特征,又以最简洁的方式构成了日常生活的逻辑,它通俗易懂,却又神秘难测。3. 形式类比(formal analogies)不仅构成了社会习惯的抽象结构,同时也是最具体、最生动的,它既呈现出最简单的、日常的空间安排关系(如左与右),同时也借助转喻形式将空间安排(如左倾和右倾)与社会类群叠合统一起来,确立群体分化的根据(如左派和右派)。不仅如此,类比图式还对集体思想的基本倾向进行指涉(如激进的与保守的),并诉诸价值评判(如进步的与倒退的),这与意识形态理论的解释是不同的;4. 在二元分类系统中,社会秩序不仅是藉以抽象符号的相似性来构成的,其本身也始终贯穿着对立和对抗的原则,两者之间必须形成"必要的张力";换言之,制度整合不仅需要一种连续性的逻辑,同时也需要断裂性的逻辑,任何相似性都建立在认同和排斥的双重基础上。㉖

因此,相似性(similarity)就是一种制度,它在事物和语词之间建立了可以化约的抽象社会关系,并在社会实在的二元分类中设置了潜在的对位、冲突和相互建构的因素。在这个意义上,各种符号之所以是可理解和可预期的,是因为类比图式在人们的反思行动中构成了知识库存,或者按照蒯因的说法,制度已经通过概念图式的方式贮留起

㉖ 这里所举的例子并没有明确的出处,它是我们日常生活中常见的例子。

来了。㉖

　　制度化历史并不是原原本本呈现出来的历史,而是一种被集体形式折叠过了的历史。在这个意义上,历史不再是时间的简单重复和复制,而是时间的聚集和生成,它集中在日常实践或事件的每个点上,来不断制造记忆,并塑造和表现那些已经逝去的各种事件。所谓集体记忆,始终包涵着两个相辅相成的过程:首先,它通过各种分类图式对过去进行编排组合,使时间像阴影一样笼罩在日常生活的平面上,使制度成为人们视而不见(seen but unnoticed)的生活逻辑;与此同时,由于分类图式借助隐喻或转喻的符码形式被表现出来,所以它可以使光线不断发生黑与白、明与暗的对比和变换,成为可转译和可选择的。这就是埃文斯-普里查德沿着涂尔干的思考路线,在努尔宗教研究中所得出的结论。埃文斯-普里查德指出,原始思维所诉诸的并不是手段/目的的推理逻辑,而是一种选择原则的隐喻性建构,它经常借助类比所产生的意义来取代矛盾所造成的荒谬,是一种“心灵经验的戏剧化表现”。㉘ 因此,回忆或记忆并不像现象学所说的那样,仅仅局限在行动反思的范围内;相反,它深深地刻下了社会的印痕。集体记忆既包涵着记忆的要素,也包涵着操纵这种记忆的要素,甚至是遗忘的要素。它规定着“什么样的历史可以再现”、“历史以什么样的方式再现”、“究竟是谁在回忆”以及“我们究竟能够回忆什么”等问题。

　　尽管涂尔干及其追随者们从知识社会学的角度为解决制度如何思考的问题提供了线索,但这不仅仅意味着类比和分类图式及其特有的表现形式只有社会控制的功能,除此以外,它们还会在构建自我控

㉖　参见 Quine, *Ontological Relativity and Other Essays*。道格拉斯指出,制度不仅与人们当下的实践活动有关,而且与集体记忆也有着非常紧密的联系。分类图式或类比图式常常渗透在时间的建构中,并通过社会化(socialization)的形式将历史(或过去事件)转化成一种声音,在日常活动的特定场域内产生回响。显然,道格拉斯的这种观点受到了埃文斯-普里查德和哈布瓦赫的影响(参见 Douglas, *Evans-Pritchard*),前者在对努尔宗教的讨论中明确提出了系统回忆(systematic remembering, Evans-Pritchard, *Nuer Religion*)的概念,而后者则开创了集体记忆(collective memory, Halbwachs, *Collective Memory*.)研究的先河。这两人通常被公认为涂尔干学派的真传弟子。

㉘　Evans-Pritchard, *Nuer Religion*, p. 322.

制和自我调节作用的同时,开展出一种主体化的力量。按照涂尔干的说法,现代社会的分化和分工不仅造就了个体的多样化个性,而且还为各种群体确立了各种各样的职业伦理,更重要的是,这种分化和分工本身也使原有的分类图式产生了分化和分解,从而确立了具有不同匿名程度的分类图式及其抽象符号关系。换句话说,正因为有了分化和分工及其所带来的多重组织的发展,使社会生活不再以单一的位格或人格作为维系自身的纽带了。抽象社会的拓展并不单是工具理性的扩张结果,也没有完完全全像一只铁笼那样架构出了密不透风的控制体制;相反,它不仅在原有分类图式的内部构成了错综复杂的表现关系,同时也构成了相互折叠、纠缠和交错的不同的分类图式。简言之,现代社会生活并不像宗教研究所说的那样是围绕着单向度的实在或价值组建起来的,而是一个多重建构的世界。㉖⑨

正因如此,现代社会第一次使社会建制和深度自我获得了多重可能性。我们发现,甚至在马克思最具二元分类特点的图式中,也搀杂着许许多多的异质因素(如《路易·波拿巴和雾月十八日》对小农的分析),同样,布迪厄从"品位"(taste)出发对大革命时期阶级形态的划分也可以从另一个角度说明,历史事件和实践究竟贯穿着多么复杂的分类逻辑。㉗⑩ 不仅如此,我们也可以在角色定位和角色紧张,以及范畴集合和范畴冲突等各种日常实践和知识构型中看到,贯穿于社会生活的并不是纯粹的刻板模式。更为重要的是,正因为社会是抽象的,它虽然不面对面地到场,却在不同程度的匿名性和具体性之间建立了复杂关系,所以各种分类图式之间经常会出现错位、错漏和错乱等情况(譬如各种角色或多重图式相互龃龉、相互纠缠、相互混杂等情况),以及在时空安排过程中所出现的复杂局面(譬如各种角色或多重图式在不

㉖⑨ 舒茨就曾指出,生活世界是由多重的有限意义域(finite province of meaning)构成的,而且每个意义域都具有自身独特的思想风格。其实,各种意义域之间并不能进行明确的意义构建,也不能进行有效的还原,我们只有经历过一种特别的惊愕(shock),才能冲破有限意义域所划定的界限,倾听到一种异样的实在之音(accent of reality)。参见 Schutz, *Collected Papers Ⅰ*: *The Problem of Social Reality*, pp. 209ff.

㉗⑩ Bourdieu, *Distinction*: *A Social Critique of the Judgment of Taste*. London: RKP.

同时期、不同场域、不同情境所蕴涵的差异性和偶然性），从而使差异性转化成了可能性，为主体化形式提供了可供滋长的空隙。

因此，深度自我的自我技术既是现代性生产出来的一种必然，也是一种具有社会意涵的偶然和可能性。这不仅仅可以归结为启蒙所带来的知性改造作用，同时也因为，只有抽象社会才能为主体化形式提供一种不可能的可能性，提供一种自我自身的外面。换言之，深度自我只有利用社会为他构造出来的自我技术，以及各种分类图式之间留下的裂缝和罅隙，才能既获得自身的有限性基础，又勾画出一条连续与断裂、涉入与超脱、遮蔽与敞开的轨迹。

2. 知识图式中的个人与社会

既然深度自我的自我技术既是现代性生产出来的一种必然，我们就必须再回到社会与个人，乃至国家的关系上来。那么，社会与个人之间在理论上究竟是一种怎样的关系呢？叶启政曾指出："透过经济与政治的双重保证之下，'社会'成为对立于'国家'的'实体'性概念。"这样，"把'社会'实体化成为一个有别于'个体'之独立自立体，并且，从'国家'之中凸显出来，甚至，在概念上与源生序列上，被视为先于'国家'而存在，可以说是西方社会学论述传统所具有的基本立场"。这意味着，此种意义的"社会"概念，是通过"外塑模式"构建成的，即假定在作为行动主体的个人之外，亦存在一种外塑性的表现实体；换言之，社会学主流传统中的"社会"概念，是一种有别于个人的实体。

根据上述看法，个体与集体的两元对张，可以直接追溯到涂尔干的"社会事实"（social fact）概念。涂尔干说，构成社会事实的，是集体的信仰、习俗和倾向，而集体形式表现在个体身上的那些状态，则是一种与社会事实分离的状态，所以，社会绝不是个体的总和，社会是自成一类（sui generis）的、整体的、常规的和强制的，是形态学意义上的(morphological);换言之,通过"自成一类"构建而成的"社会"的图像,已然具有一种无所不在、无所不能的"巨灵"形象;[271]由此,"社会"作为分析对象,正是社会学得以立身的正当基础。[272]事实上,从某种角度来说,后来的英国人类学家和一些美国结构论者都追随着这条分析路径,始终将具有社会决定色彩的整合当作社会学分析的核心论题。

不过,把"社会"当作具有总体特征的"体系"来看待,以致将社会营造成现代巨灵的形象,并不是涂尔干留给后人的唯一线索。作者并未像许多人那样,把如涂尔干这样的经典社会学当成一种纯一的传统来处理,而是着力从中发掘其中生发另类线索的可能性。叶启政曾经引用帝尔亚肯(Tiryakian)的说法指出:"除了'社会形态学之事实'外,涂尔干所指涉的另一个'事实',即其所自谓的'集体表现'(collective representation)概念。"这既是拉德克利夫-布朗以降的英国结构主义所忽视的面相,恰恰又是以列维-斯特劳斯为代表的法国结构主义所特别强调的重点,而后者正是对"结构"概念从事另类思考的典范模式。[273]在社会理论史中,这正是后来引发的所谓行动与结构之二元论争的转折点。

---

[271] 比如,卡尔·马克思早期思想中的"类本质"(species essence)概念,也多少有这样的意涵,社会存在决不能等同于个体的自然状态,而是一种独立的存在样式。参见《1844年哲学经济学手稿》,《马克思恩格斯全集》,第42卷,第96—97页。

[272] 《社会学方法的准则》是一部通过指认以社会事实为基础的社会实在概念,来专门厘清社会学研究对象和研究方法的著作,但在更大的程度上可以说是社会学学科化和合法化的一种努力。许多涂尔干的研究者都持有这样的看法,例如Gane,"A flesh look at Durkheim's sociological method",in *Debating Durkheim*,pp. 66-85。但我们至少可以说,涂尔干后来调整了这种带有浓重的社会决定论色彩的倾向,而逐步朝其他两个方向发展:一是更注重带有社会史意涵的实质理论,二是主张道德个人主义的建构。参见 Schmaus,*Durkheim's Philosophy of Science and the Sociology of Knowledge*,pp. 53-4;Giddens,*Durkheim*,ch. II。甚至有的学者直接指出,"社会事实"的概念应该用"道德事实"的概念来代替,因为涂尔干远不是用经验论(empiricism)的方式来看待这种所谓的事实的,这种事实更带有观念论(idealism)的色彩。参见 Isambert,"Durkheim's Sociology of moral facts",in *Emile Durkheim:Sociologist and Moralist*,ed. Stephen. P. Turner,London:Routledge,1993,pp. 203-10。

[273] 特别参见列维-斯特劳斯在《图腾制度》中有关拉德克利夫-布朗和埃文斯-普林查德(Evens-Princhard)之结构观的评论。

的确,涂尔干的这一"转向"以《宗教生活的基本形式》和两本小册子《原始分类》及《乱伦禁忌及其起源》为代表,而其中心思想就是为了证明"社会的物质结构乃心灵分类体系结构的模版"。说社会是心灵的模版,当然有文本上的依据,《原始分类》中说,"首先,逻辑范畴即社会范畴;事物的第一种分类即人的分类。……因此,逻辑梯序也是社会梯序,知识的一体也只不过是把集体的一体延伸到整个宇宙罢了"。⑳ 由此,涂尔干得出结论说,"倘若我们把集体意识和集体表现当成社会事实看待的话,在涂尔干和莫斯的眼中,基本上从集体意识到集体表现所表现的,只是他们两人所谓'社会中心化'(sociocentrics)之社会学方法定位下,两个不可化约的事实单元而已,而且,也是最终的分析单元"。同样,叶启政也引用白考克(Badcock)的话说,"……引发如图腾制度之社会分类体系所依据之基础表现的集体活动状况,对涂尔干而言,乃假设是完全无法解说的"。这意味着,涂尔干不肯承认或接受"心理事实"对解释"社会事实"具体正当性,所以"涂尔干的社会学主义,也不免有了社会学化约论的疑虑"。㉕

坦言之,这番论证,确实抓住了涂尔干社会理论中社会决定论(social determinism)的要害之处。无疑,涂尔干的以上三部论著确实试图依据人类学的材料来证明"社会结构",特别是以乱伦禁忌为核心原则的亲属关系结构对人类心灵分类体系的模塑作用,但是,如果我们从"集体表现"的概念中只着重揭示这种社会所扮演的"无所不在、无所不能、无所不知"的绝对角色,也很难深刻体会到涂尔干之所以采用"集体表现"概念的良苦用心。否则,倘若我们只在决定论的层次上来处理"集体意识"和"集体表现"这两个概念,那么,两者之间也很难谈到另类思考的分离点,我们单纯讨论涂尔干的这一转折也就无甚意义了。

事实上,"集体表现"的重心确实隐含有一种特别的面向。涂尔干

---

⑳ Durkheim & Mauss, *Primitive Classification*, trans. R. Needham, London: Cohen & West, 1963, pp. 82-84.

㉕ 叶启政,《进出"结构—行动"的困境》,第164—165页。

以这三部著作为代表的后期著作，旨在通过整理人类学材料，围绕"集体表现"这一概念构建集体与个体之间象征性的共生关系，并为后来有关集体表现作为一种生活技术的论证提供知识社会学的依据，在这个意义上，这些作品都可以说是中间性和阶段性的，尚未实现向现代性分析的过渡，但其中的理论企图却已经初露端倪了。"集体表现"所讨论的核心论题，实际上是社会安排如何构成心灵的知识图式安排（intellectual schematic arrangement）的问题，或者说，一般的社会安排如何构成个人心智的思维和能动过程的问题。"集体表现"有别于"早期理论"的一个特别之处，就是在象征层面上，心灵并非单纯是社会结构的摹本，而是一种心智的建构和符号的运用过程，当然，倘若社会（或制度安排）脱离了这一过程，也便无从进行思考。[26] 索绪尔（Ferdinand de Saussure）就敏锐地觉察到了涂尔干社会理论中的这一重要面向，认为"集体表现"的实质在于符号学的意涵，列维-斯特劳斯也清楚地认识到，在这个意义上，语言学和人类学的关系，与其说（像作者所说的那样）是社会学和心理学之间的争执（即究竟是"社会"，还是"心理"具有正当优位性的问题），[27] 不如说是为了提供"人类心智据以运作的途径的线索"。[28]

即便我们回过头来，回到所谓涂尔干的早期理论，也会发现甚至像集体意识这样的概念，也不能单从决定论的视角来解析。事实上，"集体意识"，乃至作为"社会事实"的集体意识，在涂尔干的眼里都始终具有"集体良知"的意涵，[29] 更具有精神史的成分和向度。进

[26] 参见 Mary Douglas, *How Institutions Think*? New York: Syracuse University Press, 1986.

[27] 尽管涂尔干本人也热衷于这样的讨论（Durkheim, "Individual representation and collective representation", *Sociology and Philosophy*, pp. 10-23），但他所引发的问题却似乎"面目全非"了。

[28] 分别参见列维-斯特劳斯，《结构人类学》，第一卷，第85页；第二卷，第一部分，谢维扬、俞宣孟译，上海：上海译文出版社，1995,1999。

[29] 请注意，即使"集体良知"（collective conscience）也经常转译为"集体意识"（collective consciousness），但这决不单纯属于意识哲学的范畴，也属于道德哲学的范畴。有关良知概念的哲学背景，可参见倪梁康，"良知：在'自知'与'共知'之间——欧洲哲学中'良知'概念的结构内涵与历史发展"，《中国学术》第一辑，2000, pp. 12-37。

一步说,由历史的角度观之,现代性背景中的"集体良知"概念本身,与其说是社会分工与社会分化,或者是作为"总和"的"社会"所造成的一种规定和强制的结果,倒不如说是一种现代约束与现代自由之间的张力关系,或是一种社会决定论与道德个人主义之间的张力关系。

这种张力关系,也同样沿着第三条线索展开。涂尔干的人性二重性理论(dualism of human nature),正是解决现代思想史中笛卡儿心物二元之两难处境的尝试。人性二重性理论的大意,是说人是两种存在:一是感性存在,一是理性存在,既有非道德的倾向,也能够从事心智和道德意义上的活动,按照涂尔干的说法,这是一种两极的二律背反,是人性的冲突和灵肉的纷争。㉘ 人性两元论实际上与涂尔干的圣俗之分观念一脉相承,很显然,这里具有理性和道德意涵之灵魂的本质是集体的,而感觉和感官欲求则是私属于个体的;相对于个人的感性,集体的观念和德性就是理性,而且是具有权威和主导优势的理性。这样做的根本出发点,实际上就是在能够反映出"实然"的情况下,解决社会何以统合的"应然"问题。就此而言,涂尔干并不像克拉克(Clarke)所说的那样,误解和误用了康德哲学,而恰恰是为这一难题提供了"集体"的解决方案;换言之,化解"社会"中诸多二元对立的社会动力,只能求助于上述一般客体化的"集体"形式:即外在化(externalization)和制约性(constraint)这两个特征。

很显然,无论是理性和感性的人性两造,还是宗教社会学意义上的神圣和凡俗的划分,甚至是"集体"和"个体"的界定,在涂尔干那里都最终被归结为一种"社会"状态下"应然"与"实然"之间的张力,"集体"为社会存在提供了"应然"的理由,同时"实然"的反社会冲动也得到了认可。由此,在被屡屡贴上"功能论"标签的涂尔干身上,再次"复活"了一种"冲突论"的因素,而且,这种冲突已然摆脱了经验现象的层面,成为社会得以生成的根本性冲突;社会事实也不再局限于常识性

㉘ Durkheim, "The dualism of human nature and its social conditions", in K. H. Wolff ed., *Emile Durkheim*, New York: Arno Press, 1959, pp. 330 - 5.

的"事实"的范围,而变成了一种"社会效应"的标尺。显然,所谓社会与个人的对张关系,倘若考虑不到上述与康德哲学有着极深牵连的核心议题,只能停留在浮泛的表面上。进言之,单从字面上把"社会"说成是自成一类的实在或实体,而避而不谈"应然"及其道德的意涵,也只能把社会看作是一种让人心悸的巨灵,而无法发现这一指涉的特殊用意。因此,涂尔干所说的"社会",决非单纯是集体对个体、整体对部分的宰制,更是建构心智,甚至是道德实在的必要基础。

不过,虽说把人性两元论当作"实然"和"应然"之关系来处理,确实可以说是一种切中要害的最合理的理解,在文本上也很符合涂尔干的字句,可是,如果我们单纯强调"集体"(也是社会)范畴律令的性质,即作者所说的外在性和约束性,是否会忽视个体层面上道德建构的可能性? 实际上,在社会理论史中,从康德到涂尔干已经表现出一场范式变革的征兆。在我们看来,涂尔干的意图,与其说是为解决康德式的难题提供一套解决方案,不如说是对这一难题本身实施通盘的改造。简言之,在涂尔干的眼中,"实然"领域中的存在并不完全是非道德的,也不只是说如何利用集体对个体进行道德上的规定,所谓"社会决定个人"的论断,完全可以换一种说法:在现代性的处境中,越是"社会的",才越是"个人的",反之亦然,以有机团结为基础的"社会"本身就蕴涵有道德个人主义的指涉。[20] 说这是一场范式变革,也许并不为过,因为变革的核心,就是通过介入历史来拯救日常生活道德建构之可能性的努力。在这个意义上,说集体是一种理性,不单是指"应然"的规定性,集体本身同样具有"历史"的,"历史现实"(historical reality)的维度,甚至是生成意义上的(genetic)的意涵。稍后,我们在考察法团和教育的问题中,会清楚地论及这一点。事实上,在涂尔干的社会分析中,与形式理论相比,带有历史性和现实性的实质理论有着重中之重的地位;一些看似形式上的分类和分析,都有其厚重的历

---

[20] 特别参见 Meštrović, "The Reformation of individualism", in *Emile Durkheim and the Reformation of Sociology*, pp. 134 – 41; Miller, "The organic self", in *Durkheim, Morals and Modernity*, London: McGill-Queen's University Press, 1996, pp. 96 – 116.

史蕴意。㉒

还是让我们先来看看现代历史背景中的一般社会的涵义吧。从实质理论来说，所谓"自成一类的社会"其实具有"抽象社会"（abstract society）的涵义。与以往的社会相比，现代意义上的抽象社会具有程序性、反思性（或反身性）和匿名性等诸多特征。这些特征不仅是系统的层面上有所表现，也渗透于生活世界的方方面面；抽象性和具体性之间的关系在日常生活中的表现，也不像"社会/个人"二元论表面上所说的那样处于两极形态，而是社会和个人的相互建构，抽象性不仅是个人的制约结构，同时也为个人提供了选择机制和选择技术。㉓

工具理性扩张理论并不能涵盖现代社会的这种抽象特质，抽象性本身以生活技术和社会纪律的方式构建着个人的深度自我（deep self），这恰恰是涂尔干教育学研究的中心议题。㉔ 正因为现代社会前所未有的社会安排为个人主义的制度化和"文明化"提供了普遍条件，提供了进行自我治理的技术。实际上，即便是帕森斯对涂尔干社会理论传统的继承，也并非像一般所说的那样，只贯穿着社会作为系统的线索，帕森斯的"模式变量"概念，亦是对抽象性和具体性相互调配和转换所形成的生活技术的探讨。所以，在涂尔干看来，个人主义非但不是瓦解集体良知的力量，反而会成为集体良知的现代实现，这种借助深度自我构建而成的人性，既可以成为一种现代主体化的方式，也具有道德甚至是宗教的意涵。"人性宗教"或"道德个人主义"意味着，"人的崇拜"（the cult of man）是在社会团结中对人性的分有，对社会的分有，而所谓人性，正是通过社会技术建构而成的道德实在和社会实在本身。

㉒ 《自杀论》即是一例。从字面上看，涂尔干将自杀分为三种类型：利己主义自杀、利他主义自杀和失范型自杀，但是，如果我们深入历史的脉络来考察，实为两种类型。前两种类型偏重于形式理论的讨论，而后一种类型则是实质理论的讨论；两者甚至在分析方法上都有极大的不同。在对失范型自杀的分析中，涂尔干着重强调的是现代性的历史限制及其后果。

㉓ 参见本人以舒茨为例，对于社会行动之理想类型中的匿名性与具体性的分析。渠敬东，《缺席与断裂：有关失范的社会学分析》，上海：上海人民出版社，1999，pp. 194 - 202。

㉔ 李猛，"论抽象社会"，《社会学研究》第一期，1999，pp. 6 - 23。

然而，问题并没有这样简单。按照洛克伍德（David Lockwood）的看法，涂尔干社会理论的内在张力还体现为一种两难处境，即所谓"涂尔干式的两难"（Durkheimian Dilemma）。[285] 在这种处境中，"团结"与"失范"这两个概念之间呈现了一种错综复杂的关系。

首先，"有机团结"概念无疑在有关现代性的分析中占有举足轻重的地位。在现代社会中，分工只有造就一种团结纽带，才能为现代社会确立其得以存在的制度安排和道德基础；换言之，只有在有机团结的条件下，才能够形成真正意义上的"社会"和"个人"。然而，涂尔干有关"集体良知"的预设却没有对证现实的状况，在世纪之交"世纪末"（fin de siècle）的氛围中，[286]显然，现代性并没有像涂尔干设想的那样确立"比强力法则更高的法则"，反而出现了足以导致社会解体的危机或"疾病"的征兆，即失范。[287] 实际上，有关集体—个体、应然—实然的分析范式并不能回应现代情境中的这种失范现象，失范之所以会成为令涂尔干社会理论难以处理的问题，并不能单纯诉诸个体感性的解释；换言之，团结与失范的两难困境，并非是人性两元论形式上的效果，而是社会组织之变迁所形成的历史后果。进一步说，团结和失范是现代分工及其组织变迁一并导致的结果，涂尔干既通过"有机团结"概念论证了"现代社会的在场"，同时也指出分工也没有完全挡住"去分类化"（declassification）和"去道德化"（demoralization）的潮流。[288] 所以，在涂尔干的眼里，现代性有一种吊诡：它既为真正意义上的"社会"提供了孕生和发育的可能性，同时也带来了这种社会尚未成"人"便夭折于襁褓之中的危险。现代社会的可能性和不可能性是一并到来的。

---

[285] Lockwood, *Solidarity and Schism*, pp. 1 - 20。

[286] 参见 Meštrović, *The Coming Fin de Siècle：An application of Durkheim's sociology to modernity and postmodernism*, London：Routledge, 1991, 这部专门讨论涂尔干社会理论之世纪末关怀的极其精彩的著作。

[287] Durkheim, *The Division of Labour in Society*. Trans. W. Halls. New York.：Free Press, 1984, p. xxxii.

[288] Durkheim, *Suicide*. Trans. by J. Spaulding & G. Simpson. Glencoe：Free Press, 1951, pp. 389ff. 。

总之，现代性的张力并非仅仅表现为集体与个体、理性与感性等形式上的张力，也不能仅仅通过将这些背反逐一对应的关系来寻找范畴上的解释，更重要的是，团结与失范的紧张关系所造成的道德危机，突出表现在社会组织和生活技术的历史载体上。所以，追查现代性的两难，必须从社会史的视角出发，而这种考察的核心，就是"法团"（corporation）和"教育"（education）。在涂尔干汗牛充栋的著述中，细心的读者一定会发现，他带有社会史色彩的著作只有两部，分别以法团和教育为论题。[⑳] 涂尔干之所以选择这两个主题，自然有他自己的苦心；事实上，这两者恰恰构成了解决上述两难的关键环节。

在涂尔干看来，19 世纪"社会团结"的衰微并不能完全归咎于现代性，而是现代性可能的契机并没有得到充分展现，或者说现代性得以形成的组织基础并没有充分地得到保护和重组。从历史的角度来看，这一基础可以径直追溯到希腊和罗马时期就已有雏形的法团。到了中世纪晚期，法团经历了一场巨大的转型，充分显现出了这些特征：1. 第三等级的特质，即围绕资产阶级和商人形成的独立群体；2. 职业性，以分工安排和理性算计精神为主导的职业群体；3. 公共精神，以职业群体为单位的集体团结；4. 常规性，法团成为规范和纪律的制订者和推动者；5. 中间组织，在民族国家与个人之间开辟社会空间；6. 多元性，以职业分化的多元性为指向。我们之所以罗列法团这一系列独特的性质，是因为涂尔干所说的"社会"，具有实质意义上的历史意涵，具有特定的组织形态。也正是在这个意义上，我们甚至不能完全从（实质的）"抽象性"的层面上来理解"社会"的意涵，更遑论为社会描画一幅"巨灵"的形象了。涂尔干意义上的"社会"，既不是用系统化的形式搭建起来的结构，也不是与国家相互对张的"市民社会"，而是有若干具体形态和制度特征的中间组织，这才是现代社会得以生成和维护的

---

⑳ 分别为 Durkheim, *Professional Ethics and Civic Morals*. Trans. C. Brookfield. Glencoe: Free Press, 1958, ch. I-III; *The Evolution of Educational Thought*: *Lectures on the formation and development of secondary education in France*, trans. Peter Collins, Boston: Routledge & Kegan Paul, 1977.

团结基础。[290]

　　同样,涂尔干对教育问题,特别是教育思想史的考察,也充满现代性之历史命运的关怀。作为法团的学校,为道德个人主义的实践提供了一种现代的生活场域,而教学活动本身,则是引导学生发现"自身的限度",并依据这一限度而探索现代社会生活之可能性的尝试;也就是说,教师的职责是为学生提供"对待生活的各种可能的终极态度",[291]而他本人也必须同他的学生一起共同坚守学校中的纪律精神和知性精神。由此来看,学校及其教学活动本身,恰恰是现代性所可能造就的深度自我的开展。在这个意义上,学生作为行动主体的所有生活技术,正是以他者(other)为维度,通过概化的(generalized)社会形式组建而成的,但之所以这样一种"社会化"能够开展出自由的空间,其一,是因为现代社会通过抽象的方式提供了治理技术和生活技术;其二,是因为法团和教育活动本身构成了其开放的可能性。因此,道德个人主义不能只是一种观念的幻像,而必须有现代社会性的(social)的物质载体和道德载体。

---

[290]　参见 Durkheim, *The Division of Labour in Society*, "Preface to second edition"(《社会分工论》,第 22—44 页); *Professional Ethics and Civic Morals*, ch. III(《职业伦理与公民道德》,载于《涂尔干文集》第二卷,第 31—45 页)。

[291]　参见 Durkheim, *Education and Sociology*, ch. I. ; Fenton, Reiner and Hamnett, *Durkheim and Modern Sociology*, pp. 173ff. 。

下篇

现代教育中的自然与社会

六、启蒙的二律背反

　　显然，如果我们从知识图式的角度来看待现代人和社会的安排问题，就必然需要在事实和价值的双向层面上回到现代性的一个最基本的问题上去，即现代人性的启蒙基础。

　　社会学自诞生以来，便掀起了一场混杂着各种旧的哲学元素的事实陈述与价值判断之争，我们不仅可以从涂尔干用社会决定论来建构道德个人主义的尝试中看到这种情形，亦可从被马克思"头脚倒置"过来的黑格尔哲学，以及新康德主义为韦伯带来的理论张力中窥其端倪。时至今日，即便在"相对主义"无限扩张的背景下，我们仍然可以感受到一股将上述两个问题调和与统摄起来的形而上冲动，[29]这种冲动已经在哈贝马斯和吉登斯等人的宏大理论（grand theory）中表露无遗。

　　拿哈贝马斯来说，他并不讳言自己的理论企图：在法兰克福批判理论的立场上，确立一个普遍性的规范基础，使社会批判理论具备事实陈述与价值判断的双重社会解释效能。这项事业在《沟通与社会进化》中已经表露得很充分了，而《沟通行动理论》对"沟通理性"（communicative rationality）的论述，则更鲜明和彻底。在哈贝马斯看来，韦伯是从行动理论的角度来处理和解决理性化问题的。在韦伯那

㉙　参见 Windelband, *The Introduction of Philosophy*. Trans. Joseph McCabe (Unwin, 1923)。

里,理性化是一种吊诡,既是由具有宗教和形而上学意涵、以新教伦理为代表的行动价值取向所促生的结果,又是将上述世界观"除魅",使个人行为越来越趋于功利和算计的动力。在这个意义上,形式理性(formal rationality)具有很多涵义,既是指社会行动的"可算计性"(calculability),现有手段的有效性(efficacy),根据既定的偏好、工具和环境去选择手段的确当性(correctness),也指行动取向结构中与道德或审美意义上的实践理性无关的认知—工具理性(cognitive-instrumental rationality),甚至指以官僚制为代表的非人格化的程序管理技术。概言之,现代社会越来越受到形式理性的宰制。㉓

对于韦伯的上述见解,霍克海默和阿多诺等人并未持有异议。他们也同样认为,工具理性的扩张,基本上可以归结为以下两个主题:一是意义的缺失(the Loss of Meaning),二是自由的缺失(the Loss of Freedom)。随着宗教和形而上学世界观日渐衰微,其社会整合力和团结力也瓦解了;尽管科学也能够提供有关世界的解释,却无法取代前者的位置,因为科学目标理性的价值取向,根本不能解决理性存在之有限性问题,也不能把人类世界理解为宇宙秩序的一部分。科学本身就是工具理性,尽管科学在不断生成意义,却使意义丧失了标准,成为无本之木、无源之水。不过,法兰克福学派关于自由缺失的讨论,却换了一个角度,他们从精神分析的视角入手,指出现代社会对行为的控制,已经将社会化个人的超我(superego)转化为社会组织有计划的代理机制(agencies)。工具理性所确立的自我持存(self-preservation)原则,使个人化过程逐渐丧失了文化领域的支持,进而剥夺了文化再生产乃至自我主体性的所有理性。㉔

㉓ 参见 Max Weber, *Economy and Society* (2 Vols). Eds. G. Roth & C. Wittich (Berkeley: University of California Press, 1978), pp. 1394ff. , 以及 Habermas, *The Theory of Communicative Action* (Vol. 1): *Reason and the Rationalization of Society*. Trans. T. McCarthy (Boston: Beacon Press, 1984), p. 345。

㉔ 分别参见 Habermas, *The Theory of Communicative Action* (Vol. 1): *Reason and the Rationalization of Society*, pp. 348ff. ; Brand, *The Force of Reason: An Introduction to Habermas's Theory of Communicative Action*, pp. 3ff. ; Ingram, *Habermas and the Dialectic of Reason* (New Haven and London: Yale University Press, 1987), pp. 60 - 2。

　　哈贝马斯指出，霍克海默等人的上述观点表明，就思想的传承和延续来说，批判理论的基本特征就是将马克斯·韦伯的传统植入到马克思有关资本主义的分析之中，这种取向不仅反映在《理性之蚀》[295]等著作中，也可以径直追溯到卢卡奇的《历史与阶级意识》[296]中有关物化（reification）问题的阐述。很显然，卢卡奇把理性化当作物化来处理。他始终贯彻马克思价值理论的分析路线，认为资本主义生产方式既使劳动变成了具有交换价值的商品，也使人与人的关系变成了物与物的关系，商品是所有事物的首要形式。不仅如此，物化还表现为行动取向的理性化过程，商品关系作为一种具有"幽灵般的客观性"（ghostly objectivity）的物，在人的全部意识上也留下了印记，人的品性和能力不再是人格的有机统一，而是可以"占有"和"出卖"的物。[297]沿着这条思路，卢卡奇借助形式理性的概念，为马克思所有关异化和商品拜物教的讨论注入了新的批判力，并指出理性化分析对现代社会的程序技术、意义建构乃至心理人格等问题都具有极其重要的意义。

　　本节暂且不论现象学社会学有关认同与沟通之不确定性的分析，以及福柯的权力/知识理论对沟通理性及其各种承诺所构成的批判和挑战，[298]而旨在从观念史和问题史的角度出发，着重梳理这种所谓"理论旨趣"（theoretical interest）赖以滋长的思想源泉，及其在现代性状况中所纠缠的有关现代个人的几个关键问题。很多人认为，哈贝马斯有关系统与生活世界的殖民化（colonization）的讨论，依然追寻着卢卡奇的物化（reification）概念和法兰克福学派的工具理性批判所指定的路线，而这条路线仍是亦是韦伯围绕着形式理性或认知—工具理性扩

---

[295]　Horkheimer, *Eclipse of Reason.* (New York: Seabury Press, 1974).

[296]　Lukacs, *History and Class Consciousness* (Cambridge, Mass.: Cambridge, 1971)。

[297]　Lukacs, *History and Class Consciousness*, p. 100；中译本参见《历史与阶级意识》，杜章智等译（北京：商务印书馆，1992），第164页。有删改。

[298]　有关现象学对主体间性的不同理解，以及沟通及沟通情境背后的社会配置（social apparatus）问题，我将另文予以细致讨论。

张而进行的价值探讨的进一步延展。⑳ 这样的讨论尽管在厘清思想承续等方面颇有建设意义，却将各种理论本身所蕴涵的内在张力遮蔽掉了，继而使各种理论之间的复杂联系简单化了，反而向我们抛出了诸多更加难解的问题：倘若我们忽视了韦伯有关价值领域内"诸神斗争"的历史命题，单纯从总体性的角度出发把工具理性理解成现代社会的"绝对精神"，是否会蔽而不见韦伯所强调的偶然的、差异的和带有命运色彩的现代处境及其可能性？如果我们承认批判是从马克思社会理论源发而来的一种实践，那么这种实践所诉诸的理性在经历了从阶级化的社会运动向沟通行动的演变之后，其主体化（subjectivation）形式的转变是否使批判的意涵已经发生了根本性的转变？于此，我们在卢卡奇、科尔施（K. Korsch）、施密特（A. Schmdit）乃至霍克海默和阿多诺等人的讨论中隐约感到了这一征象。

在批判理论企图走向历史哲学的过程中，启蒙不仅始终是其无法摆脱的情结，同时也被当成了现代社会转变及其牵引出来的吊诡处境的重要环节。正是在《启蒙辩证法》⑳等经典文献中，我们不仅发现了理性作为狡诈和欺骗的程序技术的支配特征，也发现了批判理论在总体论层面上与黑格尔哲学的内在勾连。⑳ 正是因为批判理论继承了这些重要的传统，我们看到：一方面，它以总体批判的方式，试图去捕捉启蒙所具有的否定性和有限性（finiteness）特征，进而提出批判理论的

---

⑳ 请分别参见 Jürgen Habermas, *The Theory of Communicative Action* (Vol. 1)：*Reason and the Rationalization of Society*. Trans. T. McCarthy (Boston：Beacon Press, 1984)；Arie Brand, *The Force of Reason：An Introduction to Habermas's Theory of Communicative Action* (London：Allen & Unwin, 1990)；Kellner, *Critical Theory, Marxism and Modernity* (Cambridge：Polity, 1989)；David Ingram, *Habermas and the Dialectic of Reason* (New Haven and London：Yale University Press, 1987)等。

⑳ Horkheimer, M. & T. Adorno, *Dialectic of Enlightenment*. Trans. J. Cumming (New York：Continuum, 1969).

⑳ 有关批判理论与具有不同传统的传统哲学的关系，以及启蒙的态度与德法两种不同的历史境遇和条件的联系，参见 Paul Connerton, *The Tragedy of Enlightenment：An Essay on the Frankfurt School*；M. Foucault, "What is Enlightenment?", in *The Foucault Reader*, ed. Paul Rabinow, pp. 32 - 50；"Kant on Enlightenment and Revolution", *Economy and Society* 15, pp. 88 - 96 中的讨论。

要务，即在理性的基础上重新确立批判所面对的"必然限制"（necessary limitation）；另一方面，由于批判理论依旧维系着与其设定的自然前提的联系，[302]并在规范性立场上继续诉诸总体性的现实批判，因此，批判理论所针对的依然是社会实在的有限性，而不是我们自身的有限性和可能性。也正是在这个意义上，批判所呈现的是一种否定的一元论（negative monism）倾向，而不是基于"界限态度"（limit-attitude）之上的可能性的释放，[303]它不过摇身一变，继续以总体的方式纳入到总体性社会生产的逻辑之中。

沿着上述思路，本节拟从三个方面切入批判理论所纠结的这个启蒙难题，以及启蒙作为现代人构成的两难处境来进一步刻画现代的有关"人"的基本特性。首先，通过细致梳理批判理论所继承的思想传统，指出这些传统被哈贝马斯忽视的张力结构，及其延续过程中出现的复杂局面；其次，继续以启蒙为线索，深入分析批判意识与启蒙之间的内在关系，审慎判别工具理性批判在现代社会理论中所处的位置；最后，再来反思启蒙在何种意义上才能构成一种自觉批判的问题，它究竟是一种为寻求具有普遍价值的形式结构而展开的实践，还是历史对自我及其可能性的建构。

1. 启蒙与批判中的人

就标准的社会思想史来看，批判理论最基本的特点就是在马克思主义中植入了马克斯·韦伯的传统，它明显表现于霍克海默的

---

[302] 这不仅是指法兰克福学派所假定的与形式逻辑相对应的自然前提（参见 M. Horkheimer & T. Adorno, *Dialectic of Enlightenment*.），也指理解所依赖的自然态度的前提（参见 A. Schutz, *Collected Papers I: The Problem of Social Reality*）。

[303] 参见 Hoy, D. C. & T. McCarthy, *Critical Theory*. (Oxford: Blackwell, 1994)中对福柯和哈贝马斯批判观念的阐发。

《理性之蚀》[384]等有关著述之中。在法兰克福学派看来,韦伯有关当今社会世界越来越受到形式理性支配的观点,为马克思所提出的异化、物化以及商品拜物教的观念注入了新的批判力,对我们分析现代社会的程序技术、意义建构乃至心理人格都具有极其重要的意义。

形式理性概念具有与事实陈述和价值评判有关的诸多意涵:它既意味着社会行动的"可算计性"(calculability),现有手段的有效性,选择手段过程中的正当性,也指在行动及意义构成过程中与道德和审美层面上的实践理性(practical rationality)无关的认知—工具理性,甚至还意指以官僚制为代表的非人格化的程序管理技术。[385]因此,从根本上说,工具理性扩张是从两个方面展开的:它既渗透进了具体的日常生活和行动者的主观意义之中,又在日常生活之上编制了一整套刻板的社会体制及其规章制度,[386]并在抽离目的理性和价值理性的基础上,使道德降低到了最低限度(Minima Moralia)。[387]

哈贝马斯认为,法兰克福学派对韦伯思想传统的承续,基本上可以归结为以下两个主题:一是意义的缺失,二是自由的缺失。首先,霍克海默把工具理性当作与客观理性(objective reason)相对应的主观理性(subjective reason)来处理。他认为,客观理性理论所关注的并不是行为与目标如何统合起来的问题;相反,客观理性的核心是概念,是与善的观念、人类的命运以及实现终极目的的途径休戚相关的基本问题。[388]因此,与主观理性不同,客观理性牵连出来的是有关世界观如何理性化,人类世界如何从属于宇宙秩序的本体论思考。然而,早在韦伯那里,客观理性的假设就遭到了除魅命题的挑战:"许多昔日的神祇已经从坟墓中走出来;不过它们已被祛魅,以非人格的形式出

---

[384] Max Horkheimer, *Eclipse of Reason*. (New York: Seabury Press, 1974).

[385] 参见 Max Weber, *Economy and Society* (2 *Vols*). Eds. G. Roth & C. Wittich (Berkeley: University of California Press, 1978), pp. 1394ff. 。

[386] 参见 Weber, *Economy and Society*, pp. 892f. 。

[387] Adorno, *Minima Moralia*. Trans. E. F. N. Jephcott (London, 1974).

[388] 参见 Horkheimer, *Eclipse of Reason*. (New York: Seabury Press, 1974)。

现了。""诸神斗争"表明：1.本体论基础本身已经伴随着社会分化而呈现出分化的趋势；2.普遍的客观真理已经被形式化为相对的理性；3.在理性主体化的同时，道德和艺术构成了与其对举的局面，成为非理性的；4.道德建构的基础被社会生产的逻辑代替，理性转换成为纯粹意向。[309] 循此思路，霍克海默指出，由"诸神斗争"导致的理性的内在分裂，是从两个方向上展开的：一方面，规范价值剥夺了对价值有效性的内在承诺，已经不再具有陈述道德和审美合理性的可能性；另一方面，由于形而上学—宗教的一致性基础已经坍塌，从纯粹的思考转变而来的批判，已经将其自身的基础抽离掉，就此而言，任何批判都不过是一种修修补补而已。所以说，现代性的转变意味着宗教—形而上学知识通过教育转变成为僵化的教条；信念转变成为主观上的求真取向意味着神圣知识和世俗自由统统分解成主观化的信仰对象。

循此思路，霍克海默认为，现代性的转变突出表现为人本主义（或人道主义，humanism）和历史主义（historicism）两种思想倾向。首先，在韦伯有关新教伦理的命题中，信仰已经变成了纯粹私下的概念：在有关上帝的知识丧失了真、善、美之统一原则的情况下，在主观意义不断分化的过程中，新教教义对真理之超验原则的追寻，只能把信仰托付给语词本身或语词的符号权力本身，使信仰完全屈就于语词的辖制；换言之，倘若信仰不加辨别地把自己依托在这些知识限制的基础上，其本身也必然会受到限制，"一旦信仰仅仅成为一种单纯的信念，那么它就不再相信任何东西了"。[310] 与此同时，由于历史主义把统一的宗教和形而上学世界观悬搁起来，把魑魅魍魉释放出来，从而使各个特殊领域的特殊性质表现得越发张扬，使人们在救赎和追求自由的过程中显得越发茫然无措、软弱无力。表面看来，主观理性完全是以自

---

⑨　Habermas, *The Theory of Communicative Action* (Vol. 1), pp. 346f. .

⑩　Horkheimer & Adorno, *Dialectic of Enlightenment*, p. 23. 亦可参见 Horkheimer, "The End of Reason", in *The Essential Frankfurt School Reader*. eds. by A. Arato & E. Gebhardt (New York: Urizen Books, 1978), pp. 26 - 48。

我持存(self-preservation)这种合理的形式开展出来的,但其本质上恰恰根除了所有的合理性,最终使存在陷入盲目迷乱的状态。⑪

因此,现代性转变始终包含着两个相辅相成的过程:文化理性化剥夺了意义,而社会理性化则带来了自由的缺失。霍克海默甚至认为,"自由主义全盛时期"(high liberalism)的到来,恰恰意味着自由资本主义已经完成了向组织化资本主义的过渡。这是因为,基督教的苦行纪律通过世俗个体独立面对上帝而获得救赎的形式,强化了个体在资产阶级自由主义理论和实践中的核心地位,从而把社会看成是各种不同的利益之间在自由市场中的互动,进步也发端于此;然而,这些要素并不能成为个体成为社会存在的唯一条件,当现代性营造出一种"个性解放"氛围的同时,也带来了"抽象的辖制"。个人主义与官僚化是两个并行不悖的过程。韦伯认为,实践理性只有将目的理性与价值理性勾连起来,才能获得其应有之义;理性化的要害在于,在经济和管理体制日益官僚化的情况下,行动的目的理性越来越显露出非人格化的趋势,撤除了价值判断的因素。组织本身攫取了行动的支配权和调控权,并从主观上把社会行动化约成为一般化的功利动机。换言之,一旦主体性从道德实践理性的作用中脱离出来,便会酿成"专家没有灵魂"、"纵欲者没有心肝"的悲剧;一旦机器化的程序技术演化成为事本主义的组织模式,卡里斯玛以及个体层面上的分化行动就会受到"管理化世界"(administered world)的宰制。因此,现代性是一种"吊诡":自由有多少可能,支配就有多少可能。

---

⑪ 哈贝马斯指出,韦伯和以霍克海默为代表的法兰克福学派在诊断现代社会的过程中,具有以下几个方面的共通之处:1.宗教与形而上学世界观的可信性已经被理性化自身的发展吞噬掉,主导现代社会的是一种自我持存的逻辑;就此而言,启蒙运动对神学和本体论的批判是一种理性的批判。2.文化价值领域的分化及其内在的逻辑决定着现代意识;结果,信仰和知识越来越主观化,艺术与道德被排斥在命题真理(propositional truth)的承诺之外,而科学也仅仅与目的理性行动之间建立了实践关系。3.主观理性成为自我持存的工具,把自身引入一场"魔鬼与上帝"之间非理性的、不可调和的争斗;主观理性不仅不再承载意义,而且威胁到了生活世界的统一性以及社会整合。4.主观理性所带来的社会整合的世界观和社会团结并非单纯是非理性的,但对科学、道德和艺术等文化领域的分割也并非单纯是理性的。参见 Habermas, *The Theory of Communicative Action* (*Vol.* 1), p. 350. 。

　　霍克海默和阿多诺继承了韦伯的这一研究理路。他们指出,自由缺失的实质乃是行为控制模式的转变,即从原来那种能够把个体粘连起来的**良知权威**转换成为社会组织的**计划权威**(planning authority)。不过,他们也提出了这样的问题:即便由目的理性之行动手段构成的系统是非人格的,它的自主性又是何而来呢? 换言之,即便是自动运作的命令机制,也离不开社会成员的主体性建构,我们不能简单地说,对行动的支配是从单一的系统维度出发的。因此,霍克海默和阿多诺都主张避免两种单向思考的方式:首先,韦伯的考察仅仅把自己局限于行动理论的假设范围内,并没有提供解决上述问题的办法;其次,系统理论尽管考虑到了系统命令的作用,却忽视了"自由属性"的转变过程。

　　在霍克海默看来,现代性的要害在于文化本身已经完全被纳入到社会生产之中,一旦日常生活的世界变成了一个生产的世界,就必然会造成具体与抽象之间的紧张状态:一方面,社会系统逐渐侵占了个人行动筹划的领域,个人越来越沦落成为单纯的功能反应单位;另一方面,每一次具体行动既表现出了抽象性的特征,同时又把所有系统形式纳入到自身的具体建构中。确切地说,上述两种思考途径与其说是两种片面的思考方式,不如说是生存论意义上的两难处境。⑫ 在这个问题上,卢卡奇给出了比较清晰的讨论:实际上,理性化过程意味着内在和外在生命都被对象化了。这个世界不仅是一个具有抽象同一性的系统世界,也是一个主观世界。"作为物化的理性化"(rationalization as reification)不仅具有程序技术和异化劳动等方面的意涵,也贯穿于日常生活的理解和解释之中;换言之,物化不仅在系统方面表现为一种物化关系,同时也使思想和实践呈现出一种唯智论(intellectualism)的倾向。所谓本来的生活世界,不过是一种虚假自然(pseudonature)而已。⑬ 很显然,有关抽象和具体的现代性两难,直接导出了哈贝马斯

---

⑫　参见 Brand, *The Force of Reason*, pp. 112 - 117。

⑬　参见 G. Lukacs, *History and Class Consciousness* (Cambridge, Mass.: Cambridge, 1971), pp. 92ff.。

有关"生活世界殖民化"的命题。

霍克海默所谓的"目的理性"(purposive rationality),其实与韦伯的"形式理性"概念并无多少差别,两者都旨在强调这样一个过程:形式理性的出现,标志着中世纪基督教的那种能够将认知、实践和审美价值结成一体的托马斯主义世界观(Thomisitic worldview),即"客观"理性的衰微;换言之,价值领域开始交付给私下的信念或信仰这种主观理性来掌管,为自我持存而奋斗,成了价值领域中唯一的"终极目的";而这种理性(reason)的去客观化状态(de-objectification)所带来的逻辑结果,就是形式、工具或主观理性的扩张。一旦人们开始用这样的方式来构想理性观念,那么理性就会丧失康德所赋予的实践和审美意涵,沦落成为手段与目的之关系的规定,为理解目的所采用的工具。

由此出发,霍克海默等人也同韦伯一样,针对理性化的征候做出了诊断:当主观理性将客观理性连同其道德和审美意义上的实践理性标准统统剔除掉的时候,社会不仅丧失了基于宗教和形而上学世界观的普遍意义,也丧失了自由。霍克海默认为,客观理性与主观理性之间的对立,在于客观理性所关注的并不是行为与目标如何统合起来的问题;相反,客观理性的核心是概念,是与善的观念、人类的命运以及实现终极目的之天路历程休戚相关的基本问题。[⑭] 所以说,客观理性所牵涉的问题,是有关世界观如何理性化,人类世界如何从属于宇宙秩序的本体论思考。然而,倘若我们回顾意识的现代史,考察工具理性作为支配性理性形式的发生史,便会发现"许多昔日的神祇已经从坟墓中走出来",相互纷争,相互龃龉,意识和价值世界已经不再是一个和谐一致的宇宙,而逐渐变成了"诸神斗争"的战场,理性受到了祛魅的纠缠和挑战。主观理性的胜利表明:1. 原有的本体论和认识论基础已经遭到瓦解,社会的普遍规范基础已经伴随社会分化而呈现出分化、分离和分解的态势,价值冲突造成了意义的张力;2. 普遍的客观真理逐渐被形式化了,已经转化为相对主义意义上的理性;3. 一旦理性

---

⑭ 参见 Horkheimer, *Eclipse of Reason*, p. 8。

变成了纯粹的目的理性,目的成为现实行动的唯一标准,那么道德和艺术所包含的理性就会被剥夺掉;4.道德建构的基础被社会生产的逻辑代替,理性变成了行动意识的纯粹意向(intention)。⑮

然而,与韦伯行动理论的研究路径不同,霍克海默等人更偏重从精神分析的角度来看待理性化的难题。他们更强调认知、规范和陈述等价值领域的分离过程。宗教和形而上学世界观的祛魅,从两个方向上造成了理性的分裂:一方面,规范和陈述的价值领域被剥夺了其固有的有效性承诺,已经不再具有成为道德理性和审美理性的可能性;另一方面,纯粹思辨俨然变成了一种批判。所谓现代性的转变,意味着"宗教—形而上学知识已经僵化为教条;启示和智慧已经转化为单纯的传统;信念也变成了主观上的求真取向"。⑯ 一旦人们把"世界观"这种思维形式弃之一旁,神圣知识和世俗智慧就会统统分解成为纯粹主观化的信仰对象。

在这个意义上,法兰克福思想家们认为,工具理性扩张最明显的表现,莫过于现代个人为自我持存而进行的斗争。霍克海默注意到,意义缺失的主要征象,就是社会越来越裂解为孤立的、自利的自我(ego),这些自我根本就没有可供共享的道德感和价值感,而后者却是构成人格和品性的必要元素。"理性越来越浓重的形式普遍性,并不能带来对普遍团结的意识,反而会用一种怀疑的态度,将思想与其对象彻底分隔开……这是唯名论与形式主义联手获得的胜利。"⑰这样,个体就被抽象为一个具有普遍形式权利以及纯粹自我主义倾向的主体,同时个体所获得的意义则被"具体"为纯粹主观的意义。

霍克海默指出,现代性发展的第一个阶段,就是信仰私人化的阶段。无论是新教教义(Protestantism),还是人文主义(humanism),都把信仰转化成纯粹的信念,并将其与有关上帝和宇宙秩序的知识分离开来;也就是说,在纯粹私人的信仰中,以往神学和本体论上的秩序原

---

⑮ Habermas, *The Theory of Communicative Action* (Vol. 1), 346f.; Horkheimer, *Eclipse of Reason*, p. 16.

⑯ Habermas, *The Theory of Communicative Action* (Vol. 1), p. 347.

⑰ Horkheimer, "The End of Reason", in *The Essential Frankfurt School Reader*, ed. A. Arato & E. Gebhardt (New York: Urizen Books, 1978), pp. 26-48.

理被剥离了命题真理（propositional truth）的标准、规范的正当性以及美的本真性（authenticity），理性只剩下了主观形式的外套。"公正、平等、幸福、宽容，所有这些几百年前内在于理性的东西，今天却失去了知识的根基。尽管它们仍旧是目标和目的，却已经不再有那些有权将其与客观理性联系起来的中介机构了。"[318]这样一来，新教教义对真理超验原则的追寻，也只能把信仰托付给词语本身或词语的符号权力本身，使信仰完全屈就于词语的辖制。祛魅发展的第二个阶段，则与历史主义（historicism）有关。历史主义将所有知识的神话形式彻底剥离掉，造就了一个多神论（polytheism）的世界，在这个世界里，"上帝"和"魔鬼"混战一团，价值之间不再有团结的纽带，而是把一切留给了命运。[319]归根结底，这样的信仰是盲目的，它不仅使主观权力（Glaubensmachte）之间的争斗陷入非理性状态，也通过自我持存的合理形式将主观理性逼入癫狂状态。[320]

理性化的过程实际上是一个双向发展的过程：文化理性化剥夺了意义，社会理性化导致了自由的缺失。对此，韦伯和霍克海默的看法基本相同。不过，他们从这一发展过程中所选取的阶段却有所区别。韦伯着重研究的是十六、十七世纪新教教义、人本主义和现代科学的形成史，及其瓦解宗教—形而上学世界观的过程。霍克海默所考察的是十九世纪末的"自由主义全盛时期"（high liberalism），即从自由资

---

[318] Horkheimer, *Eclipse of Reason*, pp. 23f. 。有关信仰私人化的论述，参见 Horkheimer & Adorno, *Dialectic of Enlightenment*, p. 23。

[319] 也正是在这个意义上，霍克海默指出，尽管启蒙企图以"敢于认识"的精神祛除神话，但其绝对意义上的主观理性取向却使它重新返回到神话中去："启蒙为了粉碎神话，吸取了神话中的一切东西，甚至把自己当作审判者陷入了神话的魔掌。启蒙总是希望从命运和报应的历程中抽身出来，但它却总是在这一历程中实现着这种报应。在神话中，正在发生的一切正是对已经发生的一切的补偿；在启蒙中，情况也依然如此：事实变得形同虚设，或者好像根本没有发生。……启蒙运动推翻神话想象的内在原则……实际上就是神话自身的原则"。参见 Horkheimer & Adorno, *Dialectic of Enlightenment*, pp. 9f., 亦可参见黑格尔，《精神现象学》（下），贺麟、王玖兴译（北京：商务印书馆，1979），第110—112 页对启蒙的讨论。可以说，霍克海默有关理性化的讨论，所针对的主要是法西斯主义的问题，即理性何以最终以非理性或疯狂的形式收场。

[320] 参见前注[311]。

本主义向组织资本主义的过渡阶段。霍克海默和阿多诺都认为,尽管韦伯有关资本主义起步阶段的苦行伦理的研究,在方法论上具有普遍的意义,但理性化过程对人的本能、个性乃至人格所产生的压抑作用,并未引起韦伯的足够重视。尽管法兰克福思想家也同样认为,基督教苦行纪律通过世俗个体单独面对上帝而获得救赎的形式,强化了个人在自由主义理论和实践中的核心地位,并把社会当作自由市场中不同利益的互动。然而,这种理性化过程的结果并不仅仅是个性的张扬和自由的解放,相反,它也带来了"抽象的辖制"。个人主义与科层制是两个并行不悖的过程。在十九世纪末的转折阶段中,组织本身已经成为社会行动的规制,攫取了社会行动的支配权和调控权,主体性脱离道德实践理性的过程,表现出"专家没有灵魂"和"纵欲者没有心肝"的极端倾向。

组织行为的工具理性扩张,实际上也是主观意义上的功利动机的扩张。无论是霍克海默所说的"计划权威",还是阿多诺所说的"行政化世界"(administered world),都强调了目的理性行动的子系统逐渐获得的自主性和支配性的特征。恰如《理性之蚀》所说,原来还属于私人领域的潜在冲动,如今变成了理性化的需求,并交付给组织来安排,个人自我持存的前提,就是他必须适应系统持存的要求。[21]《启蒙辩证法》在有关文化工业(cultural industry)的分析中,也指出消费者的偏好完全是由管理者"自上而下地"制作出来的,而不是通过民主形式"自下而上地"统合起来的;尽管个人主义的目的理性排除了宗教和形而上学的羁绊,但同时也通过集权主义形式演变成为机械化的程序技术和事本主义的组织模式:自由有多少可能,支配就有多少可能。[22] 总之,社会理性化的结果,就是一边把传统意义上的生活领域转换成目的理性行动的子系统,一边用机械复制的形式压抑本能,造成"个性的

---

[21] Horkheimer, *Eclipse of Reason*, pp. 95f..

[22] 参见 Horkheimer & Adorno, *Dialectic of Enlightenment*, 120ff.; Adorno, "On the Fetish Character in Music and the Regression of Listening", in *The Essential Frankfurt School Reader*, pp. 270-99.

萎缩"(atrophy of individuality)。

上述论证说明,尽管霍克海默和阿多诺换了个角度,进一步强化了韦伯有关理性化的剖析,但此项研究本身依然是遵循意识理论的路线进行的。这样的做法,不能不使我们想到卢卡奇《历史与阶级意识》对韦伯理性化论题的诠释。而且,倘若我们继续追踪卢卡奇的思想线索,也许会更清楚地看到马克思与韦伯这两种传统间的勾连。在卢卡奇的眼中,理性化与物化是同义的。他借用新康德主义的说法,指出理性化本身就是一种"对象性的形式"(form of objectivity);在这种理性化过程中,一方面,劳动过程越来越被分解为一些抽象合理的局部操作,以至于劳动者与产品整体的联系被切断,劳动本身也被简化为一种机械性重复的专门功能;另一方面,理性化本身也造就了理性算计的基础,随着泰罗制对劳动过程所作的现代心理分析,这种理性化和机械化过程一直推行到劳动者的"灵魂"里,甚至连他的心理特性也同他的人格分离开来,从而最终将劳动连同意识一并归入系统,归入计算的概念中去。就此而言,"世界这种表面上彻底的理性化,渗进了人的身体和心灵的最深处,最后在其自身的理性获得形式特性时达到了自身的极限",即"内在生命和外在生命的对象性"。[23]

很明显,卢卡奇采取了另外一种方式使用了形式理性的概念,试图在马克思所说的商品形式与康德所说的知性形式(或韦伯意义上的理解)之间架起一座桥梁:理性化不仅揭示了物化生产和物化关系的意涵,也介入到了行动体系以及构建行动的意义脉络之中;换言之,对象性形式不仅是一种资本主义的生产方式,同时也获得了知识理论的情境,以及按照理性形式组织起来的总体生活情境。这样一来,卢卡奇就把理性化背景中的劳动形式、思维形式和生存形式结合起来,并将马克思的交换价值理论扩展到了资本主义的整个意识世界。所以说,商品的对象性形式实际上在两个领域里进行了扩展,一是劳动所针对的外部自然,一是知识所针对的内在的主观自然。同马克思的分

---

[23] Lukacs, "Reification and the Consciousness of the Proletariat", in *History and Class Consciousness*, pp. 88, 100.

析一样，卢卡奇指出，异化劳动与自然之间的关系，实际上也是意义与其对象之间的关系，意识所面对的生活世界，也不过是一种经过形式理性系统化了的虚假自然（pseudonature）而已。

正是在韦伯那里，卢卡奇发现商品的交换价值形式已经完全渗透进一切生活秩序之中，更重要的是，韦伯有关科层制之理性化组织特性的讨论，与马克思有关资本主义企业的分析也有异曲同工之妙。卢卡奇指出，社会关系（连同个人与其自身的关系）的物化，最突出地表现资本主义企业的组织形式，这种形式已经不再具有私人生产的属性，而是将企业行为彻底制度化了：无论是资本计算，市场投资决策，还是合理安排劳动或科学知识的技术应用等等不仅具有价值的抽象性特征，也显现出了形式理性的痕迹。"法律、国家、管理等形式上的理性化，在客观上和实际上意味着把所有社会职能类似地分为各个组成部分，意味着类似地寻找这些彼此分离的局部系统理性的和形式的规律，与此相应，在主观上也意味着劳动与劳动者个人能力和需要之间的分离状态所产生的意识上的类似结果，意味着产生理性的和非人性的社会分工，如我们从企业的技术—机器方面所看到的一样。"[24]就这个问题来说，如果说卢卡奇对现代社会病症的理解确实有超出韦伯之处，是因为他更充分认识到了商品和商品劳动的抽象形式从根本上嵌入到理性化过程之中，物化不仅深植于市场运作和组织构造，也扩散到了整个日常生活的实践需求。简言之，商品形式的普遍性在主观方面和客观方面都制约着在商品中对象化的人类劳动的抽象，形式价值和交换价值，理性化和物化，都不过是一个过程的两个方面而已。[25]

然而，以霍克海默和阿多诺为代表的法兰克福学派思想家们并没有就此止步。在他们看来，即便我们把工具理性扩张看成是一种现代性的

---

[24] Lukacs, *History and Class Consciousness*, pp. 98f. .

[25] 参见 Ingram, *Habermas and the Dialectic of Reason*, pp. 61 - 3. 有关卢卡奇同黑格尔和马克思之间的复杂关系，以及卢卡奇关于绝对精神的讨论及其对物化理论所产生的影响，本文无法详尽阐述，可参见上引书，第 62 页；以及 Habermas, *The Theory of Communicative Action* (Vol. 1), pp. 362ff. .

总体效果，"去神秘化"（demystification）与"去道德化"（demoralization）之间依然需要建构一种具体的历史环节；换言之，宗教力（religious force）的衰退并非单纯意味着社会构成的价值基础已经被完全抽离掉，现代性转变不仅还有其更深刻、更复杂的基础，同时也蕴涵着更丰富、更有张力的可能性。因此，倘若要将这种可能性释放出来，我们不仅要求助于"理性"的分析，还必须求助于历史哲学。很显然，《启蒙辩证法》便是这样的尝试。然而，值得注意的是，《启蒙辩证法》不仅旨在寻求启蒙的概念基础和批判基础，同时也将黑格尔的总体辩证法当成理论武器，来处理由启蒙牵连出来的现代问题。就此而言，《精神现象学》亦构成了法兰克福学派的思想资源。

依据黑格尔的说法，启蒙的命题直接导源于启蒙与迷信之间的斗争，与迷信相对举，启蒙是以理性，即纯粹认识的面目呈现出来的。启蒙作为一种纯粹认识，具有以下几个特点：1. 在启蒙中，纯粹自我是绝对的，纯粹认识与一切现实的绝对本质相对立；2. 纯粹认识没有内容，是一种纯粹否定的运动；3. 纯粹认识自在地成为意识，否认其自身中自为因素的存在。所以说，尽管启蒙以理性为名义，与盲目信仰针锋相对，但这种"抱有否定态度的纯粹认识和纯粹意图"，实际上却是一种空无内容的自我，并在否认信仰的同时，成为其自身的否定物。启蒙作为认识，其实是一种认识的态度，而纯粹的否定性恰恰是其要害所在，如果说其态度是理性的，那么其本质乃是非理性的；同样，启蒙作为意图，并没有获得其意义建构的基础，所以其求真意志本身也便成为了"谎言和目的不纯"。⑳ 因此，启蒙斗争的首要方面，恰恰意味着启蒙以纯粹否定运动的方式丧失了自为的意涵，纯粹认识本身不仅变成了不纯粹的东西，也变成了其相反的方面，即信仰。信仰和启蒙之间的争斗，非常类似于"无是无非"的"诸神斗争"，两者都为对方贴上谎言或败坏意识的标签，打上"欺骗的烙印"。㉗

然而，启蒙与信仰的不同之处也恰恰在于启蒙所扮演的纯粹认识

---

⑳　黑格尔，《精神现象学》（下），贺麟、王玖兴译（北京：商务印书馆，1979），第85页。

㉗　参见 Horkheimer & Adorno, *Dialectic of Enlightenment*, pp. 32－42。

的角色。既然启蒙要想掀翻信仰,确立自身的理性形式,就必须彻底砸烂所谓永恒生命或神圣精神的偶像,把这些偶像看成是一种现实的、无常的事物,把信仰与绝对本质之间的关系还原为一种知识活动和认知(Wissenden)意识;换言之,对纯粹认识所诉诸的科学理性而言,其目的与其说是为启蒙本身确立知识基础,还不如说是把信仰的根据归结为一种关于偶然事件的偶然知识。[28] 更有甚者,启蒙的纯粹否定运动也将作为行动的信仰活动一并否定掉了。对信仰来说,实现内心超脱的途径就是扬弃个体的特殊性,而启蒙则相反:自我意识的起点,就是把纯粹否定性当作个性看待。因此,在黑格尔看来,启蒙之中亦有肯定性的命题:"启蒙让信仰看到了它自己的情况。"不过,在这项事业中,启蒙"表现得并不出色",因为启蒙获得否定的实在的过程,实际上是一种吊诡:一方面,纯粹认识否定一切,甚至把其自身也拉入怀疑的范围;另一方面,纯粹认识只能在**与他者**的关系中确立自身,必须把自身表述成为他者。[29] 换句话说,启蒙一方面祛除了信仰的绝对精神基础,企图用理性之光扫除神秘的阴影;另一方面把自身完全变成一种纯粹否定运动,用他者的形式建构自身的外在存在,从而使一切规定性统统变成了虚空。

也正是在这个意义上,黑格尔指出,启蒙具有三个方面的革命意义。首先,启蒙把绝对精神的一切规定性都理解成个别的、现实的事物,理解成一种**有限性**(finiteness),有限性成为认识和批判的必要条件;其次,启蒙把一切认识都化约为一种以感性为基础的**确定性**,信仰的本体论根基被抽离掉了;最后,启蒙作为没有内容的纯粹否定运动,必然会演化成一种自我持存的原则,这样一来,纯粹认识本身便获得了彻头彻尾的现实性,并确立了自身的功利取向,[30] 即**有用性**(Nützlichkeit)。简言之,正因为有限性、有用性以及以感性为基础的

---

[28] 参见霍克海默,"传统理论与批判理论",载于《霍克海默集》,渠东、付德根译(上海:上海远东出版社,1998),第158—163页。

[29] 黑格尔,《精神现象学》(下),第94—95页。

[30] 参见 Habermas, *The Theory of Communicative Action* (Vol. 1), p. 352。

确定性把启蒙牵入到现实生活中来,使启蒙精神转变成一种现实的精神,启蒙也必然会成为围绕着自我持存原则而确立的权利哲学:一方面,启蒙掠夺了信仰的神圣权利,依据自我持存原则所赋予的"绝对权利",去反抗信仰;[330]另一方面,信仰认为启蒙不过是一种徒有其表的姿态,即使启蒙是现实的,却仍然摆脱不掉他者的形式,反而把一切内在的环节都歪曲掉了,所以启蒙不具有任何权利。因此,自我持存的原则并不是自我建构的原则;换言之,启蒙对其自身的建构,必须依赖于它的对立物。黑格尔指出:

> 启蒙虽然提醒了信仰,使之注意到自己那些孤立的没有联系到一起的环节,但它对自己本身却也还同样是没有启开蒙昧、同样是认识不清的……由于它没有认识到,它所谴责的信仰直接就是它自己的思想,所以它自身总是处于两种环节的对立之中,它仅仅承认两种环节之一,它每次都只承认与信仰相对立的那种环节,而把另外一个环节与前一个环节分离开来,恰恰像信仰的做法一样。[332]

在《启蒙辩证法》中,霍克海默也以同样的口吻说道:

> 启蒙为了粉碎神话,吸取了神话中的一切东西,甚至把自己当作审判者陷入了神话的魔掌。启蒙总是希望从命运和报应的历程中抽身出来,但它却总是在这一历程中实现着这种报应。在神话中,正在发生的一切正是对已经发生的一切的补偿;在启蒙中,情况也依然如此:事实变得形同虚设,或者好像根本没有发生。……启蒙运动推翻神话想象的内在原则……实际上就是神话自身的原则。[333]

正因为启蒙与神话之间纠缠不休,所以启蒙也不由自主地把自由与恐惧纽结起来。为什么会出现这样的情况呢?黑格尔认为,由于启

---

[330] 黑格尔从这一角度揭示了建立在现代权利观念基础上的人本主义的专制性特征。

[332] 引自黑格尔,《精神现象学》(下),第110—112页。

[333] 引自 Horkheimer & Adorno, *Dialectic of Enlightenment*, p. 9f..

蒙是一种现实的、必须诉诸行动的纯粹认识，所以启蒙本身就是一种绝对自由的形式；然而，由于启蒙是一种依赖于他者、同时又摆出同他者势不两立的姿态的运动，所以启蒙也丧失了自我指涉的前提。在这个意义上，自由本身既是一种表现为纯粹否定的解放，也是对自身确定性和规定性的遮蔽，结果，恰恰是纯粹自由为现代自我设定了必然性，启蒙在把绝对精神之规定性理解为有限性的同时，忽视了自身的有限性。在黑格尔看来，空洞的自由具有虚假的意涵，自由在丧失其有限性的情况下，完全变成了自我持存原则的名义，于是，自我单纯把绝对自由树立为绝对原则，把自身的确定性、现实世界乃至超验世界的一切本质统统混淆起来，把世界纯然当成自己的意志，把自己的意志当成普遍的意志。就此而言，启蒙意义上的绝对自由实际上就是自由的枷锁，当自由变成不可再分的实体的时候，否定性就会成为具有支配性和强制性的强力。一旦这种否定性以绝对自由的名义转化为现实行动，以"普遍意志"的名义转化为纯粹的个别意志，人们所说的普遍自由就会沦落为一种纯粹否定的行动，最终使整个世界陷入狂暴的洪流之中。总之，正因为启蒙所牵连出来的有限性仅仅是有关他者的有限性，而不是自我意识的有限性，所以启蒙运动才会带来这样的结果："普遍的自由所做的唯一事业和行动就是死亡，而且是一种没有任何内涵、没有任何实质的死亡……是最冷酷、最平淡的死亡……。"[34]

无疑，黑格尔有关启蒙运动之两难处境的分析，为法兰克福学派的工具理性批判开辟了另一条途径。他们看到，在不具备自身有限性前提的自我纯粹否定运动中，启蒙既是一种解放，也是一种"彻底而又神秘的恐惧"。[35] 启蒙作为现代性的基本命题，将绝对自由与绝对恐怖混杂一处，使狡诈（cunning）、欺骗（deception）和怨恨（resentment）构成了自我建构的另一条线索。相比于常规化（normalization）和平均化的日常生活分析而言，黑格尔所奠定的这一条分析路线，为彻底剖析 20 世纪以来人们挥之不去的集权主义和反犹主义情结提供了思想

---

[34]　黑格尔，《精神现象学》（下），第 119 页。
[35]　Horkheimer & Adorno, *Dialectic of Enlightenment*, p. 16.

给养。㉛

2. 启蒙的悲剧

霍克海默在《启蒙辩证法》的开篇就曾指出："就进步思想的最一般意义而言；启蒙自始至终的目标就是使人们摆脱恐惧，树立自主"；"启蒙的纲领就是要唤醒世界，祛除神话，用知识替代幻想"，然而，他话锋一转，指出"这个彻底启蒙了的世界却笼罩在因胜利而招致的灾难之中"。㉝ 无疑，在这些思想家看来，启蒙恰恰预示着现代性的两难：勇敢与恐惧、自由与支配、科学与巫魅、真实与欺诈都统统纠缠在一起；一手高举解放的旗帜，一手拿着奴役的枷锁，用最亮丽的布景和道具，上演了一出"启蒙的悲剧"(the tragedy of enlightenment)。㉞

现在，我们可以按照上述两条思路，来仔细检视启蒙精神了。

在法兰克福学派的思想家看来，康德所说的"敢于认识"(Sapere aude!)，以及俄狄浦斯对斯芬克斯之谜的解答"这就是人"(It is man!)，就是启蒙精神的原型。康德认为，现代社会的起点，乃是启蒙所标志的知性(understanding)的解放。启蒙意味着使"人类脱离加在自己身上的不成熟状态"，使人类有能力"运用自己不经他人引导的知性"；㉟知性是理性的唯一对象，理性始终把带有缺陷的体系当作知性

㉚ 本文所说的这一传统的继承，并不意味着不加批判的全面继承。霍克海默在《启蒙的概念》一文中指出，黑格尔通过"确定的否定性"概念，揭示出了把启蒙运动与其所谓的实证主义倒退区别开来的因素；不过，与此同时，黑格尔却把整个否定过程的意识结果，把体系与历史中的总体性当成一种绝对，从而使其自身陷入了神话学的泥潭。有关这一问题，可进一步参见 Adorno, *Negative Dialectics*. trans. by E. B. Ashton (London, 1973), Habermas, *The Philosophical Discourse of Modernity* (Cambridge: MIT Press, 1987)。

㉝ Horkheimer & Adorno, *Dialectic of Enlightenment*, p. 3.

㉞ 参见 Connerton, *The Tragedy of Enlightenment*。

㉟ 康德，"答复这个问题：'什么是启蒙？'"，载于《历史理性批判文集》，何兆武 译(北京：商务印书馆，1990)，第 22 页。

作用的目标；理性的准则实际上就是建构概念等级的过程，或者说，知识的体系化过程就是使知识获得连贯性和一致性的过程。㊹ 不过，法兰克福思想家却认为，这样的说法并不等于把知性仅仅当作一种知识能力来对待，知性的解放也并不意味着它已经完全祛除了"引导"的意涵：一方面，在认识论的意义上，纯粹知性本身就是一种"图式安排"（schematism）；另一方面，在实践领域，行动主体也摆脱不掉"范畴律令"（categorical imperatives）的规定。

霍克海默指出，恰恰是这样的图式安排，使理性陷入了尴尬处境。在《纯粹理性批判》中，知性难题明显表现为超验自我与经验自我之间模糊不清的关系。一方面，理性作为超验自我，凌驾于个体之上，蕴涵着人类共同的社会生活的自由观念；而在超验自我的规定下，自由观念本身就是普遍观念，即乌托邦。另一方面，图式化的纯粹知性遮蔽了经验自我之间的对立性，自我持存的法则只能具有超验自我的意涵，无法为经验自我提供自我批判的动力，观念也无法转换成自觉的观念；换言之，知性的解放仅仅意味着知识上的启蒙，还不能转化成为实践上的批判。甚至可以这样说，康德所说的"不成熟状态"恰恰指的是启蒙本身的"不成熟状态"，倘若知性图式尚不能与伦理实践结合起来，那么一旦这种知性诉诸行动，其行动筹划本身便只能针对外在的知识客体，从而把物质世界，乃至自己的身体当作认识和征服的对象。也正是在这个意义上，理性构成了计算思维的审判法庭，自我持存也变成了纯粹的工业社会旨趣。

所以，在启蒙并未与信仰划清界限，便急于诉诸行动的情况下，必然会为实践寻找纯粹外在的依据。这样，在价值判断上，启蒙崇尚普遍项（universals），把纯粹的客观性奉为圭臬；在事实陈述上，启蒙委诸实证科学和形式逻辑，自觉将知性图式化为计算世界的公式。因此，启蒙精神倘若不能从有限性和可能性的维度去开展自我，那么它实际上就是一种还原精神：把历史还原为事实，把事物还原为物质，把

㊹ Kant, *Critique of Pure Reason*, pp. 180ff..

各种各样的形式也还原为单纯的图式安排。启蒙的意图,就是确立事实和价值之间的连续机制(continuum),通过纯粹客观的形式确立认识与判断之间清晰的逻辑联系,并将这种联系规定为概念的逻辑秩序和科学的演绎形式,规定为具有等级特征和强制作用的实在本身,继而将所有这些与社会实践的现实条件等同起来。⑭

霍克海默认为,启蒙精神首先反映为科学的精神,而科学精神的实质意涵就是通过还原论的方式消除一切杂质,把数学步骤变成思维仪式。比如,斯宾诺莎曾经在《伦理学》中指出,他对情感问题的考察,就像"去处理直线、面积和体积的问题一样"。⑫ 胡塞尔也把理论定义为"一个完整而又封闭的科学命题体系"。⑬ 无疑,精确科学的原则进一步强化了客观形式的规定性,理性也借助这种形式,摇身变成全知全能的偶像。如果说启蒙的原则就是打破偶像崇拜,解放知性,使人们获得自主的观念,那么将客观性奉为圭臬的科学,则重新回到了神话信仰中去,并把纯粹客观实在当作其信仰的对象。

然而,在现代社会中,知性解放所开展出来的"自主性"究竟意味着什么呢? 自我的建构不也是启蒙运动所带来的后果吗? 启蒙在顶礼膜拜纯粹客观性的同时,不也使自主性得到了前所未有的张扬吗? 就连斯宾诺莎也曾说过:"自我持存的努力乃是德性首要的、唯一的基

---

⑭ 霍克海默认为,这里所说的现实条件就是劳动分工,其核心意涵乃是涂尔干所说的社会团结。不管是涂尔干对分工的考察,对社会学方法之准则的规定,还是对原始分类形式的知识社会学解释,都始终是围绕社会自成一体的原则而展开的,都是对整体合理性的确证。(参见 Horkheimer & Adorno, *Dialectic of Enlightenment*, p. 21;霍克海默,"传统理论与批判理论",《霍克海默集》,第 170 页及以下诸页;Emile Durkheim, *The Division of Labour in Society*, pp. 76ff.;*The Rules of Sociological Method*, 3 – 9, pp. 81ff.)

⑫ 斯宾诺莎,《伦理学》,第 97 页。

⑬ 胡塞尔在《欧洲科学的危机与超验现象学》中指出:"一个无限的世界,在这里也是一个理想的世界,被设想为这样一个世界:其对象不是单个地、不完全地、仿佛偶然地被我们获知的,而是通过一种合理的、连续的统一方法被我们认识的。……通过伽利略对自然的数学化,自然本身在新的数学的指导下被理念化了;根据现代的说法,自然本身成为了一种数学集合(Mannifaltigkeit)。"参见胡塞尔,《欧洲科学的危机和超验现象学》,第 26—27 页。

础。"㉞不过,现代自我一旦被提升为超验的和逻辑的主体,就会沦落成为合逻辑的、合规范的理性形式本身。启蒙所谓的"自主性",不过是主体在取消意识之后将自身加以客体化的技术过程;自我的完满实现,仅仅意味着个体把自身设定为"一个物,一种统计因素,或是一种成败"。正因为纯粹知性的图式安排将个体的常规行为规定为"唯一自然的、体面的和合理的方式",所以,主体必然会被还原为可以得到精确计算的物质生产活动中的工具。这样,我们便很容易理解启蒙运动的观念了:任何人如若不通过合理地依照自我持存的方式来安排生活,就会倒退到野蛮蒙昧的史前时代。恰如黑格尔所说:启蒙的"否定性"其实也是一个确定的命题,它不仅企图用纯粹认识和纯粹科学的形式扬弃肯定性,同时也与单纯的有用性结合起来,把经验还原为客观真理形式的单纯操作过程。所以,科学及其实践,连同自我持存的原则都不过是一种合目的性;在这种合目的性的统摄下,自由和自主既相辅相成,也呈现出了一种悖谬的关系:科学把自我持存还原成天生的起源和欲望,并赋予其合理性的意涵,所以自由变成了必然;而对自主来说,则必须以服从为代价。㉟

　　在法兰克福学派思想家看来,启蒙所带来的自我难题完全可以归结为启蒙与自然之间的特殊关系。在启蒙那里,自然是作为纯粹客观的规定性呈现出来的;换言之,启蒙完全把自然当成一种人类有能力加以转化的客观存在,当成人类认知、利用和征服的对象。所以说,支配自然和控制自然本身就是"自我持存的原则"和"社会进化的规律"。与此同时,理性的扩张所针对的不仅仅是外在自然,同时也是内在自然,这种支配和控制不仅涉及了物质生产和分配领域,也同样涉及了人们的心理倾向以及所有文化领域;也就是说,人们不仅要在思想中远离自然,还要通过逻辑思维的方式把自然呈现在自己面前,人们不仅要按照理性所设定的方式去支配自然,还要按照理性所规定的"人的总体图式化"的要求来管理和约束自身。霍克海默指出,启蒙运动

㉞　斯宾诺莎,《伦理学》,第 186 页。
㉟　参见 Kellner, *Critical Theory, Marxism and Modernity*。

中的自我已经被剥夺了剩余物（residue）的意涵，自我已经不再是肉体、血液、灵魂，甚至不再是自然的我（natural I）。科学构造的生产系统，可以精密地协调身体与工具之间的关系，并通过合理的劳动方式把人改造成为单纯的功能。马尔库塞也指出，剩余压抑（surplus repression）通过内在自律的方式，诱导人们忙于生计、持家和消费；在理性的引导下，人们必须通过"压抑性的祛除升华机制"（repressive desublimation）去实现自己的需求；这一过程中，政治和经济上的实质自由与消费中的选择"自由"之间实际上已经发生了交换。㊹ "对自然的支配就是对人的支配。"㊺在哈贝马斯看来，霍克海默和阿多诺所理解的"自然的控制"实际上是一种隐喻：它既是对外在自然的征服，也是对人类自身的律令，对人类自身内在自然（或本性）的压制。㊻ "启蒙绝不仅仅是启蒙，正是在启蒙的异化形式中，自然得到了清晰的呈现。精神作为与自身分裂的自然，及其所从事的认识，就像史前时期一样。"㊼

从这个角度出发，《启蒙辩证法》指出，荷马史诗《奥德修斯》便是启蒙精神的原型，它记述了神话、支配与劳动三者纠缠不清的关系。首先，奥德修斯为抵制诱惑（塞壬的歌声）所采取的一切手段，都象征着资产阶级与自然力之间的殊死搏斗。在控制自然的过程中，奥德修斯为确立自己的社会支配地位，不得不强行压制自己的内在自然（或本性）：他不仅要约束自己的本能冲动（"把自己牢牢地绑在桅杆上"），还必须使与其同行的水手们唯命是从（"水手们必须强壮有力，集中精神勇往直前，不得左顾右盼"，"顽强不懈、内心坦荡，努力前行"，"竭尽全力地划桨"），更重要的是，必须尽可能地欺骗他们（"用蜡塞住水手们的耳朵"）。实际上，按照法兰克福思想家的说法，奥德修斯的战舰就是古老的祭祀仪式，他的策略就是通过摈弃为自然神献奉的牺牲，采取系统化的形式，确立所有人类的牺牲；通过为人类目的确立一种首要的地

㊹　参见 H. Marcuse, *Eros and Civilization* (New York: Vintage. H. , 1955), pp. 32 - 4.

㊺　Horkheimer, *Eclipse of Reason*, p. 93.

㊻　Habermas, *The Theory of Communicative Action* (Vol. 1), p. 379.

㊼　参见 Horkheimer & Adorno, *Dialectic of Enlightenment*, 39f. 亦可参见 Habermas, *The Theory of Communicative Action* (Vol. 1), pp. 380 - 4。

位,借助欺骗手段,获得自我持存的权力。同样,奥德修斯的狡诈也是资产阶级放弃快乐和自由的标志:他坚决否认了自己的幸福,并以此逐渐接近权力的顶峰;他已经窥见到了未来的命运,然而要想把握住未来的命运,就必须祛除自己已经受到理性规定的欲望。因此,康奈顿认为,启蒙对自然的支配始终浮现出了神话的幻像,因为牺牲本身就具有两重性的意涵:一方面,个体对集体的自我顺从(self-surrender)是借助巫术的形式实现的,个体常规化行动的前提,就是承认现状,并把现状哲学奉为自我实现的根本原则;另一方面,自我持存也采用了这种巫术技术,劳动本身就是理性献祭的现实活动。[50]霍克海默一针见血地指出:"(奥德修斯的)这条道路就是通往顺从和劳动的道路,尽管在它的前方总是临照着灿烂之光,却只是一种假象,是一种毫无生气的美景。奥德修斯心中十分坦然,他既不屑于死亡,也不屑于幸福。"[51]

　　同样,在马丁·杰看来,奥德修斯之所以能够听到歌声,是因为他自身并不是一位劳动者。正是这一特权,使文化仍然保持着不可能得到满足的"幸福的承诺"。奥德修斯已经深刻的体会到,**理想世界与物质领域始终是分离的**。更重要的是,奥德修斯的理性本身就预示着一种命运,在与自然抗争的过程中,他不得不否认自己与总体的统一性,不得不成为一种特殊的主体理性,只有如此,他才能实现自我持存的目的理性。所以说,奥德修斯的启蒙理性就是现代"经济人"(Homo oeconomicus)的原型,他的背叛正是资产阶级意识形态为利益进行道德辩护的真实写照。在这个意义上,《奥德修斯》所暗示的强烈的怀乡情绪,也不意味着向自然的回归,奥德修斯的"家"不过是理性构造出来的自然。霍克海默和阿多诺清醒地意识到,这种"被扭曲的'回归'自然,像一股暗流贯穿于启蒙运动之中。这种回归往往意味着野蛮化的自然报复,并在20世纪的野蛮文明中达到了登峰造极的地步。"[52]

---

[50]　参见 Connerton, *The Tragedy of Enlightenment*, pp. 69f.

[51]　Horkheimer & Adorno, *Dialectic of Enlightenment*, pp. 33f.

[52]　Martin Jay, *The Dialectical Imagination* (Boston: Little Brown, 1973),中译本为马丁·杰,《法兰克福学派史(1923—1950)》,单世联译(广州:广东人民出版社,1996),第300—301页。

正是在这种奥德修斯式的启蒙命运中,霍克海默和阿多诺解读出了尼采的用意。在启蒙理性及其牵连出来的自我意识、自我旨趣、自我调控以及责任、权利和义务的背后,乃至羞耻、犯罪和惩罚的背后,都渗透着价值评估的权力因素。[53] 实际上,这种权力因素直接导源于康德的范畴律令,及其所谓的"成熟"观念。在理性的名义下,一旦知性成为自我持存的重要尺度,并认识到了生存法则,那么知性就是强者的知性。强者与弱者不同,强者的人格是至上的,在奥德修斯的神话中,强者在行动中所展现出来的东西都是他得自于所谓的自身自然(或本性)的东西。于是,"神话变成了启蒙,自然则变成了纯粹的客观性,人类为其权力的膨胀付出了他们在行使权力过程中不断异化的代价"。[54] 启蒙运动用来推翻神话的内在原则,实际上就是神话自身的原则;启蒙既确立了有史以来最普遍的禁忌,又使恶的力量借以自然的名义演变成为彻头彻尾的欺骗和狡诈。

3. 批判的张力

很显然,启蒙造成的悲剧亦构成了工具理性批判的主题之一,而且,在带有黑格尔色彩的历史哲学的关涉下,其总体性分析的特征也已经表露无疑。在法兰克福学派看来,不管是启蒙,还是工具理性,不仅代表着程序技术和事本主义在征服自然过程中的工具化趋势,[55]在观念上也反映为通过反思自身自然(或本性)的方式所进行的自我调控(self-regulation)。更重要的是,这些思想家还借助"理性的狡诈"(the cunning of reason)、"懊悔意识"(the consciousness of repentance)、"个性

㉝　Ingram, *Habermas and the Dialectic of Reason*, pp. 65f.

㉞　Horkheimer & Adorno, *Dialectic of Enlightenment*, pp. 100, 9。

㉟　康奈顿认为,以霍克海默和阿多诺代表的法兰克福学派并没有对控制自然与控制社会关系进行明确的划分。参见 Connerton, *The Tragedy of Enlightenment*, pp. 64f.

的萎缩"(atrophy of individuality)以及"虚假投射"(false projection)
等说法,试图全面检视这个时代的"绝对精神"。

卡尔·马克思曾宣称,他的哲学已经不再局限于"解释世界",而
是以"改造世界"为宗旨;同样,以霍克海默为代表的法兰克福思想家
们也指出,"问题不仅仅是解放理论,而是要解放实践"。[59] 当然,解放
实践并不意味着要放弃理论;相反,解放实践的前提就是要把理论从
传统的逻辑命题和程序技术中解放出来,并注入批判的意涵。因此,
倘若我们要想摆脱工具理性的辖制,避免启蒙的悲剧再次上演,根本
的要务就是首先使批判理论与传统理论决裂。在哈贝马斯之前,法兰
克福学派思想家就曾指出,所谓代表着资产阶级旨趣的传统理论至少
可以概括为以下几个特征:1.在二元界分的程式中,将对象的总体归
结为最普遍的命题系统,并根据前后一贯的推理形式,将一切具体的
生活过程还原为客观化的数学结构;2.理论概念被绝对化了,在非历
史的证真模式中,理论所依据的知识的内在本质,已经转变为一种物
化的意识形态范畴;3.尽管实证主义和实用主义特别注重理论与社会
生活之间的联系,然而,由于他们直接把确定性与有用性等同起来,所
以将预测和后果的效用原则视为科学的首要任务;4.传统理论观念是
从劳动分工的特殊发展阶段里所进行的科学活动中抽象出来的,孤立
地考察具体活动和每个活动的各个部分,考察每一部分的内容和对
象,以及考察这种考察的局限性,是保证有效性的根本前提。因此,在
传统理论中,"具体客观事实的起源、思想藉以把握事实的概念体系的
实际运用以及概念体系在实践中的作用,都被当作是理论思想本身之
外的东西。用这些术语来说,这种异化就是价值与研究、知识与实践
之间的分离"。[60]

---

[59] 参见"传统理论与批判理论",《霍克海默集》,第 203 页。

[60] 《霍克海默集》,第 167—184 页。由于篇幅所限,有关传统哲学与政治哲学、知识社会
学、意识形态理论与方法论之间的联系,本文无法加以专门评说,详见 O. Kirchheimer,
"Changes in the Structure of Political Compromise";Adorno, "The Sociology of
Knowledge and Its Consciousness";Marcuse, "On Science and Phenomenology",分别载
于 *The Essential Frankfurt School Reader*, pp. 49-70, 452-465, 466-476.

相反,批判理论则主张:1. 对采取批判态度的人来说,现存社会总体的两重性本身就构成了一种有意识的对立,他们不仅要认同这种对立的社会基础,同时也要把社会总体作为意志和理性本身,把总体当成自己的世界;因此,批判的核心意涵就是矛盾,"在批判地接受支配社会生活的那些范畴的同时,就包含着对社会生活本身的批判";要消除和超越这种张力,就必须把这种张力本身作为批判的生活方式;批判精神的基础,就是自相矛盾的人的概念。2. 在批判思想中,解释不仅是一个逻辑过程,也是一个具体的历史过程;批判思想既不是特殊个体的功能,也不是一般个体的功能,它始终处于社会总体与自然的关系中,并以真实和具体作为批判的起点。3. 批判现实的概念是批判理论的核心,在批判理论中,必然性的概念就是批判性的概念,它以自由为先决条件;批判理论的每个部分都以对现存秩序的批判为前提,都以沿着理论本身所规定的路线与现存秩序作斗争为前提;为摆脱现实的苦难,批判理论坚决拒绝为现实服务,它只想着去揭露现实秩序的秘密。4. 批判是内在的;换言之,"批判作为实践"意味着有意识的批判态度就是社会发展的组成部分,对现存秩序的批判将促使人类"首次成为有意识的主体并能动地决定自己的生活方式,有意识地重构经济关系"。5. 尽管批判本身是一种总体性的批判,但根本不存在用来判断作为一个整体的批判理论的普遍标准,也不存在人们可以接受其理论并获得指导的社会阶级;批判自始至终贯彻的原则就是总体的否定性。⑤

从批判理论的实践取向中,我们不难发现批判理论所贯穿的带有"强烈的价值涉入"特征的道德意涵;换言之,批判理论一扫传统理论用事实陈述来统摄价值判断的做法,试图从根本上诉诸一种规范性的社会理论。然而,这样一种理论企图却也招致了来自诸多方面的挑战。首先,如果我们把批判作为**总体的批判**,而且这种批判必须切入

---

⑤ 有关法兰克福学派批判理论的详尽评述,可参见 Wellmer, *The Critical Theory of Society*. trans. by J. Cumming (New York, 1971); Benhabib, "Modernity and The Aporias of Critical Theory", *Telos* 49 (1981); pp. 38 - 60。

价值领域的话,那么我们在从"应然"(ought)的层面上来评判作为总体的社会现状的过程中,就必须寻求批判的支点,即批判现实和批判自身的普遍规范基础(法兰克福学派强调社会的总体矛盾即是其自身矛盾),即便批判理论不愿把这一基础还原为某种阶级意识,但它也不能完全将其悬置起来。其次,如果我们将批判作为具体实践,并通过实践把事实和价值粘连起来的话,那么批判本身就不单是一种具体的历史过程,它至少既要考虑到抽象社会的构成过程,也要考虑到抽象的社会因素在道德建构中的实际意义,就此而言,批判理论绝对不能等同于特殊主义。再次,即便我们把批判作为总体的否定性,或者是总体的具体的否定性,也不能避免批判本身不致沦落成为批判理论自身所指明的那种启蒙的否定性,事实上恰恰相反,这种批判往往与这种纯粹的否定性纠缠得更深;20 世纪 60 年代以来的文化批评史已经证明,对大众文化的批判已经被纳入到社会文化生产的逻辑之中,甚至已经转换成为社会生产本身的强大动力。[59] 最后,也是最为重要的是,即便是一种矛头直接指向社会现状的思想动力,但它不仅仅具有观念上和反思性的意涵;换言之,它不单受到了日常政治经济的挤迫,[60]也具有身体的意涵;更准确地说,批判要想成为批判的实践,就必须"考虑到"权力的生产性和限定性,必须"考虑到"其自身的有限性。

也许,正是因为哈贝马斯或多或少地"考虑到"批判理论所面临的各种挑战,才感到有必要对批判理论进行一番全面彻底的改造。简言之,对哈贝马斯来说,要想在理性层面上把事实陈述与价值判断勾连起来,就必须重构社会批判理论,以确立沟通理性的普遍规范基础。而这一重构工作(reconstruction)的前提,就是要在人们进行语言沟通

---

[59] 或许,在这个问题上最应该引起我们警惕的倒是批判本身。辩证法的吊诡就是,否定性本身最容易落入否定的对象(理论上的和现实中的)及其逻辑之中。在这个意义上,如果批判不对自身的有限性作出限定,那么批判就会像法兰克福学派思想家本身所说的那样,把自己当作自己的敌人来生产。

[60] 如加芬克尔所说的紧迫性和权宜性(exigency and contingency)的意涵,参见 Garfinkel, *Studies in Ethnomethodology* (Englewood Cliffs, N. J. : Prentice-Hall, 1967)。

的过程中寻找一种理想的沟通情境,从而确立所谓真理的共识理论(consensus theory)。哈贝马斯借用普通语用学的说法指出,任何言语行为(speech act)要想在陈述事实、说明观点、表达感情等言语互动过程中得到明白无误的解释和理解,就必须遵循语用学的规则,达成共识,而这种共识是建立在言说者陈述事实的真实性、言说者社会身份的正当性以及言说过程所表现出来的真诚性等基础上。换言之,言语行为本身所达成的共识性真理并不仅仅停留在事实陈述的"客观世界"之中;相反,真理的效度准则已经介入到价值领域,并为日常生活中的沟通理性确立了普遍的规范基础。㉟

然而,在系统对生活世界进行殖民化的过程中,日常生活中的沟通行动越来越受到了工具理性的宰制,制度化的效用原则不断将言语行为的正当性和真诚性承诺遮蔽起来,它们非但没有在事实和价值之间获得共识的效果,反而通过系统的方式确立了两者之间的支配关系。因此,从日常互动的层面上,晚期资本主义引发了前所未有的动机危机(motivation crisis);㊱与正当性和真诚性有着紧密关联的权利、意义和价值等问题,均被工具性行动和策略性行动(strategic action)掩盖掉了。就此而言,社会批判理论最为紧迫的任务,就是要重新确定批判所面临的必然限制,并借助沟通理性所确立的规范基础对日常生活中的社会互动加以拯救。因此,1. 社会批判理论必须承认生活世界的优先地位,只有诉诸日常性的言语行为,才能确立一种将事实与价值统合起来的非扭曲的沟通;2. 对殖民化问题的解决,必须重新在理性中寻找和获得资源,沟通理性是达成社会共识的基本条件;3. 理性沟通情境可以为社会提供一种有别于以往样式的整合基础,从而消解和克服系统的工具理性所带来的普遍的危机;4. 社会批判理论的要旨,就是借助理性重构社会行为之必要条件,为批判现存秩序确立普

㉟ 由于篇幅和主题所限,本文不拟对此问题进行详细讨论,哈贝马斯本人的阐释,可参看 Habermas, *The Theory of Communicative Action* (*Vol. 1 Vol. 2*)。另外, Habermas, *Communication and the Evolution of Society*. trans. by T. McCarthy (Boston: Beacon Press, 1979)一书也说明了沟通行动理论的思想来源和理论架构。

㊱ 参见 Habermas, *Legitimation Crisis* (London: Heinemann, 1976)。

遍的规范标准及其必要的限制；5. 社会批判理论必须意识到这一天职的自我指涉性(self-referentiality)，从而在这个祛魅的时代里，维护反思、批判和超越传统有效性的能动性。[63]

严格说来，哈贝马斯的这种批判实践并没有超出康德有关知性解放和范畴律令的命题。首先，用普遍规范基础去规定和拯救具体的日常生活实践，并不意味着理性本身能够克服系统与生活世界之间的张力，即便这种理性考虑到日常实践的情境性和局部性，也不等于把具体情境纳入到理性本身的构成过程之中；换言之，这种理性在试图克服上述张力的同时，在沟通行动的规范与实现之间又设定了新的张力，从而使实践的局面变得更加复杂。同样，正因为社会批判理论极力强调从理性本身中挖掘解放的可能性，并为这种解放或批判赋予了自我指涉的意涵，所以说，一方面，它不得不重新调动启蒙的内在动力，来进一步引导包含知性在内的理性的解放；另一方面，它必须诉诸自律原则，造成把他治状态(heteronomy)与自治状态(autonomy)混淆起来的危险。当然，所谓"理想沟通情境"也总归是理想化的，它如若忽视了沟通过程中所牵连的知识/权力关系，就会使批判理论本身陷入浪漫主义的尴尬境地。[64]

批判理论的哲学问题，在哈贝马斯与福柯之间的论战中暴露得更为彻底。[65] 福柯坚决拒斥所谓共识普遍性的假设，认为主体化过程必须从历史的偶然性和差异性中获得可能性，否则，任何抽象的规范和律条都会阻碍"讲真话"(phronesis)所实现的伦理建构。[66] 他指出，有关主体性问题的解决，我们依然可以通过反观康德所说的启蒙精神，来考察现代性所牵连出来的批判观念。实际上，从"什么是启蒙"与三

---

[63] 具体问题，详见 Habermas, "The Task of a Critical Theory of Society", *The Theory of Communicative Action* (*Vol.* 2)，374-403。

[64] 有关哈贝马斯对这一问题的回应，参见 Habermas, *The Philosophical Discourse of Modernity*；以及"关于权力的一些问题：再论福柯"，王军凤译，《国外社会学》1991年2期，第8—15页。有关哈贝马斯与福柯之间的争论，参见 Hoy, & McCarthy, *Critical Theory.*

[65] 参见 Hoy & McCarthy, *Critical Theory*, pp. 160ff. , 190ff. 。

[66] 有关"讲真话"的伦理实践的问题，请参见 Thomas Flynn, "作为讲真话者的福柯：他在法兰西学院的最后课程(1984)"，吴飞译，即将收入《福柯文选》(北京：三联书店)。

大批判之间的关联来看,康德已经把启蒙当成了一个历史的转折点(或环节,moment)。换言之,我们之所以把启蒙理解成一次历史的断裂(break),是因为启蒙第一次提出了这样的历史难题:首先,启蒙并没有单纯受到理性的规定,相反,恰恰是意志、权威和理性的运用这三者联系起来的既存关系所发生的某种转变规定了启蒙,"敢于认识"不仅是人类集体参与的过程,也是在勇气鼓召之下由个人完成的行为。因此,人类要想逃脱自身的不成熟状态,就必须具备两个基本条件——他们既是精神性的,又是制度性的;既有伦理意涵,也有道德意涵。一旦启蒙卷入了政治问题,那么启蒙的两难局面就必然要求对理性的运用本身加以区分。一方面,在公开运用理性的过程中,理性必须是自由的(允许争辩!),当一个人作为世界公民社会的成员面向公众的时候,他必须享有无限的自由运用理性;另一方面,在私下运用理性的过程中,个人必须绝对服从(不许争辩!),因为个人运用理性的既存前提,是他的公职岗位或职业,也就是说,私下运用的理性不能僭越,必须要适应自身被规定的情况。[57]

"启蒙是一个批判的时代"。正因为启蒙使理性的私下和公开运用生产了微妙的转变,为人类历史带来了新的两难处境,并把自觉的(有勇气的)批判反思牵入历史实践过程中,因此,启蒙的焦点已经不再是理性规定性的问题,而是态度问题,[58]不再是如何维持"理性的本质内核"(essential kernel of rationality)的问题,而是自主主体如何面对"理性的当下界限"(contemporary limits of the necessary)的问题;也就是说,实践的核心问题已经不再是如何确立批判的规范基础及其限制,而是精神气质(ethos)上的"界限态度"(limit-attitude),批判不

⑰ 康德对理性运用的理解,参见康德,"世界公民观点之下的普遍历史观念","答复这个问题:'什么是启蒙'",何兆武译《历史理性批判文集》,第1—21页,第22—31页。福柯的解释,参见 Foucault, "What is Enlightenment?", "Kant on Enlightenment and Revolution"中的讨论。
⑱ 这里所说的态度,显然不是现象学所谓的自然态度(natural attitude);相反,法兰克福学派对自然本质的不断追问,倒与自然态度有一种纠缠不清的关系。

再是诠释性的(interpretive)实践,而是实验性的(experimental)实践。⑯ 这样的实践是一种朝向外面(outside)的实践,它的基础不是必然性,而是由"外面"开展出来的可能性。因此,今天的批判不再是通过必然性界限的形式而展开的批判,而是通过某种可能性的逾越(transgressing)形式而展开的实践批判,批判不是为了寻求作为规范基础的共识,而是一方面进行新的历史追问,另一方面把自身交付于现实可能的实践。

> 批判不再是以寻求具有普遍价值的形式结构为目的的实践展开,而是深入某些历史事件的历史考察,这些事件引导我们建构自身,并把自身作为我们所为、所思以及所言的主体来加以认识。在这个意义上,这种批判不是超越性的,其目标也不在于促成一种形而上学,而是具有谱系学的方案和考古学的方法。……这种批判将不再致力于促成某种最终成为科学的形而上学,而将尽可能广泛地为不确定的对自由的追求提供新的动力。……其实,我们根据经验便可知道,所谓要摆脱实际的总体情况,以便制定出关于另一种社会、思维方式、文化、世界观的总体筹划,这种声音只能导致那些最危险的传统的复辟。⑰

本节着重从启蒙的角度切入这一现代性的难题,不仅从哈贝马斯已经揭示了的工具理性的视角出发来考察法兰克福学派的理论渊源,也试图通过黑格尔所谓的"理性的狡诈",追溯法兰克福学派在启蒙问题上所坚持的辩证法立场。很明显,哈贝马斯与法兰克福学派在有关"启蒙的悲剧"的命题上达成了"共识",而且,前者为解决这一现代社会的张力状态提供了理想的方案。然而,在我们返回康德并看到启蒙

---

⑯ 在现代性情境中,这种实验表现为反讽式的英雄化过程。在波德莱尔那里,现代性不仅仅是与现在及其普遍哲学形式的一种关系形式,更是与自身发生关系的一种关系形式。"浪荡子"是"片刻不停地穿越浩瀚的人性荒漠的游历者",在他身上,凝聚着"现实的真相与自由的修行(exercise)之间的一种极其复杂的相互作用"。这不是对某种教条原则的信守,而是苦行式的生存美学。参见 Foucault, "What is Enlightenment?"

⑰ Foucault, "What is Enlightenment?", 46f. 译文参看福柯,"什么是启蒙?",李康译,《国外社会学》1997 年 6 期,第 8 页。

在运用理性过程中所出现的复杂局面时,却发现实践的解放若要诉诸总体的形式,很容易被重新纳入到总体生产的逻辑之中。反之,倘若我们把启蒙理解成为一种实验性的界限态度,那么批判本身则会对自由的追求提供一种新的动力。用福柯的话说,我们不能把关于自身的批判本体论看成是一种理论和教条,也不能看成是永恒的知识体系,而应该把它理解成一种态度,一种精神气质,一种生活方式。对我们所是(what we are)的考察,不仅是有关强加给我们的界限的历史考察,也是逾越这些界限的可能性的实验。⑪

---

⑪　Foucault, "What is Enlightenment?", 46f. 译文参看福柯,"什么是启蒙?",李康译,《国外社会学》1997 年 6 期,第 10 页。

七、结语：现代教育与
自由的开展

1. 回到涂尔干：集体良知的人性意涵

　　上文我们讨论了现代个人的启蒙基础及其限制，就此问题来说，社会与个人在现代性中的勾连恰恰表现在道德意涵上，即涂尔干所说的集体意识或集体良知，及其内化于个人而形成的道德人格。[372]

　　哲学史上经常会提出这样的问题，苏格拉底昂然赴死，认定这是神所指引的路，那么，这个指引着苏格拉底的声音到底是什么？是神灵的显明，还是一种内在的召唤？从柏拉图对话中，我们可以看出，这

---

[372]　涂尔干指出："社会成员平均具有的信仰和感情的总和，构成了他们自身明确的生活体系，我们可以称之为集体意识或共同意识。毫无疑问，这种意识的基础并没有构成一个单独的机制。严格地说，它是作为一个整体散布在整个社会范围内的，但这不妨碍它具有自身的特质，也不妨碍它形成一种界限分明的实在。实际上，它与个人所处的特殊状况是不发生关系的，所以其人已去，其实焉在。……由于"集体"和"社会"这两种说法在人们看来是同义的，人们往往以为集体意识就是整体上的社会意识，也就是说，集体意识是与社会精神生活相等同的，然而，尤其在高等社会里，它却是社会精神生活很小的一部分。"（《社会分工论》第一卷，第二章）

所谓的神灵，就是良知，即内心的良知之声。良知作为一种自身的意识，即"认识你自己"这种有关本己活动的知识，实际上是一种实践活动意义上的知识。难怪教育家哈钦斯（R. Hutchins）在《民主社会中教育上的冲突》中说：

> 由于一种健全的哲学通常教导我们，人是理性的生物，所以，附属于这种哲学打搅于哲学也就告诉我们，虽然可以帮助人去学习，但人只能是自己学习。要对他们进行灌输，就不可避免地要违背他们本性的规律。批判、讨论、质询、争辩，乃是真正的人的教育方法。和助产士一样，教是一种合作的艺术。《美诺篇》（meno）中的对话，描述的就是柏拉图回忆说的伟大真理：理智的进步并不发生在教师直接说出法则让学生记忆之时，而是出现在师生共同工作以引发学生时，呈现在他面前的问题做理性回答的时候，无论学生是儿童或是敌人，苏格拉底的对话都是教学法的伟大借鉴。[59]

教育的首要目的就是要知道对于人来说什么是善的。这就是要按照善的次序来认识善。自由教育是适合于自由人的教育。如果所有的人都要成为自由人，那么所有的人都必须接受教育。至于他们如何去谋生，都无关紧要。因此，智慧首先就是良知，一种自觉，认识自己的认识。文德尔班也指出：智慧就是良知，人的知识不仅是关于他的自己的状况和行动的知识，也是关于这些状况或行动的道德认识的知识，以及关于他所意图遵循的戒律的知识，爱智之学，就是一种对良知的追求。

在早期教父哲学那里，我们发现"忏悔"是对自己实践活动及其罪的结果的自觉。在近代哲学中，笛卡儿的我思（cogito）概念的立足点，则首先是一种意识概念，即可"一同意识到"的普遍认知活动。在这里，道德哲学首先转换成为意识哲学，良知的首要基础是自我反思性的概念。近代法哲学家们在关注良知意义上的自我意识的同时，将意

---

⑤⑨　哈钦斯，《民主社会中教育上的冲突》，第82页。

识与责任和义务的概念联系起来。洛克就认为，良知根本上是"自身意识的结果必然导致自身负责的结果"，㉞即自己为自己的行为负责。"良知乃是对自己行为的德行或堕落所抱有的一种意见或判断"，更可以说是一种信念，而非知识。因此，良知并不是一种普遍认识，而是有关自身的主观意识。而在英国经验主义哲学家看来，所谓良知，只能返回到经验层面和实践领域之中，良知不过是各种内在印象或道德情感中的一种，在印象总体中，良知必须回到感情和激情的基础层面上，不能直接等同于思维意义上的反思状态。㉟　同样，亚当·斯密有关人的一切道德基础的讨论，也都诉诸激情和同情的经验内，良知首先不是意识，而是道德情感。㊱

　　倘若单从字面上看，良知（conscience）首先有同、公、合的含义，即一种共知状态，人的知识是对真理的参与和共有。良知是一种我们共同具有的、普遍有效的认识和价值。人格统一性和道德统一性的共同认识。黑格尔就把良知看作是一个属于道德范畴的本质因素。《精神现象学》将良知定义成一种"自身的确然性"：良知所获得的实事本身是充实了的实事本身，良知是通过自己才赋予实事本身以充实。良知之所以成为这种力量，是由于它知道意识的这些环节只是环节，而良知作为这些环节的否定性本质统治着他们。因此，启蒙的肯定意义是："良知只不过是意志活动的形式方面，意志作为这种意志，并无特殊内容。"精神现象学把良知作为自身的确然性，自身确然的精神就是道德。良知的实在就在于他的自身直接的确然性。而这种确然性的核心就是"自己同自己的这些最深奥的孤独，在其中，一切外在的东西和限制都消失了，他彻头彻尾地隐遁在自身之中"，即意识的纯内在性。在这个意义上，启蒙也具有其否定性的意涵：一旦主体完全退缩到自身之中，使自己的特殊性成为超越出普遍性之上的原则，主体就被随意性占据了，就有可能转化为恶。所以，普遍性和客观性还必须

㉞　洛克，《人类理智论》，关文运译，上册，第31页。
㉟　参见休谟，《人性论》，关文运译，下册，第307—311页。
㊱　Smith, *The Theory of Moral Sentiments*, pp.15ff., 324—326.

返回到良知之中。⑦

涂尔干的良知概念，直接表现为集体良知的概念之中，即良知的共知状态。涂尔干在《个人主义与知识分子》一文中明确指出："个人主义者不仅要极力为个人权利辩护，同时也要为举足轻重的社会利益辩护；因为他不能眼看着最后剩下的集体观念和情感变得越来越少，这是犯罪，因为民族之魂就是由这些集体观念和情感构成的。当个人主义者坚决反对那些不顾后果的革新者，为传统的仪式辩护时，他实际上像古罗马人为城邦效劳一样为自己的国家服务。如果在所有国家中有这样一个国家，个人主义的根源是民族的真正根源，那么这个国家就是我们的国家；因为其他任何国家的命运都不会像这个国家那样，如此紧密地与这些观念的命运联系在一起。我们为它提供了最新的表达形式，其他民族也从我们这里接受了它。所以说，我们才会被看作是它的最权威的阐释者。因此，我们今天不能放弃它，放弃它就等于放弃我们自己，等于在世人眼中减轻我们的影响，等于真正意义上的道德自杀。"⑦现代个人主义的基础必须建立在集体良知的基础上，在这个意义上，良知作为自成一类的社会的基础，直接反映在个人主义的道德层面上。

因此，分化和分工决不只是现代性对主体性的宰制；相反，为什么道德个人主义意义上的自由建构只有在现代性状态下才有可能。请注意，这种个人主义不仅仅指的是个人自由，同时也有集体道德的意涵。因为启蒙不仅是知性的私下运用，而且是理性公开的运用。在这个意义上，涂尔干与经济学家的根本差别，就在于要想正确解释分工在社会建构中的作用。首先，分工是集体构成的道德实体；其次，集体的角色不仅在于确立契约的普遍性，也构成了每一种规范；再者，集体是自成一类的，是自我同一的，在现代世界中，唯有与职业活动有密切

---

⑦ 有关良知的观念史考察，可参见倪梁康的文章，"良知：在'自知'与'共知'之间——欧洲哲学中'良知'概念的结构内涵与历史发展"，《中国学术》第一辑，第12—37页。

⑦ Durkheim, "The Dualism of Human Nature and its Social Conditions", in K. H. Wolff ed. , *Emile Durkheim*.

联系的群体才能具有上述功能，[57]这个独立的职业群体，即我们所说的法团（corporation）。

就此而言，使"社会"与"个人"共同成为可能的现代性转变，是具有公共精神的"社会人"概念。卢梭和康德对涂尔干的影响，就主要表现在财产法和契约法的讨论上。涂尔干说，现代意义上的契约，既有实质自由的基础，也有程序上的基础，这种契约的核心意涵并不主要表现为自由人的协约，而有社会组织及其团结形态上的基础。换句话说，在法团内部，成员之间既可以讨价还价，也可以沟通和商谈，既要维持当事人协约内容上的公正，也要维持程序上的公正，甚至可以说后者更重要。所以他才说，"有了契约法，我们尚未确定的行为也就有了法律上的结果"，而且，契约法是从平常的案例中逐渐形成的，具有实定法的意涵。所以，从两方面来说，现代组织所造成的是有机团结的效果，而现代法律所造成的是契约团结的效果，两者缺一不可，我们对法团的理解也不能局限于描述的水平上，必须进入形式的领域。由此，我们也可以说，现代个人主义绝对不单是自由人的涵义，我们对社会决定论也不该有褊狭的理解。没有团结，谈不上什么个人主义，决定论也不像具理性批判所说的那样是一种实质抽象性的宰制，形式上的合理性依然有许多可能性有待挖掘。所以，社会决定论与个人主义之间的张力，决不能被简单地理解成社会与个人之间的张力。

法团为现代团结提供了基础和中介。所谓道德个人主义也只有在这样的基础上才能得到实现。法团的特点是公共性。但这种公共性与市民社会（或公民社会）的讨论有所不同。如黑格尔和马克思讨论市民社会，是从自由人、自由个体的角度，或者从行会的角度来谈的一个与政治社会对举的概念。涂尔干所说的公共性却是一种组织形态和团结基础，也是个人与现代民族国家的中间组织，与"主权"也有深刻的联系。从历史的角度看，从希腊社会和罗马社会以来，法团就一直存在，罗马社会的法团不仅有公共意识、公共规范和公共道德，也

---

[57] 参见 Durkheim, *The Division Labour in Society*, pp. xxxiv-xxxv.

有公共基金,成员们信仰公共神,有公共墓地,抚养权、监护权和继承权也都与以上因素有密切联系。涂尔干认为,法团在中世纪,特别是中世纪晚期经历了一次转型,倘若追溯现代性的形成基础,其实并不是我们以往所说的启蒙时代或大革命时代,而是法团的这段转型时期。当时,法团的公共性开始突出表现为围绕特定职业组成的群体,职业不仅构成了集体良知的道德基础,也成为依靠职业来构造个性的组织基础,甚至可以说,法团已经成为具有"现代社会"意义的建构国家与个人关系的中间群体。也正是在这个意义上,法团既可以成为现代个人主义的道德载体,也可以成为处理现代个人与民族国家之间各种连带关系的中介(如把个人建构成为国家公民),同时亦可以起到类似于市民社会的对举作用。所以,法团的形态不能单纯体现为自由商人,也不能单纯体现为一种国家器官,而是一个公共性的次级组织。这种组织既不是政治社会的浪漫敌人,也不会构成具有两极图式的阶级意识,而是通过分化和分工出现的一种社会团结的纽带,是多元化的。

2. 作为现代性基础的中等教育

就集体良知而言,现代教育恰恰在两个方向上提供了保证。一是作为法团的现代学校的形成,为集体良知提供了社会形态和组织建构的基础;二是自由教育的核心理念,为现代人性观念提供了意识形态的保证。

在《教育思想的演进》一书中,涂尔干指出:"由于法国的某些特点使然,在我们历史上的大部分时间里,中等教育都是我们整个学术生活的核心。高等教育在孕育出中等教育之后,很快就销声匿迹了,直到普法战争后才重获新生。在我们的历史上,初等教育也只是到了非常晚近的时候才出现,只是到了大革命之后才真正站稳了脚跟。因此，在我们国家存在的大部分时期内，整个教育舞台都是中等教育在唱主角。"[380]这种情况所带来的后果，首先便是如果要修写中等教育史，也就必然等于同时在为法国的教育和教育理论修写一部通史。若勾勒法国教育理念所有最根本的特征的发展，办法是详细考察以实现这一理念为职责的学术机构，以及这种理念不时会努力自觉地从中表达自身的那些学说。"更何况，从 14、15 世纪以来，整个国家最重要的思想力量都是在我们的中学里形成的，基于这种考虑，我们着手去做的工作，几乎相当于修写一部法国知识分子史。另有一桩事实在于，在那段社会生活的总体当中，中等教育发挥了特别重要的作用，这是我们国家的特色，在其他任何地方都找不到同等程度上的这种情况。就因为我们应该去探求我们的教育思想史上出现这种特殊性的原因，我们就应该去揭示个人身上的某种特别之处，我们民族性情当中的某种特异之处，因为中等教育这种特别的作用正是从这里面来的，这是我们在开始研究前就可以确信的。教育思想史和社会民德（mores）研究其实有着密切的关联。"[381]

涂尔干认为，尽管现代社会改变了一切，尽管政治、经济和伦理体制都已经发生了巨大的变革，但是直到相当晚近的时期，却依然有样东西始终处于明显的不变状态中，这就是人们所说的古典教育中的种种教育前提与步骤。所谓古典传统具有永恒价值的古老信念，现在已经确确实实动摇了。甚至连那些发乎性情地以最自然的态度看待过去的人，也强烈地感到有什么东西已经发生了变化，有些新的需要已经产生，必须予以满足。尽管如此，面对这种状况，还没有出现任何新的信念可以取代正在逝去的信念。而教育理论的任务，就是要推动这种新信念以及由此而来的一种新生活的滋长，因为一种教育的信念，正相当于使从事教学的身体充满活力的那个灵魂。

斯特劳斯也曾强调指出，自由教育是在文化之中或朝向文化的教育。它的成品是一个文化的人。"文化"（culture）首先意味着耕作。

---

[380]　参见涂尔干，《教育思想的演进》，第一章。
[381]　涂尔干，《教育思想的演进》，引言。

这一隐喻的涵义，在于教育不仅意味着对土壤及其作物的培育，也意味着对土壤的照料，但教育的最终目标在于按其自然的属性对土壤品质加以提升。对于人来说，心灵就是人的培育的土壤，因此"文化"在今天更意味着对心灵的培育，按心灵的自然对其内在能力加以照料和提升。就像土壤需要其培育者那样，心灵也需要老师。因而民主的确不是大众统治，而是大众文化。自由教育是大众文化的解毒剂，它针对的是大众文化的腐蚀性影响，及其固有的只生产"没有精神的专家和没有心肝的纵欲者"的倾向。教育是我们促使大众民主提升为原初意义上的民主所凭藉的梯子，教育呼唤着大众民主中那些有耳能听的成员，向他们呼唤人的卓越。"正如在其他方面一样，我们最好从这些最伟大的心灵中选取一位作为我们的榜样，他因其 commonsense 而成为我们和这些最伟大的心灵之间的那个中介。"

就教育的现代形成过程来说，涂尔干细致考察了现代教育之社会基础的一个重要阶段，即早期教会教育阶段。他指出，首先，我们可以看到，在我们的社会中，其实是在所有的欧洲民族中，教育为什么会在这么长的时间里始终是一项教会的事务，似乎成了宗教的附从；甚至在教师已经不再是神职人员之后，也还要在相当长一段时期里，保持着神职人员般的面相，甚至是神职人员般的义务。在考察现代教育史的过程中，我们必须看到和承认：如果说是教会承担了教育的这一职责，那是因为只有教会能够成功地履行这一职责。只有教会能够充任各野蛮民族的训导者，引领他们进入当时唯一存在的文化，即古典文化。

不过，教育的古今之别也非常明显。在古代，学生从不同的导师那里接受指导，导师彼此之间毫无关联，他们没有什么共同的教育动机或教育目标，也并不在一个特定的场所中实现这样的教育。而在基督教时代，基督教学校一经出现，就成为教育的园地和教师的领域，教师能够教给孩子所需要了解的一切，并有特别的社会建制来保证。只有在现代学校中，教师接管了孩子的整个人。他甚至无须为了满足其他物质需求而不得不离开学校，他在学校里饮食起居，在学校里投身于自己的宗教职责。

同样，在教育理念上，虽说现代教育中制定了古典文化的教育体系，但这不等于说古今教育完全相同。在古代，心智教育的宗旨，把特定的一些知识内容和行为模式灌输给孩子。在现代，特别是以基督教时代为起点的现代教育中，教育越来越发展出这样一种自觉意识：在我们每个人的理智与情感的特定属性之下，都潜藏着一种更为深层的属性，是这种属性规定了其他属性，使其他属性统一为一个整体。如果我们真想履行自己作为教育者的工作，并产生能够长久留存下来的效果，我们就必须把握这种更为深层的属性。"基督教清楚地意识到，要塑造一个人，关键不在于用某些特定的观念装备他的心智，也不在于让他养成某些特别的习惯，而在于在他身上创造出一种具有一般倾向的心智与意志，让他用一种特定的眼光来普遍地看待一切。"[82]这即是现代良知的构成基础。

上述问题，突出表现在信仰与理性之间的关系中。关于信仰与理性之关系的争论中的焦点，在于构成道德意识和宗教意识之基础的信仰。概言之，在一些表面上显得抽象而思辨的问题背后，我们可以发现一种早已形成而且强劲有力的尝试，就是用理性来检验信仰，即人们越来越倾向于找到一种特定的形式，能够理性地、理智地表述这种真理。这种信仰和理性的关系，始终贯穿在现代教育的核心理念中，即便我们在康德和裴斯泰洛齐那里，也始终坚持着这样的原则，即在信仰中置入理性的要素，将理性、批判和反思精神引入一套此前一直显得不可置疑的观念，用理性来检验教条，哪怕它拒绝否认教条所具有的真理。由基督教学校开启的现代教育自始至终都试图在理性与教条这两种力量之间维持一种均衡。

与这一观念史的发展相并行的，还有教师行会的兴起。在我们所说的这段时期中，公共活动各个领域中的法团生活也是盛极一时。一方面，行业的相似使同操一门职业的劳动者维系在一起，相互之间确

---

⑧ 涂尔干，《教育思想的演进》，第36页。

立起更加密切的关系；另一方面，社会生活条件本身也使维系起来的做法对于他们来说事关重大。因为只有联合起来，形成持久的社团，强大到足以要求得到尊重的地步，他们才能成功确保自己得到存在下去的合法权利。这样一来，在我们所看到的基督教世界里，这些学校已经不属于任何一个具体的民族，而是属于整个基督教世界。老师和学生来自各地，不分民族，共同组成了这所学校。教育中的学位设置，也使执教权通行整个欧洲。因此，涂尔干明确指出，这样的教育可以说是某种世界主义的自然后果：

> 再没有什么别的领域，会比精神生活和学术生活更明显地体现出世界主义了。巴黎不仅被看作是法兰西王国的精神首都，而且被看作是整个基督教世界的精神首都。按照中世纪一位作者的说法，"神职"，"帝国"和"学术"（Sacerdotium, imperium, studium），这是基督教世界的三根支柱。⑱

在涂尔干看来，学校是一种典型的法团。现代教育的核心是引导学生运用自己的理性，通过反思、反身等作用寻求自己的自主性。实际上，作为教育的最终目标，对于心智的塑造并不在于借助形式性的操练，空对空地训练它；而是在于通过法团这样的现代职业群体和组织，以及发生在这种群体和组织内的知识生活，让学生的心智养成最基本的习惯和态度，从而使其能够直接面对最终注定要应对的方方面面的现实，并面对这些现实做出正确的判断。只有让心智直接面对事物，面对事物的现状，面对事物实际运作的状况，才能使心智养成这些态度。正是通过实际去做这样事情，心智才会确立自己需要的那些结构。所以说，关键的问题就在于找出什么样的客观对象是适合让理智去应对的。主要有那么两类事物，人们非常需要去理解：一类就是人自身，第二类就是自然。因此也就有了两块重大的研究领域：一方面就是人文学科，是人的心智，是意识的种种显现；另一方面则是物质的世界。

---

⑱　涂尔干，《教育思想的演进》，第118—119页。

因此，以基督教为起点的现代教育，实际上通过理性与信仰、心智与社会这样的基本层面得到展开，其中，自然与自由作为两个最基本的环节和问题以独特的方式呈现出来：一方面，自然作为自由的基础，即人的个性如何在人性的基础上培育和发展；另一方面，自由却产生了反自然的效果，即自然并没有成为自由的目的。只有在这样的基本处境中，现代科学才会在教育中获得其根本的要义，即从作为物的自然入手来确立人的一般性或普通性。也只有在这个意义上，我们才能最终理解所谓现代教育作为职业（occupation）和专业（profession）的涵义所在。

从某种意义上说，涂尔干意义上的教育学不单单是以教育学为核心的学科活动，更是一种现代意义上的理性实践的尝试；进言之，以职业伦理和公民道德为基础的实践理性，恰恰体现了现代社会学论题的根本意涵。教育学是科学，而教育是实践，两者相辅相成，却截然有别。教育始终摆脱不了日常情境的权宜性和紧迫性，然而，也恰恰因为有了这些限制，课堂才能成为一个既不能被推演，也不能被还原的社会，成为儿童未来社会生活的试验场。基于这些限度和这些限度提供的无限可能，教育的根本目的就不再是单纯向学生传授知识和技能，而是培养"对待生活的各种可能的终极态度"，学校也不再是一种闭守的堡垒或浪漫的园地，而是一种能够将个人生活和社会生活联结起来的具有真正社会意义的中介组织。

因此，在涂尔干看来，初等教育的议题是围绕三个方面展开的：首先，是纪律精神。学校纪律是儿童能够感受到自身有限性的第一种限制，同时也可以培养儿童处于具体社会生活条件中的规范感，所以，纪律精神是对未来的职业伦理和公民道德的准备。其次，是自制精神。自制精神的基础是儿童对群体生活的依恋，只有当儿童超出自身的狭隘范围，感受和意识到群体生活所提供的可能性和团结感，才能为未来生活构建一种公共精神。最后，是知性精神。知性的运用是儿童获得的自主和自决精神的过程，具有启蒙的意涵，这种启蒙决没有要求教师为儿童灌输一种总体知识和普遍规范，而是使儿童在特定的界限内自由地运用理性，逐步形成一种内化的社会态度。对涂尔干来说，这才是所谓"社会化"观念的基本要义。

现代教育的宗旨，正如怀特海在《教育的目的》中所说："大学的存在理由是，它联合青年人和老年人一同对学问作出富于想象的思考，以此来维持知识和生活热情的联系。大学传授知识，但是它是富于想象地传授知识。至少，这就是大学对社会应该起的作用。一所大学不能做到这一点，就没有理由存在下去。这种激动人心的气氛来自富于想象的思考，它改变了知识的形态。事实不再是赤裸裸的事实，它被赋予了一切的可能性。它不再是一个记忆的负担，它奋力活动，就像我们梦中的诗人和我们意图的建筑师一样。……想象力不要与事实相互脱离，它是阐明事实的一种方式。它引出能够用于事实的一般原则，然后再对与这些原则相符合的可供选择的可能性进行一种智力的考量，通过这样的方法来发挥作用。它能够使人建立一种关于新世界的智力观，并通过满足目的的联想来维持生活的热情。"⑭

在这个意义上，以职业伦理和公民道德为基础的实践理性恰恰体现了现代社会学论题的根本意涵。"以教育为业"，是涂尔干依据"自身限度"对现代社会生活之可能性的探索，这意味着，教师的职责是为学生提供"对待生活的各种可能的终极态度"，他必须同他的学生一样坚守纪律精神和知性精神，在学校的环境中将有限而又可能的生活诉诸实践。所以说，现代教育是一种建构道德个人主义的重要方式，教育不是对自由的辖制，而是自由的开展。

---

⑭　怀特海，《教育的目的》，第 107 页。

参考文献

Adorno, "The Sociology of Knowledge and Its Consciousness", *The Essential Frankfurt School Reader*, New York: Urizen Books, 452 – 465.

Alexander, J. 1978, "Formal and Substantive Voluntarism in the Work of Talcott Parsons: A Theoretical and Ideological Reinterpretation", *American Sociological Review* 1978, Vol. 43 (April): 177 – 198.

——1997,《形式意志论和实质意志论》,渠东 汲喆 译,《国外社会学》,1997 – 6 期。

Anderson, B. 1995, *Imagined Communities: Reflection on the Origin and Spread of Nationalism*. London: Verso.

Anderson, Lewis F. 1970. *Pestalozzi*. New York: AMS Press.

Aristotle, *Nicomachean Ethics*.

阿隆,雷蒙 1988/1967,《社会学主要思潮》,葛智强 等译,上海:上海译文出版社。

Augustine, 1995. *Against the Academicians and The Teacher*. Trans., with intro. by Peter King, Indianapolis: Hackett Publishing House.

Bachelard, 1984. *New Scientific Spirit*. Boston: Beacon Press.

Bauman, Z. 1987, *Legislators and Interpreters: On Modernity, Post-Modernity and Intellectuals*. Cambridge: Polity.

——1997, *Postmodernity and its Discontents*. Cambridge: Polity Press.

——1999, *In Search of Politics*. Cambridge: Polity Press.

Beck, U. 1992, *Risk Society: Towards a New Modernity*. London: Sage.

Beck, U. 1997, *The Reinvention of Politics: Rethinking Modernity in the Global*

Social Order. Cambridge：Polity Press.

Bendix, 1964, *Nation-Building and Citizenship*. N. Y. ：John Wiley & Sons.

——1966, *Max Weber：An Intellectual Portrait*. London：Methuen.

朱利安日班达，2005,《关于欧洲民族的讲话》,佘碧平译,上海：上海人民出版社。

Benhabib, 1981, "Modernity and The Aporias of Critical Theory", *Telos* 49：38 - 60.

Bernard, Henry. 1874. *Pestalozzi and His Educational System*. Syracuse.

Besnard, P. 1988, "The True Meaning of Anomie". *Sociological Theory* 6：91 - 95.

Biber, George E. 1831/1994. *Henry Pestalozzi, and His Plan of Education*. Bristol：Thoemmes Press.

Bittner, 1974, "The Concept of Organization", in R. Turner (ed.)：*Ethnomethodology* Harmondworth：Penguin.

Bloom, Allan. 1968. "Interpretive Essay", in *The Republic of Plato*. New York：Basic Books.

Boudon, 1982, *The Unintended Consequences of Social Action*, London：Macmillian.

Bourdieu, P. 1979, *Distinction：A Social Critique of the Judgment of Taste*. London：RKP.

Bourdieu, P. & Wacquant, 1992, *An Invitation to Reflexive Sociology*, Chicago：The University of Chicago Press.

Brann, Eva T. H. 1979. *Paradoxes of Educational in a Republic*. Chicago：University of Chicago Press.

博伊德,金：1986.《西方教育史》,任保祥 吴元训 主译,北京：人民教育出版社。

夸美纽斯：1985.《大教学论》,傅任敢 译,北京：人民教育出版社。

Calhoun, 1991, "Indirect Relationships and Imagined Communities：Large-Scale Social Integration and the Transformation of Everyday Life". In P. Bourdieu & J. Coleman (eds.), *Social Theory for a Changing Society*, Boulder：Westview Press.

Castells, M. 1997, *The Power of Identity*. Oxford：Blackwell.

Cicourel, 1973, *Cognitive Sociology*, N. Y. ：Free Press.

Cladis, M. 1992, *A Communitarian Defense of Liberalism：Emile Durkheim and Contemporary Social Theory*. Stanford, CA：Stanford University Press.

Coleman, J. 1990, *Foundations of Social Theory*. Cambridge, MA: Harvard University Press.

Collins, R. 1981, "On the Micro-Foundations of Macrosociology", *American Journal of Sociology* 86: 984 - 1014.

——1988, *Theoretical Sociology*. San Diego: Harcourt Brace Jovanovich.

Connerton, Paul 1980, *The Tragedy of Enlightenment: An Essay on the Frankfurt School*, Cambridge: Cambridge University Press.

Cooley, Charles, H. 1964, *Human Nature and Social Order*. New York: Schocken Books.

Cranston, Maurice. 1991, *The Noble Savage: Jean-Jacques Rousseau* 1754 - 1762. Chicago: University of Chicago Press.

Crow, G. 2002, *Social Solidarities: Theories, Identities and Social Change*. Buckingham: Open University Press.

Davidson, Thomas. 1898, *Rousseau and Education According to Nature*. New York: Charles Scribner's Sons.

Davidson, Thomas. 1900/1970, *A History of Education*. New York: AMS Press.

Deleuze, G. 1986, *Foucault*. Trans. by Sean Hand. Minneapolis: University of Minnesota Press.

——1992, "What is Dispositif". In *Michel Foucault Philosopher*, pp. 159 - 165. Brighton: Harvester.

Descombes, V. 1993, *The Barometer of Modern Reason*, Trans. by S. Schwartz Oxford: Oxford University Press.

Dilthey, 1976, *Selected Writings*. Trans. by H. P. Rickman, Cambridge: Cambridge UP.

Downs, Robert B. 1975. *Heinrich Pestalozzi: Father of Modern Pedagogy*. Boston: Twayne Publishers.

Douglas, M. 1986, *How Institutions Think*. N. Y. : Syracuse University Press.

——1980, *Evans-Pritchard*. Brighton: Harvester Press.

Douglas, M. & Wildavsky, 1982, *Risk and Culture*. Berkeley: University of California Press.

Durkheim, E. 1965, *The Elementary Forms of the Religious Life*. Trans. by J.

W. Swain. N. Y. ：Free Press.

——1984, *The Division Labour in Society*. Trans. by W. Halls. N. Y. ：Free Press.

——1951, *Suicide*. Trans. by J. Spaulding & G. Simpson. Glencoe：Free Press.

——1958, *Professional Ethics and Civic Morals*. Trans. by C. Brookfield. Glencoe：Free Press.

——1950, *The Rules of Sociological Method*. Trans. by S. Solovay & J. Mueller. Glencoe：Free Press.

——1961, *Moral Education*. Glencoe：Free Press.

——1969, "Individualism and the Intellectuals", *Political Studies*, xvii, 1969, 14 - 30.

——1959, *Socialism and Saint-Simon*. Trans. by Charlotte Sattler. London：Routledge & Kegan Paul.

——1956, *Education and Sociology*. Trans. Sherwood D. Fox, New York：Free Press.

——1959, "The Dualism of Human Nature and its Social Conditions", in K. H. Wolff ed. , *Emile Durkheim*, New York：Arno Press.

Durkheim, E. 1977, *The Evolution of Educational Thought：Lectures on the Formation and Development of Secondary Education in France*. Trans. by Peter Collins, London：Routledge & Kegan Paul.

涂尔干,2003,《教育思想的演进》,李康 译,上海：上海人民出版社。

Durkheim, E. & M. Mauss 1969, *Primitive Classification*. Trans. by R. Needham. London：Cohen & West.

Elias, N. 1978, *The Civilizing Process (Vol. 1)：The History of Manners*. Oxford：Basil Blackwell.

——1992, *Time：An Essay*. Trans. by E. Jephcott. Oxford：Blackwell.

Elster, J. 1985, *Making Sense of Marx*. Cambridge：Cambridge University Press.

伊拉斯谟,1989,"论词语的丰富",载于吴元训编,《中世纪教育文选》,北京：人民教育出版社。

Evans-Pritchard, E. 1956, *Nuer Religion*. Oxford：The Clarendon Press.

Farado, T. & P. Doreian, 1998, "The Theory of Solidarity：An Agenda of

Problems", in Farado, T. & P. Doreian eds. , *The Problem of Solidarity*: *Theories and Models*. Amsterdam: Gordon and Breach Publishers, pp. 1 - 31.

Fenton, S. with Reiner, R. & I. Hamnett 1984, *Durkheim and Modern Sociology*. Cambridge: Cambridge University Press.

Fleck, L. 1979, *The Genesis and Development of a Scientific Fact*. From M. Douglas 1986, N. Y. : Syracuse University Press.

——1986, *Cognition and Fact*. Dordrecht: D. Reidel Publishing Company.

Flynn, Thomas "作为讲真话者的福柯:他在法兰西学院的最后课程(1984)",吴飞 译,即将收入《福柯文选》,北京:三联书店。

Foucault, M. 1970, *The Order Of Things*: *An Archaeology of the Human Sciences*. London: Tavistock.

——1972, *The Archaeology of Knowledge and the Discourse on Sciences*. Trans. by A. Sheridan. N. Y. : Pantheon.

——1979, *Discipline and Punish*: *The Birth of the Prison*. Trans. by Alan Sheridan. NY. : Vintage Books.

——1984, "What is Enlightenment". In P. Rabinow (ed.), *The Foucault Reader*, pp. 32 - 50. N. Y. : Pantheon.

——1968, "Nietzsche, Freud, Marx". *Critical Text III*, 2 (Winter).

——1997,《什么是启蒙》,李康 译,《国外社会学》1997 年第 6 期。

——1998, "19 世纪法律精神病学中的'危险个人'概念",苏力 译,《社会理论论坛》,Vol. 4, p. 25。

——1999, "异常者", 李康 译, 打印稿。

——1998, "治理术",赵晓力 译,《社会理论论坛》,Vol. 4, pp. 23ff.

Gane, "A Flesh Look at Durkheim's Sociological Method", in *Debating Durkheim*, London and New York, Routledge.

Garfinkel, 1967, *Studies in Ethnomethodology*, Englewood Cliffs, N. J. : Prentice-Hall.

Geertz, C. 1980, *Negara*: *The Theatre State in County Bali*. Princeton: Princeton UP.

Giddens, A. 1971, *Capitalism and Social Theory*. Cambridge: Cambridge UP.

——1984, *The Constitution of Society*. Cambridge: Cambridge UP.

——1998,《社会的构成》,李猛 李康 译,北京:三联书店。

——1991, *Modernity and Self-Identity*. Polity Press.

——1978, *Durkheim*, London: Harper Collins Publishers.

Goffman, E. 1974, *Framework Analysis: An Essay on the Organization of Experience*. N. Y. : Harper & Row.

Graves, Frank P. 1912. *Great Educators of Three Centuries*. New York.

Green, J. A. 1969. *The Educational Ideas of Pestalozzi*. New York:

Habermas, J. 1984, *The Theory of Communication*, Vol. I: *Reason and the Rationalization of Society*. Boston: Beacon Press.

——1988, *The Theory of Communication*, Vol. II: *Lifeworld and System: A Critique of Functionalist Reason*. Boston: Beacon Press.

Halbwachs, M. 1992, *Collective Memory*. Ed. by L. Coser. Chicago: Chicago UP.

Haskins, Charles H. 1957. *The Rise of Universities*. Ithaca: Cornell University Press.

Heaford, Michael 1967. *Pestalozzi: His Thought and his Relevance Today*. London: Methuen.

Hechter, M. 1987, *Principles of Group Solidarity*. Berkeley. CA: University of California Press.

黑格尔 1979,《精神现象学》(上、下),贺麟 王玖兴 译,北京:商务印书馆。

Heidegger, Martin. 1996. *Being and Time*. Trnas. by Joan Stambaugh, New York: State University of New York Press.

——1987,《存在与时间》,陈嘉映 王庆节 译,北京:三联书店。

——1999,"时间与存在",载于《面向思的事情》,陈小文、孙周兴译,北京:商务印书馆。

赫尔巴特,2002,《普通教育学:由教育目的引出的普通教育学》,载于《赫尔巴特文集》第三卷,邓艳红等译,杭州:浙江教育出版社。

Hirst, P. 1975, *Durkheim, Bernard and Epistemology*. Boston: Routledge & Kegan Paul.

Hilbert, R. 1989, "Durkheim and Merton on Anomie: An Unexplored Contrast and Its Derivatives. " Social *Problems*, 36, 242 - 250.

Holmann, Henry. 1908. *Pestalozzi: An Account of His Life and Work*. NewYork.

Horkheimer, M. & T. Adorno 1969, *Dialectic of Enlightenment*. Trans. by J. Cumming. N. Y. : Continuum.

——1998，"传统理论与批判理论"，载于《霍克海默集》，渠东　付德根　译，上海：上海远东出版社。

——1974, *Eclipse of Reason*. New York：Seabury Press.

哈钦斯，《民主社会中教育上的冲突》，陆有铨译，台北：桂冠图书出版公司。

Husserl, E. 1964, *The Phenomenology of Internal Time-Consciousness*. Edited by M. Heidegger, Trans. by James S. Churchill. Bloomington：Indiana University Press.

——1958, *Ideas：General Introduction to Pure Phenomenology*. Trans. by W. R. Boyce Gibson, London：George Allen & Unwin.

——1964, *The Phenomenology of Internal Time-Consciousness*. Edited by M. Heidegger, Trans. by James S. Churchill. Bloomington：Indiana University Press.

Isambert, 1993, "Durkheim's Sociology of Moral Facts", in *Emile Durkheim：Sociologist and Moralist*, ed. Stephen. P. Turner, London：Routledge.

Isocrates, 1992, *Against the Sophists*, in Isocrates, Vol. II（Loeb Classical Library），Trans. George Norlin. Harvard：Harvard University Press.

Isocrates, 1992, *Antidosis*, in Isocrates, Vol. II（Loeb Classical Library），Trans. George Norlin. Harvard：Harvard University Press

Jaeger, Werner. 1973, *Paideia：The Ideals of Greek Culture*（vol. I）：*Archaic Greece, The Mind of Athens*. Oxford：Oxford University Press.

Jaeger, Werner. 1986a, *Paideia：The Ideals of Greek Culture*（vol. II）：*In Search of the Divine Centre*. Oxford：Oxford University Press.

Jaeger, Werner. 1986b. *Paideia：The Ideals of Greek Culture*（vol. III）：*The Conflict of Cultural Ideals in the Age of Plato*. Oxford：Oxford University Press.

马丁·杰，1996，《法兰克福学派史（1923—1950）》，单世联　译，广州：广东人民出版社。

Kandel, I. L. 1930. *History of Secondary Education：A Study in the Development of Liberal Education*. Cambridge, Mass. ：The Riverside Press.

Kant, I. 1904, 1971. *The Educational Theory of Immanuel Kant*. trans. and intro. by Edward Franklin Buchner, Philadelphia：J. B. Lippincott Company.

康德，2004.《论教育》，赵鹏　译，上海：上海人民出版社。

——1990，"答复这个问题：'什么是启蒙？'"，载于《历史理性批判文集》，何兆武译，北京：商务印书馆。

——1990，"世界公民观点之下的普遍历史观念"，载于《历史理性批判文集》，何兆武译，北京：商务印书馆。

Kant，I. 1965，*Critique of Pure Reason*. Trans. by N. K. Smith. N. Y.：St. Martin's Press.

——1990，《历史理性批判文集》，何兆武译，北京：商务印书馆。

Kimball，Bruce A.，1995. *Orators & Philosophers：A History of the Idea of Liberal Education*. New York：College Entrance Examination Board.

King，"Introduction"，in Augustine，*Against the Academicians and The Teacher*.

Kirchheimer，O. 1978，"Changes in the Structure of Political Compromise"，*The Essential Frankfurt School Reader*，New York：Urizen Books，49‑70.

科西克，1989，《具体的辩证法：关于人与世界问题的研究》，傅小平译，北京：社会科学文献出版社。

Kuhn，T. S. 1970，*The Structure of Scientific Revolution*. Chicago：The University of Chicago Press.

——1985，《科学革命的结构》，王道还编译，台北：允晨文化公司。

——1981，《必要的张力》，纪树立等译，福州：福建人民出版社。

Landes，1983，*Revolution in Time：Clocks and the Making of the Modern World*. Cambridge，Mass.：Harvard University Press.

勒高夫，1994，《中世纪知识分子》，北京：商务印书馆。

Lehmann，J. 1995，*Deconstructing Durkheim：A Post-post-Structuralist Critique*. N. Y.：RKP.

——1994，*Durkheim and Women*. Lincoln，NB：University of Nebraska Press.

莱布尼茨，1982，《人类理解新论》，陈修斋译，北京：商务印书馆。

莱恩，1994，《分裂的自我》，林和生 侯东民译，贵阳：贵州人民出版社。

Lévi-Strauss，C. 1973，*Totemism*，trans. Rodney Needham，Penguin Books.

列维-斯特劳斯，1995，《结构人类学》，谢维扬 俞宣孟译，上海：上海译文出版社。

李猛，1997，《常人方法学四十年：1954—1994》，《国外社会学》1997年2—5期。

刘北成，1995，《福柯思想肖像》，北京：北京师范大学出版社。

Locke，John. 1989. *Some Thoughts Concerning Education*. Oxford：Oxford

University Press.

Locke, John. 1996. *Some Thoughts Concerning Education and Of the Conduct of the Understanding*. Ed. With intro. by R. W. Grant and Nathan Tarcov, Indianapolis: Hackett.

洛克,1983,《人类理解论》,关文运 译,北京:商务印书馆。

洛克,2004,《论教育》,熊春文 译,上海:上海人民出版社。

Lockwood, 1964, "Social Integration and System Integration". In G. Zollschan & W. Hirsch（eds.）*Social Change: Explorations, Diagnoses and Conjectures*, New York: John Wiley & Sons.

——1992, *Solidarity and Schism: "The Problem of Disorder" in Durkheimian and Marxist Sociology.*, Oxford: Clarendon Press.

Louden, Robert B. 2000. *Kant's Impure Ethic: From Rational Beings to Human Beings*. New York: Oxford University Press.

卢克曼 1995,《无形的宗教:现代社会中的宗教问题》,覃方明 译,香港:汉语基督教文化研究所。

Lukes, S. 1985, *Emile Durkheim: His Life and Work*. Stanford: Stanford University Press.

Luhmann, Niklas 1995, *Social Systems*. Stanford, California: Stanford University Press.

MacIver, R. M. 1950, *The Ramparts We Guard*. N. Y.: Macmillian.

马克思、恩格斯《马克思恩格斯全集》第 8、23、25、40、46（上）卷,北京:人民出版社。

Mannheim, Karl. 1962. *An Introduction to the Sociology of Education*. London: Routledge & K. Paul.

Marcuse, H. 1978, "On Science and Phenomenology", *The Essential Frankfurt School Reader*, New York: Urizen Books,, 466 – 476.

——1955, *Eros and Civilization*, New York: Vintage.

Marrou, H. I. 1956. "Classical Humanism", in *Education and Antiquity*, New York: Sheed and Ward.

Mead, G. H. 1932, *The Philosophy of Present*. Chicago: Chicago UP.

Melucci, A. 1989, *Nomads of the Present: Social Movements and Individual Needs in Contemporary Society*. London: Radius.

Merleau-Ponty, 1974, *Phenomenology of Perception*. Brighton: Harvester.

Merton, R. 1948, "Manifest and Latent Functions", in *Social Theory and Social Structure*. NY.: Free Press.

——1968, *Social Theory and Social Structure*. N. Y.: Free Press (enlarged edn).

——1964. "Anomie, Anomia, and Social Interaction". In *Anomie and Deviant Behavior*, edited by Marshall B. Clinard. Glencoe: Free Press.

——1995. "Opportunity Structure: The Emergence, Diffusion, and Differentiation of a Sociological Concept, 1930s – 1950s". in *The Legacy of Anomie Theory*, pp. 3 – 78.

Mestrovic, S. 1985, "Anomie and Sin in Durkheim's Thought." *Journal for the Scientific Study of Religion* 24 (2):119 - 236.

——1988, *Emile Durkheim and the Reformation of Sociology*. Totowa: Rowman & Littlefield.

Miller, 1996, "The Organic Self", in *Durkheim, Morals and Modernity*, London: McGill-Queen's University Press.

Miller, Stuart. 1976. "An Education for the Whole Person", in *The Person in Education: A Humanistic Appoach*, ed. Courtney D. Schlosser, New York: Macmillian, pp. 39 – 44.

Montaigne, 1946, "Of Pedantry", "Of the Education of Children", *The Essays of Montaigne*, Vol. I, New York: The Heritege Press.

蒙田,1989,"论儿童的教育",载于吴元训 编,《中世纪教育文选》,北京:人民教育出版社。

Natanson, 1966, *Essays in Phenomenology*. The Hague: Martinus Nijhoff.

——1970, "Phenomenology and Typification: A Study in the Philosophy of Alfred Schutz". *Social Research*, Vol. 37, pp. 1 - 22.

Needham, R. 1969, "Introduction" for Durkheim & Mauss (1969).

——1973, *Right and Left, Essays on Dual Classification*. Chicago: UP of Chicago.

倪梁康,2000,"良知:在'自知'与'共知'之间——欧洲哲学中'良知'概念的结构内涵与历史发展",《中国学术》第一辑,第 12—37 页。

Nietzsche, F. 1968, *Beyond Good and Evil*. in *Basic Writings of Nietzsche*, trans. by Walter Kaufmann, New York: Modern Library.

尼采，1991，《权力意志：重估一切价值的尝试》，张念东等 译，北京：商务印书馆。

Orru, M. 1987, *Anomie: History and Meaning*. Boston: Allen & Unwin.

Ostwald, M. , 1969. *Nomos and the Beginnings of the Athenian Democracy*. Oxford: Clarendon.

Pangle, Lorraine S. & Thomas L. Pangle. 1993. *The Learning of Liberty: The Educational Ideas of the American Founders*. Lawrence, Kansas: University Press of Kansas.

Parsons, T. , 1949. *The Structure of Social Action*. N. Y. : Free Press.

——1951. *The Social System*. Glencoe, Ill. : Free Press.

——1968. "Durkheim." In *International Encyclopedia of the Social Sciences* vol. 4.

——1968, *The Structure of Social Action*. New York: Free Press.

Passas, N. 1995, "Continuities in the Anomie Tradition". In *The Legacy of Anomie Theory*, ed. by Adler, F. & W. S. Laufer, with introduction by R. Merton. New Brunswick: Transaction Publishers.

Paulsen, Friedrich 1895. *Introduction to Philosophy*, trans. by Thily, New York: Henry Holt & Company.

裴斯泰洛齐：1959.《林哈德和葛笃德》《裴斯泰洛齐教育文选》（第一卷［上、下］），北京编译社 译，北京：人民教育出版社。

裴斯泰洛齐：2001，"葛笃德如何教育她的子女"，《裴斯泰洛齐教育论著选》，夏之莲等 译，北京：人民教育出版社。

Pickering, W. , 1984. *Durkheim's Sociology of Religion*. London: Routledge & Kegan Paul.

Plato, *Gorgias*.

——*Republic*.

——*Phaedus*.

——*Meno*, 参见李猛，"指向事情本身的教育：奥古斯丁的《论教师》"。

——1982,《巴曼尼得斯篇》，陈康 译注，北京：商务印书馆。

Polanyi, M. 1967, *The Tacit Dimension*. Garden City: Doubleday-Anchor.

Popper, K. , 1957. *The Open Society and its Enemies*. Vol. 1, London: Routledge & Kegan Paul.

渠敬东,《缺席与断裂:有关失范的社会学分析》,上海:上海人民出版社,1999。

Quine, W. 1969, *Ontological Relativity and Other Essays*. N. Y. : Columbia University Press.

——1960, *Word and Object*. Cambridge, Mass. : MIT Press.

昆体良,1989,《雄辩术原理》,载于《昆体良教育论著选》,任钟印 译,北京:人民教育出版社。

拉伯雷,1989,《巨人传》节选,载于《中世纪教育文选》,吴元训 编,《中世纪教育文选》,北京:人民教育出版社。

Riesman, D. 1954, *Individualism Reconsidered*. N. Y. : Free Press.

——1961, *The Lonely Crowd*. New Haven: Yale University Press.

Ritzer, G. 1992, *Classical Sociological Theory*. New York: McGraw-Hill.

Rousseau, J. -J. 1979. *Emile or On Education*. Intro. , Trans. , and Notes by Allan Bloom, Basic Books.

——1997, *Julie or the New Heloise*, trans. and annotated. by P. Stewart and J. Vache, London: Dartmouth.

卢梭,1996,《论人类不平等的起源和基础》,李常山 译,北京:商务印书馆。

——1994,《社会契约论》,何兆武译,北京:商务印书馆。

Sacks, H. 1989, *Harvey acks Lectures* 1964 - 65. Ed. by G. Jefferson. Kluwer Academic.

Schacht, R. 1982. "Doubts About Anomie and Anomia." in *Alienation and Anomie Revisited*, edited by G. Shoham. Messina: Sheridan House.

Schmaus, 1994, *Durkheim' s Philosophy of Science and the Sociology of Knowledge*, Chicago: University of Chicago Press.

Schotter, A. 1981, *The Economic Theory of Social Institutions*. Cambridge: Cambridge UP.

Schutz, A. 1967, *The Phenomenology of Social World*. Trans. by G. Walsh &. F. Lahnert. Evanston: Northwestern University Press.

——1962, *Collected Papers I : The Problem of Social Reality*. The Hague: Martinus Nijhoff.

——1964, *Collected Papers II : Studies in Social Theory*. The Hague: Martinus Nijhoff.

Schutz &. Luckmann, 1974, *The Structures of the Life World*. London:

Heineman.

Shklar, Judith N. 1965. "The Political Theory of Utopia: from Melancholy to Nostalgia", *Daedalus*, XCIV[1965], pp. 376 – 81.

Shklar, Judith N. 1969. *Men and Citizens: A Study of Rousseau's Social Theory*. Cambridge: Cambridge University Press.

Smith, Adam 1982, *The Theory of Moral Sentiments*, Indianapolis: Liberty Fund.

Srole, L., 1956. "Social Integration and Certain Corollaries", *American Sociological Review* 21:709 – 716.

Stolock, J. 1982, "Roland Bartre". In *Structuralism and Since*. London: Oxford.

Tarcov, Nathan. 1984. *Locke's Education for Liberty*. Chicago: University of Chicago Press.

托克维尔 1992/1967,《旧制度与大革命》,冯棠 译,北京:商务印书馆。

Todorov, Tavetan. 2001. *Frail Happiness: An Essay on Rousseau*. University Park, Penn. : The Pennsylvania State University Press.

Tönnes, F. 1955, *Community and Association*. London: RKP.

Tönnes, F. 1971, *On Sociology: Pure, Applied and Empirical*. Chicago: University of Chicago Press.

Van Doren, Mark. 1965. *Liberal Education*. Boston: Beacon Press.

Velkey, Richard L 1989. *Freedom and the End of Reason: On the Moral Foundation of Kant's Critical Philosophy*. Chicago: University of Chicago Press.

Wagner, P. 1994, A *Sociology of Modernity: Liberty and Discipline*. N. Y. : RKP.

Walch, Mary Romana. 1952. *Pestalozzi and the Pestalozzian Theory of Education*. Washington.

Weakland, John E. 1976. "Renaissance Paideia: Some Ideals in Italian Humanism and Their Relevance Today", in *The Person in Education: A Humanistic Appoach*, ed. Courtney D. Schlosser, New York: Macmillian, pp. 25 – 31.

Weber, M. 1958, *The Protestant Ethic and the Spirit of Capitalism*. Trans. by T. Parsons. N. Y. : Charles Scribner's Sons.

——1987,《新教伦理与资本主义精神》,于晓等译,北京:三联书店。

——1970, *From Max Weber*: *Essays in Sociology*. Trans. by H. H. Gerth & W. Mills. London: Kegan Paul, Trench, Trubner & Co. Ltd.

——1968, *Economy and Society* (2 Vols). Ed. by G. Roth & C. Wittich. Berkeley: University of California Press.

Wellmer, 1971, *The Critical Theory of Society*. trans. by J. Cumming, New York.

怀特海,1994,《教育的目的》,吴志宏 译,台北:桂冠图书出版公司。

Williamson, O. E. 1975, *Markets and Hierarchies*: *Analysis and Anti-Trust Implications*: *a Study in the Economics of Internal Organization*. N. Y. : Free Press. From M. Douglas (1986).

Windelband, W. 1923, *The Introduction of Philosophy*. Trans. by Joseph McCabe, Unwin.

Wittgenstein, 1963, *Philosophical Investigations*. Oxford: Blackwell.

Wolff, 1950, *The Sociology of Georg Simmel*. Glencoe: Free Press.

叶启政,2000,《进出"结构—行动"的困境》,台北:三民书局。

Yolton, John W. 1971. *John Locke and Education*. New York: Random House.

Yolton, John W. & Jean S. Yolton. 1989. "Introduction", in Locke, *Some Thoughts Concerning Education*. Oxford: Oxford University Press.

图书在版编目（CIP）数据

现代社会中的人性及教育：以涂尔干社会理论为视
角/渠敬东著.—上海：上海三联书店，2006.1
ISBN 7-5426-2248-X

Ⅰ.现... Ⅱ.渠... Ⅲ.①人性-社会学-研究
②教育社会学-研究 Ⅳ.①B82-061②G40-052

中国版本图书馆 CIP 数据核字(2006)第 003048 号

现代社会中的人性及教育——以涂尔干社会理论为视角

著　　者／渠敬东

责任编辑／黄　韬
装帧设计／范峤青
监　　制／林信忠
责任校对／张大伟

出版发行／上海三联书店
　　　　　（200031）中国上海市乌鲁木齐南路 396 弄 10 号
　　　　　http：//www.sanlianc.com
　　　　　E-mail：shsanlian@yahoo.com.cn
印　　刷／上海印刷四厂有限公司

版　　次／2006 年 1 月第 1 版
印　　次／2006 年 1 月第 1 次印刷
开　　本／640×960　1/16
字　　数／220 千字
印　　张／14.75

ISBN 7-5426-2248-X/C·131
定价：25 元